Tina Keller

A Baby for the Boss

Rom

Du verbringst eine heiße Nacht mit einem sagenhaft attraktiven Mann - doch er verschwindet ohne ein Wort. Neun Monate später hältst du sein Baby in den Armen. Und dann siehst du ihn wieder - er ist dein neuer Boss ....

Eisblaue Augen, ein Body zum Niederknien und das gewisse Etwas - auf einer Party der sogenannten "High Society" trifft Alina den unverschämt attraktiven Leon. Sie kann sich seiner magischen Anziehungskraft nicht entziehen und landet mit ihm im Bett. Doch als sie am nächsten morgen aufwacht, ist Leon spurlos verschwunden.

Neun Monate später hält Alina das Ergebnis dieser heißen Nacht in den Armen – ihre kleine Tochter!

Alina trifft fast der Schlag, als sie ihrem neuen Boss gegenüber steht: Es ist niemand anderer als Leon! Er benimmt sich völlig anders als vor zwei Jahren, ist distanziert und kühl. Erkennt er sie wirklich nicht oder tut er nur so?

Welches Geheimnis umgibt ihn? Hat Alina eine Chance, durch seine Mauern zu ihm durchzudringen und den Mann wiederzufinden, der ihr die heißeste Nacht ihres Lebens und ein Baby geschenkt hat?

Kapitel 1

Alina

„Du immer mit deinem seltsamen Männergeschmack“, tadele ich meine Kollegin Silvana lachend und versetze ihr spaßeshalber mit den Unterlagen in meiner Hand einen leichten Schlag auf den Kopf.
„Warum müssen es immer Geschäftsmänner in Anzug und Krawatte sein, die viel Kohle haben? Was findest du nur an ihnen? Sie sind langweilig, überhaupt nicht witzig und im Bett wahrscheinlich total verklemmt.“
Silvana grinst frech.
„Da irrst du dich aber gewaltig, meine Liebe. Sie sind interessant, haben sehr oft Humor und der Letzte war im Bett voll der Brüller. Gerade, weil er in seinem Job so beherrscht und souverän sein muss, hat er es zwischen den Laken richtig krachen lassen. Ich dachte echt, das Bett bricht unter uns zusammen. Sowas habe ich noch nie erlebt.“
Silvanas Augen glänzen fiebrig. Ich schüttele verständnislos den Kopf.
„Trotzdem .... Wenn ich diese Pinguine in ihren blöden Anzügen und den Krawatten, die dezent auf den Schwanz zeigen, schon sehe ... Sowas könnte mich niemals anmachen“, behaupte ich.

Silvana zieht ihre Augenbrauen in die Höhe und beugt sich konzentriert über ihren Bildschirm.
„Kerle mit nach allen Richtungen abstehenden Haaren und in zerrissenen Jeans sind auch nicht jedermanns Sache“, erklärt sie feixend.
Oh Mann, hätte ich ihr bloß nicht ein Bild meines Ex-Freundes gezeigt! Der sah tatsächlich aus wie ein Rockstar, aber ich finde das tausendmal besser als diese Frackträger.
„Wer ist es denn diesmal?“, erkundige ich mich und schnappe mir seufzend einen dicken Ordner, den ich kopieren soll. Den ganzen Ordner! Besonders interessant ist die Arbeit hier in der Anwaltskanzlei wirklich nicht, aber meine Vorgesetzten sind supernett und meine Kolleginnen meine besten Freundinnen. Von daher lässt es sich gut aushalten.
„Ich habe ihn im Internet kennengelernt“, verkündet Silvana schmachtend. „Willst du ihn mal sehen?“
Warum nicht? Das ist immer noch besser, als fünfhundert Seiten zu kopieren.
„Klar“, erwidere ich und verziehe mein Gesicht. „Er sieht bestimmt genauso aus wie alle Geschäftsmänner. Langweilig eben.“
„Quatsch“, widerspricht Silvana voller Inbrunst. „Findest du diesen Kontrast nicht reizvoll? Zuerst siehst du den Typen in seinem Büro und er sieht seriös und irgendwie machtvoll aus. Und dann streift er sich die Klamotten ab und ist plötzlich ein wildes Tier.“
„Ein wildes Tier ohne Anzug“, gebe ich lakonisch von

mir. „Und was ist daran nun reizvoll? Letztlich ist er auch nur ein Mann mit einem Schwanz."
„Besonders reizvoll ist es, wenn er seinen Anzug noch ein bisschen anbehält", hechelt Silvana und verdreht lustvoll die Augen.
„Hast du schon mal einen Mann gesehen, der einen teuren Luxus-Anzug trägt, aus dem sein Schwanz rausragt? Oh Gott, wenn ich nur daran denke, kriege ich einen Orgasmus."
„Wenn das so ist, kannst du Dirk ja mal fragen, ob er dich erfreuen will", stichele ich.
Dirk ist einer unserer Anwälte und ein herzensguter, lieber Mensch. Er ist ziemlich wohlbeleibt, trägt eine Brille, einen imposanten Bauch und eine Glatze. Der Hingucker schlechthin.
Silvana tippt sich an die Stirn.
„Sehr witzig, Alina. Ich habe ja nicht gesagt, dass ich *alle* Typen in Anzügen geil finde. Natürlich rede ich von den durchtrainierten, sportlichen, athletischen Männern mit einem markanten Gesicht."
„Du hast echt schon mal Sex mit einem Typen gehabt, der noch seinen Anzug trug und seinen Schwanz hat raushängen lassen?", erkundige ich mich, nun doch einen Hauch interessiert.
Du liebe Güte, was für Gespräche führe ich hier eigentlich mit meiner Kollegin? Wir sollen *arbeiten*! Ich muss diesen verdammten Ordner kopieren und soweit ich weiß, soll Silvana einen 50seitigen Vertrag Korrektur lesen. Wir haben eigentlich gar keine Zeit, um uns über die Vorzüge von Geschäftsmännern zu

unterhalten, die einen Anzug mit erigiertem Penis tragen.
„Ja, klar“, seufzt Silvana in offenbar seliger Erinnerung. Ein glückliches Lächeln umspielt ihre Lippen.
„Du kannst dir gar nicht vorstellen, wie heiß das aussah. Hartmut hatte so einen silbrig glänzenden Luxus-Anzug an, der bestimmt tausend Euro gekostet hat. Er sah so unglaublich sexy darin aus.“
„Hartmut“, spotte ich. „Allein der Name würde mich schon abtörnen. Hartmut hatte einen Harten und Mut, haha.“ Ich kichere albern los.
Silviana runzelt ihre Stirn und verdreht die Augen.
„Du bist doof“, charakterisiert sie mich. „Du nimmst mich überhaupt nicht ernst.“
„Doch, doch“, versichere ich immer noch gackernd. „Ich nehme dich sehr ernst. Ich verstehe dich nur nicht. Okay, Hartmut stand also in seinem silbrig glänzenden, teuren Luxus-Anzug vor dir … und dann? Dann hat er seinen Harten aus der silbrig glänzenden, teuren Luxus-Hose rausgeholt und damit Mut bewiesen, oder was? Wenn ich so darüber nachdenke, ist Hartmut ein ganz schön anzüglicher Name.“
„Du bist echt immer so albern“, tadelt Silvana mich, kann aber nicht verhindern, dass ihre Mundwinkel anfangen zu zucken.
„Immer machst du dich über alles lustig.“
„Das Leben ist ernst genug“, kontere ich und schalte den Kopierer ein. Irgendwann muss ich ja mit der

Arbeit für Blöde beginnen.
„Wo war Hartmut mit seinem Anzug denn?", will ich wissen und schaue aus dem Fenster.
Die Kanzlei, in der ich seit drei Jahren als Assistentin arbeite, liegt direkt am belebten Kurfürstendamm in Berlin und ich liebe es, aus dem fünften Stock runter auf die Straße zu gucken. Dort ist immer etwas los. Und wenn man stundenlang einen blöden Ordner bzw. dessen Inhalt kopieren muss, muss man sich ja irgendwie beschäftigen.
Zum Beispiel mit pikanten Gesprächen mit seiner Zimmergenossin.
„Hartmut befand sich in seinem Büro", antwortet Silvana mit flackernden Augen.
„Das war ja das Besondere. Verstehst du? Er war in seinem mondänen Büro, in dem er den ganzen Tag arbeitet und Anweisungen gibt. Dort ist er der uneingeschränkte Boss und alles tanzt nach seiner Pfeife. Er hat Macht, er hat Geld, er hat das Sagen. Das ist sooo sexy! Und dann hat er mich abends zu sich bestellt, als alle schon weg waren. Um 23 Uhr bin ich bei ihm eingetroffen. Das allein war schon prickelnd genug."
„Was ist an einem leeren Büro prickelnd?", sage ich verständnislos und entnehme seufzend das erste Blatt.
Zu allem Überfluss sind diese dämlichen Blätter auch noch zusammen geheftet, so dass ich sie nicht mal in den automatischen Einzug stopfen kann. Ich muss jedes Blatt einzeln auflegen. Oh mein Gott! Ich werde

noch morgen früh hier stehen. Warum haben wir eigentlich keine Praktikantin, die diese öde Arbeit für Minderbemittelte übernehmen kann?
„Die Atmosphäre", entgegnet Silvana heiser und wedelt sich aufgeregt mit dem Packen Papier, das sie eigentlich Korrektur lesen sollte, Luft zu.
„Tagsüber sind da so viele Leute, die alles für Hartmut tun, und abends ist er plötzlich ganz allein da und …"
„Er war ja nicht allein", korrigiere ich meine Kollegin mit unschuldigem Gesicht. „Erstens war der kleine, harte Hartmut auch noch da - und du ja wohl auch."
„Er stand am Fenster", fährt Silvana unbeirrt fort, ohne auf mein dummes Geplapper einzugehen.
„Er hatte mir so halb den Rücken zugedreht und sein silbriger Anzug schimmerte im Mondlicht. Und dann … oh mein Gott … dann nestelte er an seinem Gürtel herum und einen Moment später …"
Silvana verschluckt sich vor lauter Aufregung und ihre Hände zittern. Du liebe Güte, das muss aber ein einschneidendes Erlebnis für sie gewesen sein!
„Und dann holt er mutig seinen Harten aus der silbrig glänzenden Hose", ergänze ich nüchtern und lege das nächste Blatt Papier in den Kopierer.
Ich habe mich geirrt. Ich werde nicht noch morgen früh hier stehen, sondern noch nächste Woche. Am besten, ich schlafe gleich im Büro.
„Darum heißt er schließlich Hartmut."
„Genau das hat er getan", berichtet Silvana mit roten Wangen. „Du kannst dir gar nicht vorstellen, wie geil

das ausgesehen hat. Dieser teure Anzug und dann guckt sein steifer Schwanz aus der Hose … Da geht man wirklich in die Knie."

„Was du bestimmt auch sofort getan hast", vermute ich und hefte das kopierte Blatt wieder ein, um das nächste herauszunehmen. Ich werde noch nächsten Monat hier stehen und danach bekomme ich mein Diplom als Kopiermeisterin.

„Natürlich", bestätigt Silvana mit vernebeltem Blick. „Ich habe ihm einen geblasen, dass ihm Hören und Sehen verging und er hat dabei die ganze Zeit aus dem Fenster gestarrt. Dann hat er meinen Kopf in beide Hände genommen und ihn hin und her bewegt. Also, meinen Kopf, meine ich. Und seinen Schwanz natürlich auch. Verstehst du mich?"

Denkt Silvana eigentlich, ich sei total verblödet?

„Ich kann mich durchaus noch erinnern, wie sowas geht", beruhige ich meine nervöse Kollegin. „Auch, wenn ich es selbst schon lange nicht mehr praktiziert habe. Ich bin also im Bilde." Im wahrsten Sinne des Wortes.

„Er hat immer noch keinen Ton von sich gegeben und stand mit völlig unbewegtem Gesicht da", sagt Silvana heiser.

„Vielleicht hat er gerade über seine Zahlen nachgedacht", mutmaße ich. „Oder darüber, wann er seinen nächsten Termin hat. Genau das meine ich: Diese Art von Männern kann sich überhaupt nicht ihren Gefühlen hingeben, sondern sie handeln das Ganze völlig emotionslos ab."

„Quatsch“, widerspricht Silvana aufgebracht. „Das war doch nur ein Spiel. Gerade das war ja das Reizvolle! Er tat so, als würde es ihn gar nicht berühren, dabei habe ich doch gemerkt, wie sehr es ihn anmachte. Sein Schwanz war bis zum Bersten hart. Und irgendwann hat er es nicht mehr ausgehalten und mich an sich gerissen. Er war total geil. Und dann hat er mich nach allen Regeln der Kunst vor dem Schreibtisch gefickt. Da, wo er normalerweise arbeitet. Das war total erregend.“

„Genau wie diese Scheiß Kopiererei“, stöhne ich. „Das ist auch total erregend. Ich glaube, ich bekomme gleich einen Orgasmus.“

„Mach dich nur über mich lustig“, erwidert Silvana gekränkt. „Nur, weil du diesem Szenario und diesen Männern nichts abgewinnen kannst, musst du noch lange nicht über mich herziehen.“

„Tue ich doch gar nicht“, behaupte ich. „Es ist schön, wenn du das als so prickelnd empfindest. Ich würde mich totlachen, wenn ein Typ im Anzug seinen Schwanz raushängen lassen würde. Aber jedem das seine. Und was ist aus Hartmut geworden?“

Silvana zuckt mit den Schultern.

„Wir haben uns ein paarmal getroffen und dann hat er das Interesse verloren. Er war sowieso nicht auf der Suche nach was Festem. Die Männer im Internet suchen letztlich immer nur eine Affäre. Und mehr will ich im Moment ja auch nicht.“

Trotzig blickt Silvana mich an. Na, wer‘s glaubt.

Silvana ist vor einem knappen Jahr von ihrem Freund Thorsten verlassen worden, mit dem sie sieben Jahre zusammen war. Sie wollte ihn sogar heiraten und eine Familie mit ihm gründen.
Doch von einem Tag auf den anderen war plötzlich alles aus. Er hat Silvana Hals über Kopf verlassen. Dabei gab es nicht einmal eine neue Frau in seinem Leben. Thorstens Erklärung war, er würde sich total eingeengt fühlen und käme sich vor wie im Gefängnis.
Im Laufe der Jahre waren Silvana und Thorsten quasi zu einer Einheit verschmolzen. Sie hatten alles gemeinsam unternommen, hatten nur noch gemeinsame Freunde, verbrachten jede freie Minute miteinander. Während Silvana das toll fand, schien Thorsten nicht so begeistert davon zu sein. Er hatte zwar ein paarmal versucht, sich mehr Freiraum zu verschaffen, war dabei jedoch kläglich gescheitert. Silvana schätzte es überhaupt nicht, wenn er sich allein mit Freunden traf oder sogar ein ganzes Wochenende allein irgendwohin fahren wollte. Sie war der Meinung, dass man als glückliches Paar alles zusammen machen müsse.
Ich hatte zwar versucht, ihr zu erklären, dass man sich umso mehr auf den Partner freut, wenn man ihn nicht dauernd sieht, aber das war an ihr komplett abgeprallt.
Thorsten hatte irgendwann aufgegeben und Silvana hatte zufrieden festgestellt, dass er offenbar endlich erkannt hatte, dass die Zweisamkeit am schönsten sei.

Da hatte sie sich allerdings gründlich geirrt. Thorsten hatte im Gegenteil herausgefunden, dass er seinen Freiraum brauchte und wieder Luft zum Atmen haben wollte. Ehrlich gesagt konnte ich ihn da sogar verstehen.
Wann immer ich Silvana gefragt hatte, was sie am Wochenende gemacht hatte, hatte sie stets in der Wir-Form geantwortet. „*Wir* sind ins Kino gegangen, *wir* waren zum Essen in einem Restaurant, *wir* sind spazieren gegangen, *wir* hatten Besuch." Immer gab es nur ein *Wir*, niemals ein *Ich*. Silvana hatte keine eigenen Freunde mehr, keine eigenen Interessen, kein eigenes Leben. Ich konnte verstehen, dass Thorsten aus dieser Enge ausbrechen wollte. Er hatte schließlich oft genug versucht, sich innerhalb der Beziehung einen gewissen Freiraum zu verschaffen, aber das hatte Silvana nicht zugelassen.
Als er gegangen war, war sie völlig zusammengebrochen und hatte monatelang nur ein Ziel: ihn zurückzugewinnen.
Doch Thorsten wollte sich nicht zurückgewinnen lassen. Er war glücklich in seinem neuen Leben und genoss seine Freiheit in vollen Zügen. Silvana versuchte sich einzureden, es ginge ihr genauso und wollte ihre neugewonnene Freiheit ebenfalls ausleben.
Meiner Meinung nach versucht sie allerdings nur, ihren Trennungsschmerz zu kompensieren. Ich bin mir nicht sicher, ob sie die sexuellen Begegnungen mit diesen dubiosen Geschäftsmännern wirklich

genießt. Es mag sein, dass sie den Sex genießt, denn mit Thorsten ist in den letzten Jahren nicht mehr viel gelaufen. Vielleicht hat sie auch einen gewissen Nachholbedarf. Aber glücklich ist sie nach meinem Empfinden nicht.
Silvana winkt mich zu sich.
„Das ist er“, sagt sie aufgeregt. „Das ist Robert, aber er nennt sich Robér, also man spricht es französisch aus.“
Ich verbeiße mir jeglichen Kommentar und lasse meinen Blick über das Foto auf Silvanas Bildschirm schweifen.
Robert-Robér entspricht zu hundert Prozent Silvanas Anforderungsprofil. Er ist groß, männlich, athletisch und hat einen herrischen Zug um den Mund. Ich finde ja, dass er finster dreinschaut, aber Silvana hält das für männlich und überaus anziehend.
„Er ist ein richtiger Dom“, flüstert sie. „Er kommandiert mich herum, benutzt mich und sagt mir, was ich tun soll. Ein bisschen so wie Christian in Fifty Shades of Grey.“
„Das wäre überhaupt nichts für mich“, erkläre ich. „Wenn hier jemand jemanden herum kommandiert, dann bin das immer noch ich.“
Silvana lächelt.
„Ja, ich weiß. Aber beim Sex ist es sehr erregend, wenn es andersrum ist und dir der Mann sagt, wo es lang geht.“
Ich zucke mit den Schultern. Ehrlich gesagt kann ich darauf verzichten.

Kapitel 2

Alina

Es ist nicht so, dass ich es mit den Männern nicht versucht hätte, aber es scheint aussichtslos zu sein. Sie stellen unglaublich hohe Ansprüche. Die Frau ihrer Träume - und ich glaube tatsächlich, diese Frau existiert nur in ihren Träumen - muss aussehen wie ein Supermodel, zehn Jahre jünger sein oder zumindest so aussehen, unabhängig sein, einen IQ von mindestens 150 haben und noch tausend weitere Anforderungen erfüllen.

Der Witz dabei ist, dass sie selbst kein einziges dieser Kriterien erfüllen. Sie sehen aus wie ein Schluck Wasser in der Kurve, leben von der Hand in den Mund, können sich gerade so über Wasser halten und haben den IQ eines Toastbrotes.

Aber man kann ja ruhig mal etwas von dem anderen verlangen, das man selbst nicht bietet. So ist es dann wenigstens ausgeglichen. Der eine hat alles, der andere gar nichts. Perfekt, oder?

Und selbst von diesen Losern muss man sich sagen lassen, man hätte eine zu dünne Oberlippe oder ein paar Kilos zu viel oder zu wenig auf den Rippen - je nach Ansicht. Es ist wirklich eine Unverschämtheit. Ich habe es ein paarmal versucht und es dann aufgegeben. Man kann auch als Single glücklich sein. Zum Glück habe ich liebe Freundinnen und eine tolle

Familie. Ich bin überhaupt nicht auf irgendwelche verstörten Kerle angewiesen. Da bin ich allein viel besser dran, als mich mit diesen Idioten herum zu ärgern.

Natürlich knabbere ich immer noch daran, dass mich mein Freund Sebastian vor zwei Jahren verlassen hat. Er hat sich Hals über Kopf in eine andere Frau verliebt, obwohl ich immer der Ansicht war, dass wir total glücklich miteinander waren. Aber so kann es nicht gewesen sein, sonst hätte er sich nicht anderweitig verlieben können. Man verliebt sich nicht in jemand anderen, wenn man in seiner Beziehung glücklich ist.

Das Schlimmste war jedoch, dass ich nicht verstanden habe, was er an dieser anderen Frau überhaupt fand. Ich habe sie zweimal getroffen, weil Sebastian aus mir nicht nachvollziehbaren Gründen der Meinung war, ich müsse sie unbedingt kennenlernen.

Toni - allein schon den Namen fand ich unmöglich - war absolut blass und farblos, eine richtig graue Maus. Als ich sie das erste Mal gesehen habe, ist mir die Kinnlade runtergefallen. Ich habe überhaupt nicht verstanden, dass Sebastian sich von so einer Frau angezogen fühlen konnte.

Zuerst dachte ich, Toni würde ihr unscheinbares Äußeres durch irgendetwas anderes wieder wettmachen, aber das war nicht der Fall. Ich hatte selten eine so wortkarge, langweilige, unlustige Person erlebt.

Natürlich war sie in meiner Gegenwart befangen, aber trotzdem bin ich mir ziemlich sicher, dass sie auch in meiner Abwesenheit nicht gerade ein emotionsgeladenes, witziges Geschöpf mit Charme und Esprit war.
Als ich Sebastian direkt darauf ansprach, gestand er mir, dass ich ihm immer eine Spur zu selbstbewusst und laut gewesen war. Ich hatte immer das Sagen, ich war stark - und in seinen Augen hatte er nichts zu melden.
Das hatte ich ganz anders empfunden. Ich hatte immer gedacht, wir seien zwei gleichberechtigte Partner. Seiner Ansicht nach war das aber völlig anders gewesen. Angeblich war ich der Drache gewesen, der ihn unentwegt herum kommandiert hatte. Aber wenn das wirklich so gewesen war, warum hatte er dann nie den Mund aufgemacht?
Auf diese Frage antwortete er nur lakonisch, das hätte sowieso nichts gebracht. Ich sei es einfach gewohnt, Befehle zu erteilen und würde erwarten, dass diese auch prompt ausgeführt würden. Er sei sich immer mehr vorgekommen wie ein Sklave und nicht wie mein Partner.
Ich war fassungslos. Sebastian überließ alles im Haushalt komplett mir, was ich natürlich nicht einsah, da wir schließlich beide ganztags arbeiten gingen. Darum wies ich ihn dezent hin und wieder darauf hin, dass auch er den Müll rausbringen oder einkaufen gehen musste. Er tat das jedes Mal höchst widerwillig und murrend, aber ich dachte mir nichts

dabei. Niemals wäre ich auf die Idee gekommen, dass ihn meine freundlichen Aufforderungen so sehr störten, dass er sich letztlich deshalb von mir trennte.

Das war sicher das, was er bei dieser seltsamen Toni genoss: Sie sah aus, als würde sie den Mund nur zum Essen aufkriegen (ja, okay, vielleicht auch noch zum Blasen) - und ganz bestimmt nicht, um irgendwelche Kommandos auf ihren Partner abzufeuern. Sie war ein graues Mäuschen, das lieb und dankbar war, einen Partner gefunden zu haben, sodass es nichts weiter von ihm erwartete.
Das gefiel Sebastian ganz offensichtlich. So sehr, dass er alles, was ich von ihm gefordert hatte, nun freiwillig mit einem Strahlen im Gesicht tat, wie mir unsere gemeinsame Freundin Chiara verwundert erzählte.
Plötzlich konnte er sehr wohl einkaufen gehen und sogar putzen und den Haushalt in Ordnung halten. Das hatte er bei mir nie gekonnt. Aber dadurch, dass diese Toni das eben *nicht* von ihm forderte, machte er es auf einmal freiwillig. Ich hatte offensichtlich eine ganz und gar falsche Taktik angewandt.

„Er ist eine Memme“, sagte Chiara verächtlich. „Wenn er ein starker Mann wäre, hätte er mit einer starken Frau keine Probleme gehabt.“
Ich fragte mich allerdings, ob ich manchmal nicht doch etwas zu dominant gewesen war, aber jetzt war es sowieso zu spät. Und ehrlich gesagt habe ich

Angst, denselben Fehler noch einmal zu machen. Deshalb bin ich gar nicht offen für eine neue Beziehung und verhalte mich unbewusst auch so. Und die Männer spüren das intuitiv.
Aber das ist nicht schlimm, denn mir fehlt im Grunde nichts.

Wenn mir Silvana von ihrem manchmal ausschweifenden Liebesleben erzählt, erinnere ich mich zwar noch daran, wie schön der Sex mit Sebastian am Anfang war, aber das verdränge ich schnell wieder. Ich habe überhaupt keine Lust, nur wegen ein bisschen Sex zu leiden. Ich bekomme das oft genug im Bekanntenkreis mit. Die Frauen daten irgendwelche Männer und sind jedes Mal enttäuscht. Entweder heucheln die Männer anfangs großes Interesse und melden sich nach ein paar Treffen nicht mehr oder sie erscheinen erst gar nicht am vereinbarten Treffpunkt. Ich kenne keine einzige Frau, die im Internet einen halbwegs normalen Mann kennengelernt hat. Und ich will nicht zu den bedauernswerten Frauen gehören, die ständig auf einen Anruf warten und um ein Treffen betteln. Da bleibe ich lieber allein.

Klar, wenn ich manchmal verliebte Paare sehe, wird mir schon ein bisschen wehmütig zumute. Es ist schön, sein Leben mit jemandem zu teilen. Wenn jemand da ist, der mich mal in den Arm nimmt und der immer zu mir steht; egal, was auch passiert. Aber

der Preis ist mir zu hoch.
Außerdem weiß ich aus Erfahrung, dass diese Paare auch nicht für immer und ewig verliebt sein werden. Irgendwann kommt der Alltag, der vieles kaputt macht. Es ist schwer, verliebt zu bleiben, wenn man finanzielle Sorgen hat oder sich darüber streiten muss, wer was im Haushalt erledigt.
Nein, ich werde vorläufig allein bleiben. Vielleicht schickt mir der Himmel irgendwann den richtigen Partner. Wenn nicht, wird es auch ohne diesen Partner gehen.

***

„Alina, du *musst* einfach mit zu dieser Party kommen!"
Silvanas Augen glänzen wie im Fieber und sie fuchtelt aufgeregt mit einem Locher vor mir herum.
„Ich *muss* gar nichts", knurre ich unwillig. „Außer, noch etwa 500.000 Kopien zu machen."
Es ist der Tag nach Hartmut und Robér. Nachdem ich gestern den kleinen Kopierschein gemacht habe, starte ich heute mit dem großen. Wahrscheinlich werde ich heute nichts anderes tun, als am Kopierer zu stehen und eine Seite nach der anderen einzulegen. Ja, das Arbeitsleben einer Sekretärin in einer renommierten Anwaltskanzlei ist ohne Zweifel sehr aufregend und abwechslungsreich. Vielleicht werde ich danach noch diese verdammten Blätter in den blöden Schönfelder einsortieren, das ist auch jedes Mal eine Strafaufgabe.

„Es kommt nur die High Society“, schwärmt Silvana unbeirrt weiter und rennt wie gestochen durch das Zimmer. Ihre blonden Locken fliegen ihr um den Kopf und sie sieht aus, als hätte sie sämtliche Drogen der Welt inhaliert.

Ich lache auf.

„Siehst du, meine Liebe, genau das ist der Punkt: Ich will mit der sogenannten High Society überhaupt nichts zu tun haben. Ich finde diese Leute hohl, oberflächlich und eingebildet.“

„Du kennst sie doch gar nicht“, tadelt Silvana mich mit gerunzelter Stirn. Damit hat sie zweifellos recht. Und das soll auch so bleiben.

„So ist es. Und ich will sie auch gar nicht kennenlernen“, teile ich ihr mit.

„Na, Ladys, wie geht es euch heute?“

Der dicke Dirk erscheint munter in unserem Büro und strahlt uns an. Er hat gerade einen sehr lukrativen Deal ausgehandelt und ist bester Laune.

„Super“, erwidere ich säuerlich. „Mir persönlich könnte es gar nicht besser gehen. Ich sitze immer noch an diesen dämlichen Kopien. Kann man sowas nicht in eine Kopierstube geben? Die machen dort doch den ganzen Tag lang nichts anderes.“

Ich halte inne. Oh mein Gott, die armen Leute. Ich würde mich aus dem Fenster stürzen.

„Du bist doch bald fertig“, bagatellisiert Dirk meine unliebsame Aufgabe und klopft mir aufmunternd auf die Schulter.

„Bald?“, erwidere ich sarkastisch. „Nun, es kommt

darauf an, was man unter ‚bald' versteht. Morgen, übermorgen, nächste Woche?"
Dirk grinst.
„Alternativ kannst du auch in den Keller gehen und mir einige verstaubte Akten raussuchen. Das ist bestimmt genauso spannend."
„Ihr habt echt nur öde Aufgaben", beschwere ich mich. „Warum arbeite ich hier eigentlich?"
„Weil du überdurchschnittlich gut verdienst und sehr freundliche Chefs und überaus reizende Kolleginnen hast", macht Dirk mir klar. „Kommt ihr gleich mal ins Foyer? Wir wollen den Deal feiern und mit Sekt anstoßen."
„Au ja", ist Silvana begeistert. „Im Suff ist alles leichter zu ertragen. Wir kommen sofort."
Dirk lacht, winkt uns zu und verschwindet.
„Wer lädt *dich* denn überhaupt zu einer Party der High Society ein?", wundere ich mich und drehe mich zu Silvana um.
Silvana errötet leicht.
„Ähm ... Sven meinte, es sei aufregend, es direkt auf einer solchen Party zu treiben", gesteht sie.
„Welcher Sven?", hake ich nach. „Hast du gestern nicht von Hartmut und Robér gesprochen?"
Silvana winkt ab.
„Ich habe immer mehrere Eisen im Feuer, weil die Männer so unzuverlässig sind und immer wieder abspringen. Sven kenne ich schon länger, aber er weiß noch nicht genau, ob er mitkommt. Aber wenn, dann wird es sehr aufregend mit ihm."

Ich ziehe meine Augenbrauen zusammen.
„Wie bitte? Du haust mit diesem Typen ab und lässt dich von ihm vögeln - und ich stehe wie blöd ganz allein da? Das ist doch wohl nicht dein Ernst. Und überhaupt - warum soll ich mitkommen, wenn du sowieso deinen Lover dort triffst?"
„Weil er vielleicht nicht kommt, das sagte ich ja gerade", erwidert Silvana spröde. „Bitte nicht böse sein. Ich traue mich allein nicht hin. Kannst du nicht einfach mitkommen? Sobald Sven da ist, kannst du ja wieder gehen."
„Na, schönen Dank auch", erwidere ich leicht gekränkt. „Der Mohr hat seine Schuldigkeit getan, der Mohr kann gehen. Du spinnst wohl."
„Dann komm einfach mit, um dich zu amüsieren", bettelt Silvana. „Es wird dir bestimmt gut tun, eine kleine Abwechslung zu haben."
„Aber ich will mit diesen Snobs nichts zu tun haben", versuche ich ihr klarzumachen. „Für mich wird das total langweilig."
„Das glaube ich nicht", widerspricht Silvana. „Auf so einer Party gibt es bestimmt viel zu gucken."
„Zweifellos", erwidere ich spöttisch. „Da laufen bestimmt viele Frauen mit aufgepumpten Brüsten und aufgespritzten Lippen herum. Von den Männern will ich erst gar nicht reden. Langweilige Pinguine in Anzug und Krawatte."
Ich muss dazu sagen, dass unsere Anwälte *nicht* in Anzug und Krawatte herumlaufen bzw. nur dann, wenn sie Termine haben. Wenn sie im Büro sind, sind

sie ziemlich leger angezogen. Spießig sind sie nicht, sonst hätte ich gar nicht erst angefangen, hier zu arbeiten.

„Es gibt leckere Sachen zu essen“, versucht Silvana es weiter. „Und es spielt sogar eine Liveband. Hey, vielleicht ist ein Rockmusiker für dich dabei! Du stehst doch auf langhaarige Männer.“
„Die spielen da ganz bestimmt keine Rockmusik“, bin ich skeptisch. „Wahrscheinlich spielen sie Lieder von Andrea Berg oder Helene Fischer. Also echt, dann springe ich schreiend in den Pool.“
Doch Silvana gibt nicht auf und am Ende hat sie mich schließlich so weit, dass ich nachgebe. Warum soll ich auch nicht mal wieder ausgehen? Sie hat ja recht. Am Wochenende bin ich meist zu Hause und gucke Fernsehen. Das ist eigentlich nicht das, was man tun sollte, wenn man mit 33 in der Blüte seiner Jahre ist.
„Okay, ich gehe mit“, verspreche ich. „Aber wenn es mir nicht gefällt, haue ich sofort wieder ab, verstanden?“
Silvana nickt strahlend.
„Natürlich“, pariert sie. „Du kannst sofort wieder gehen, sobald Sven da ist.“
Ich will mir gar nicht erst vorstellen, wie er in irgendeinem schimmernden Anzug dasteht und Silvana vor ihm niederkniet.
Nein, darüber denke ich jetzt nicht nach. Und schon gar nicht denke ich darüber nach, wie lange es her ist, seit ich so etwas getan habe.

Kapitel 3

Alina

Warum habe ich mich nur von Silvana zu dieser dämlichen Party überreden lassen? Entnervt stehe ich vor meinem Kleiderschrank und überlege, was ich zu so einem Anlass überhaupt anziehen soll.
Ich war noch nie auf so einer mondänen Party und habe keine Ahnung, welche Klamotten angemessen sind.
Ich seufze auf. Wie schön wäre es, wenn ich mich in meine Jogginghose und ein weites T-Shirt werfen und mich durch die Fernsehlandschaft zappen könnte. Stattdessen soll ich mich aufbrezeln und irgendwo hinfahren, wo ich überhaupt nicht sein will.
Widerstrebend schiebe ich die Kleiderbügel hin und her und wünsche mir, ich hätte Silvanas Bitte nicht nachgegeben.
Warum kann sie nicht allein zu dieser Party gehen? Selbst, wenn sie Sven dort nicht trifft, könnte sie doch einen anderen Krawattenträger aufreißen und es im Pool oder sonstwo mit ihm treiben. Wozu braucht sie mich? Am liebsten würde ich sie anrufen und absagen.
Ich hole tief Luft und inspiziere weiterhin meinen Kleiderschrank. Nach langem Überlegen entscheide ich mich für ein kurzes, schwarzes Kleid mit tiefem Ausschnitt. Mit dem kleinen Schwarzen kann man

nichts falsch machen. Ich kann das Kleid mit ein paar Ketten aufhübschen und mir High Heels, in denen ich nicht laufen kann, überstreifen.
Ich schüttele den Kopf. Nein, ich werde mir ganz bestimmt keine Schuhe anziehen, in denen ich mich nur unter Schmerzen fortbewegen kann. Es ist mir egal, wenn andere Frauen sich auf diese Weise foltern. Ich werde es jedenfalls *nicht* tun.

Nachdem ich mich geschminkt habe und mich im Spiegel betrachte, bin ich ganz zufrieden mit dem, was ich sehe. Meine langen, dunklen Haare fallen weich über meine Schultern, ich habe eine schmale Taille, breitere Hüften und eine nicht zu verachtende Oberweite. Mir wurde schon oft unterstellt, dass ich meine Brüste einem chirurgischen Eingriff zu verdanken habe, aber das ist Quatsch. Ich würde mich niemals für die Schönheit unters Messer legen. Ich würde mir auch niemals Botox oder sonst irgendetwas ins Gesicht spritzen lassen. Dazu bin ich nicht eitel genug. Ich finde, ich kann mich auch ohne dieses Gift sehen lassen.

Widerwillig gestehe ich mir ein, dass ich tatsächlich aufgeregt bin. Selbst, wenn ich mit diesen Leuten nichts zu tun haben will, so bin ich doch gespannt. Sind sie wirklich so oberflächlich und hohl, wie ich glaube? Oder habe ich zu viele Vorurteile? Man kann schließlich auch reich und trotzdem ein guter Mensch sein.

„Wow, du siehst fantastisch aus“, begrüßt mich Silvana überschwänglich, als sie mich eine Stunde später abholt. Ich starre sie an. Meine Kollegin hat sich sehr verändert. Sie trägt ein schillerndes, silbernes Minikleid aus Pailletten, das ihr nur knapp über den Hintern reicht. Dafür ist es ungefähr bis zum Bauchnabel ausgeschnitten.
„Was ist das denn?“, erkundige ich mich. „War das vorher eine Briefmarke? Bisschen kurz, oder?“
„Manno, das ist doch Sinn der Sache“, erläutert Silvana mit einem frechen Grinsen im Gesicht. „Schließlich will ich Sven anmachen.“
„Oder einen anderen Schwanzträger, falls Sven was Besseres vorhat und eine andere vögelt“, gebe ich zurück.
Silvana lacht und schüttelt den Kopf.
„Du mit deinen frechen Sprüchen wirst die High Society schon gut aufmischen“, ist sie zuversichtlich. „Sowas wie dich kennen die bestimmt gar nicht.“
„In Berlin kennen sie das sicher. Da ist fast jeder so charmant“, finde ich. „Lass uns losgehen. Wo findet das Ganze überhaupt statt?“
„Der Gastgeber besitzt ein Haus am Wannsee“, teilt Silvana mir mit. „Wenn ich das richtig verstanden habe, gibt es heute um Mitternacht sogar ein Feuerwerk.“
„Und wie kommst du an so eine Einladung?“, will ich wissen. „Ich meine, wenn du gar nicht in Begleitung dorthin gehst?“

Silvana zuckt mit den Schultern.
„Die Einladung hat Sven organisiert. Allein würde ich da überhaupt nicht reinkommen."
„Ich verstehe immer noch nicht, warum ihr nicht einfach zusammen hingeht."
„Sven weiß nicht, ob er es schafft", informiert Silvana mich zum wiederholten Mal.
„Er hat heute sehr viel im Büro zu tun."
Klar, das kann ich mir lebhaft vorstellen. Wahrscheinlich steht auch er mit einem silbrig schimmernden Anzug am Fenster, das Mondlicht oder die Sonne scheint auf ihn und er holt sonstwas aus seiner teuren Anzughose. Vielleicht hat er eine hilfreiche Sekretärin, die sich vor ihm niederkniet, aber das sage ich Silvana wohl besser nicht.
„Was machst du denn, wenn er nicht kommt?", erkundige ich mich. „Wirfst du dich dann jemand anderem an den Hals?"
Silvana schüttelt heftig ihren Kopf.
„Natürlich nicht. Was denkst du von mir? Es ist mir doch nicht egal, mit wem ich rummache."
„Glaubst du denn, dass es Sven stören würde?", will ich wissen.
Silvana zuckt mit den Schultern.
„Ehrlich gesagt weiß ich das nicht", gibt sie zu. „Wahrscheinlich würde es ihn nicht stören. Wir haben ja keine Beziehung."
„Ist es wirklich das, was du willst?", frage ich vorsichtig. „Ich meine, immer nur diese oberflächlichen Sex-Bekanntschaften? Ist das nicht

irgendwann schal und auf die Dauer zu wenig? Oder genießt du es tatsächlich?"
Ich merke, dass Silvana meine Frage unangenehm ist. Wahrscheinlich will sie nicht ernsthaft darüber nachdenken.
„Mal so, mal so", weicht sie aus. „Klar, es wäre schon schön, eine richtige Beziehung zu haben, aber irgendwie sind die Männer alle bekloppt. Sie stellen viel zu hohe Ansprüche und sind merkwürdig drauf. Eigentlich verarschen sie die Frauen nur. Es ist viel einfacher, wenn man nur Sex hat." Sie fährt sich durch ihre Haare.
„Vermisst du das eigentlich nicht?", will sie wissen. „Seit der Trennung von Sebastian warst du mit keinem Mann im Bett, oder? Das ist immerhin zwei Jahre her."
„Manchmal wäre es schon ganz nett", gebe ich zu. „Aber ich finde, dass es den Herzschmerz, der damit verbunden ist, nicht wert ist. Du hast ein bisschen Sex und die übrige Zeit leidest du vor dich hin. Du wartest auf seine Anrufe, lässt dich vertrösten und belügen, wirst schlecht behandelt, fühlst dich mies – und das alles für ein bisschen Sex. Sex ist toll, aber das Drumherum ist ätzend. Da muss man abwägen."
Silvana verzieht das Gesicht.
„Da hast du schon irgendwie recht", stimmt sie mir zu. „Aber trotzdem finde ich Sex wichtig. So ganz ohne könnte ich mir mein Leben nicht vorstellen."
„Ich schon", erkläre ich. „Ganz ehrlich, so schlimm ist es gar nicht. Übrigens kann man deinen silbernen Slip

sehen, wenn du dich bewegst."
„Das soll auch so sein", erwidert Silvana selbstbewusst. „Was glaubst du, wie die anderen rumlaufen? Ich war schon mal auf so einer Party und da waren die Frauen so gut wie nackt. Ich dachte, die starten jeden Moment eine Orgie."
„Und, haben sie eine Orgie gestartet?", will ich wissen.
Silvana grinst von einem Ohr zum anderen.
„In den diversen Zimmern war schon ordentlich was los", gibt sie bekannt. „Die Stimmung war ziemlich aufgeheizt. Ab und zu sind einige Paare verschwunden und nach einer halben Stunde wieder aufgetaucht. Es war nicht schwer zu erraten, was sie in der Zwischenzeit gemacht haben."
Erschrocken starre ich sie an.
„Das ist jetzt aber nicht so eine Art Swinger Club, zu dem wir gehen?", erkundige ich mich entsetzt. „Ich gehe nur mit, weil du so sehr gebettelt hast. Aber sobald du diesen Sven gefunden hast, werde ich sofort wieder verschwinden."
„Das kannst du auch machen", ist Silvana einverstanden. „Aber jetzt lass uns erst mal hinfahren und die Party genießen, bevor du dich entschließt, wieder zu gehen."

Wir fahren eine ganze Weile, bis wir schließlich im Stadtteil Wannsee, wo vorzugsweise die High Society residiert, eintreffen. Schon von weitem sehe ich die vielen teuren Autos, die auf einem riesigen

Grundstück stehen. Silvana muss ihre Einladung in eine Kamera halten und erst dann öffnet sich wie von Zauberhand das Tor.
Ich schnappe nach Luft, als wir geparkt haben und aussteigen. So etwas habe ich noch nie gesehen, jedenfalls nicht in Privatbesitz. Ein traumhafter Park mit vielen alten Bäumen, farbenfrohen Blumen und exotisch wirkenden Pflanzen erstreckt sich vor uns. Mitten in dem Park prangt ein riesiges Gebäude, das mich an Windsor Castle erinnert. Dieses Gebäude steht direkt am Wasser. Ich kann nicht glauben, dass es sich tatsächlich um ein privates Grundstück handelt, denn es wirkt eher wie ein Konsulat.
„Wer wohnt denn hier?"
Ich weiß nicht, warum ich flüstere. Es liegt wohl daran, dass ich so beeindruckt bin.
„Der Gastgeber", erwidert Silvana wenig hilfreich. „Soweit ich weiß, heißt er Jeff und ist irgendein hohes Tier bei einer Fluggesellschaft. Genaues weiß ich nicht, denn Sven wollte nicht viel darüber sagen. Es war schwer genug, ihn zu überreden, dass du mitkommen darfst. Ich musste versprechen, dass ich niemandem irgendetwas erzähle, was hier vorgeht. Auch nicht, wenn ich Promis sehe."
„Promis?", hake ich nach. „Was denn für Promis? Du meinst jetzt aber keine Z-Promis aus dem Dschungelcamp, oder?"
Silvana zuckt mit den Schultern.
„Es kann schon sein, dass hier einige Schauspieler oder Politiker herumlaufen, die man kennt", erwidert

sie. „Also reiß dich bloß zusammen und frag sie um Gottes Willen nicht nach einem Autogramm.“
„Das würde ich nie tun“, sage ich und merke, wie meine Knie weich werden.
Nein, ich halte tatsächlich nichts von der Upper Class, aber ich glaube, wenn ich einen Promi sehen würde, würde mich das trotzdem interessieren. Es wäre schon irre, jemanden, den man nur aus dem Fernsehen kennt, live und in Farbe bewundern zu können.

Wir staksen weiter durch den Park und nähern uns dem Haus und dem See. Die Party scheint schon in vollem Gang zu sein, denn überall stehen elegant gekleidete Menschen herum, die Sektgläser in den Händen halten, miteinander reden und lachen und sich prächtig zu amüsieren scheinen.
Worüber spricht man mit diesen Menschen? Ich habe doch gar nichts beizutragen. Sie leben schließlich in einer ganz anderen Welt als ich. Sie haben bestimmt tolle Berufe, stehen in der Öffentlichkeit, leben ein interessantes, abwechslungsreiches Leben. Und ich? Ich bin nur eine stinknormale Sekretärin, die nichts Besonderes ist und nichts Besonderes erlebt. Ich habe hier eigentlich gar nichts zu suchen.
Plötzlich schießt mir der Gedanke durch den Kopf, dass es vielleicht genau *das* ist. Dass ich die High Society deshalb ablehne, weil ich fürchte, nicht mitreden zu können. Ich fühle mich unterlegen und will es nicht zugeben, deshalb lehne ich diese Leute

von vornherein ab. Immerhin haben sie etwas geschafft, das ich nicht geschafft habe: Sie sind wohlhabend und führen ein luxuriöses Leben.
Bin ich am Ende nur neidisch? Lehne ich erfolgreiche Geschäftsmänner deshalb ab, weil sie mir einen Spiegel vorhalten, in dem ich selbst nicht besonders gut wegkomme?
Und was sollen all diese merkwürdigen Gedanken überhaupt?
Mein Herz klopft mir bis zum Hals, als wir am Swimmingpool ankommen, um den sich die meisten Leute scharen. Verstohlen beobachte ich sie. Wahrscheinlich bin eher *ich* es, die arrogant und überheblich ist mit ihren dämlichen Vorurteilen.
Ein junges Mädchen in einem schwarzen Kleid mit weißer Schürze nähert sich uns lächelnd. In ihrer Hand hält sie ein Tablett mit verschiedenen Sektgläsern. Einige sind mit Sekt gefüllt, andere mit Orangensaft und wiederum andere mit rotem Sekt.
„Guten Abend“, begrüßt sie uns freundlich. „Darf ich Ihnen etwas zu trinken anbieten? Dort drüben an der Bar finden Sie noch weitere Getränke.“
Mein Blick wandert zu einer imposanten, beleuchteten Bar, hinter der drei Barkeeper stehen und sich offensichtlich bemühen, die Gäste mit Cocktails und anderen alkoholischen Getränken zu versorgen. Silvana und ich nehmen uns jeweils ein Glas Sekt vom Tablett und bedanken uns bei dem netten Mädchen. Dann gehen wir ein paar Schritte auf den glitzernden See zu. Es ist wunderschön hier. Ich

kann gar nicht glauben, dass dies einer einzelnen Familie gehört und sie diese Pracht und diesen Wahnsinnsblick jeden Tag genießen kann.
Es ist genauso, wie ich es mir vorgestellt habe: Die Frauen sind bildschön und jung oder auf jung getrimmt. Sie haben eine fantastische Figur, stecken in Klamotten, denen man ansieht, dass sie ein Vermögen gekostet haben und sind extrem aufgebrezelt. Und die Männer entsprechen genau Silvanas Geschmack. Sie tragen maßgeschneiderte Anzüge, sind ungemein attraktiv und sehr gepflegt. Hier achtet jeder extrem auf sein Äußeres.
Ich lasse diese Bilder auf mich wirken und muss zugeben, dass sich meine Ansicht über die High Society ändert. Diese Leute haben alle etwas erreicht und ich wette, sie haben verdammt viel dafür getan. Es gibt eigentlich keinen Grund, sie zu verachten. Vielleicht bin ich nur neidisch, dass ich selbst nicht so ein mondänes Leben führe.
Mache ich mir nur etwas vor, wenn ich mir einbilde, dass ich für wohlhabende Männer nichts übrig habe? Sieht die Wahrheit so aus, dass ich eher Angst habe, ihnen unterlegen zu sein und ihren Ansprüchen nicht zu genügen?
Lehnt man nicht oft genug Menschen ab, bevor man von diesen Leuten selbst abgelehnt werden kann?
Dann tut es wenigstens nicht so weh.
Ist das meine wahre Angst?

Kapitel 4

Alina

„Hey, da ist Sven ja!“
Silvana stupst mich an und mir rutscht das Herz in die Hose, die ich aber gar nicht trage. Muss dieser Typ so früh kommen? Jetzt wird Silvana sofort mit ihm abrauschen und ich stehe hier wie bestellt und nicht abgeholt.
Mir bricht der kalte Schweiß aus. So hatte ich mir die Party nicht vorgestellt. Ich will hier nicht dämlich herumstehen, so ganz allein. Dann fahre ich lieber sofort nach Hause.
Strahlend rennt Silvana auf einen Mann zu und fällt ihm um den Hals. Ich muss zugeben, dass er tatsächlich mehr als attraktiv ist. Unwillkürlich zuckt das Bild durch meinen Kopf, wie so ein Mann in seinem silbrig glänzenden Anzug im Mondlicht steht und sein harter Schwanz aus der Anzughose herausragt. Und plötzlich finde ich dieses Bild gar nicht mehr so lächerlich. Im Gegenteil. Ich finde es auf einmal ziemlich heiß.

Sven legt seinen Arm um Silvana und kommt mit ihr auf mich zu. Mein Herz klopft plötzlich mindestens doppelt so schnell wie normalerweise. Du liebe Güte, ist der Kerl heiß! Den würde ich auch nicht von der Bettkante schubsen. Mein Sinneswandel ist mir selbst suspekt und ich stürze schnell den Rest meines Sekts hinunter.

„Du bist also die Frau, die nichts von reichen Geschäftsmännern hält", begrüßt mich Sven lachend und streckt mir seine Hand entgegen. Sein Händedruck ist warm und fest und kräftig.
Peinlich berührt sehe ich Silvana an. Musste sie ihm das unbedingt erzählen? Wieso redet sie überhaupt mit ihrem Lover über mich? Haben sie sich sonst nichts zu sagen?
„Ähm ... naja, also ... hm", hüstele ich und kann meinen Blick nicht von ihm abwenden.
Sven lacht wieder.
„Kein Problem, das muss dir nicht unangenehm sein. Jeder hat seinen eigenen Geschmack. Aber vielleicht kannst du den Musikern auf der Bühne etwas abgewinnen. Da sind so ein, zwei Langhaarige dabei."
Ich lasse meinen Blick zur Bühne schweifen, die etwa zweihundert Meter weiter entfernt direkt am See aufgebaut ist. Die Musik ist leise und dezent und stört überhaupt nicht.
Tatsächlich stehen dort zwei Männer mit längeren Haaren, aber die interessieren mich plötzlich überhaupt nicht mehr. Ich bin total hingerissen von diesem Sven und frage mich, was eigentlich mit mir los ist. Bevor ich einen Fuß auf dieses Anwesen gesetzt hatte, war ich ganz anders drauf. Hat mir jemand irgendetwas in den Sekt geschüttet?

Verklemmt halte ich mich an meinem leeren Glas fest, aber das wird mir in Sekundenschnelle von einem netten Mädchen abgenommen. Nun habe ich gar nichts mehr, an das ich mich klammern kann.

„Wo ist denn hier die Toilette?“, erkundigt Silvana sich und blickt ihren Lover fragend an.
„Ich bringe Sie hin“, bietet das nette Mädchen in dem schwarzen Kleid mit der weißen Schürze an.
„Folgen Sie mir bitte.“
Silvana nickt uns zu und verschwindet mit der Serviererin. Du liebe Zeit, was soll ich denn jetzt mit diesem Sven reden? Ich kann ihm ja wohl kaum sagen, was für intime Details Silvana mir über Männer in Anzügen erzählt hat. Und das Blöde ist, dass mir richtig heiß wird, wenn ich mir das Szenario bildlich vorstelle.
Sven lacht mich total nett an.
„Hier lässt es sich aushalten, oder? Jeden morgen aufzuwachen und im See baden zu gehen, hat schon was.“
„Macht der Besitzer das?“, frage ich. „Das alles hier kommt ja sicher nicht von ungefähr. Er muss doch sicher rund um die Uhr arbeiten. Hat er da überhaupt Zeit, um schwimmen zu gehen?“
Sven zuckt mit den Schultern.
„Er steht in aller Herrgottsfrühe auf. Dann ist das Wasser zwar noch eiskalt, aber er ist abgehärtet. Im Winter joggt er jeden Morgen. Er hat einen minutiös

ausgeklügelten Zeitplan. Anders geht das gar nicht."
Schuldbewusst denke ich, dass ich mir jeden Morgen vornehme, joggen zu gehen, es aber nur in den seltensten Fällen schaffe. Ich bin einfach undiszipliniert und faul. Genau darum besitze *ich* so ein Haus am See nicht. Es gibt immer einen Preis, den man zahlen muss.

Mein Herzschlag setzt für einen Moment aus, als ein Mann den Rasen betritt, der mir komplett den Verstand raubt. Unter mir scheint sich der Boden zu öffnen. Er sieht aus wie … wie … Ich finde keine Worte. Wie ein Model? Wie ein Schauspieler? Wie der attraktivste, schönste Mann unter der Sonne? Mir bleibt komplett die Luft weg.
Dunkle Haare. Strahlende, eisblaue Augen, die mich umhauen. Dreitagebart. Energisches Kinn. Ein magnetischer Blick, der es in sich hat. Durchtrainiert. Sogar der dunkelblaue Anzug sieht an ihm so sexy und erotisch aus, dass ich weiche Knie kriege. Wer zum Teufel ist dieser Mann?

„Hey, Leon, da bist du ja", begrüßt Sven ihn. „Schade, dass du deinen Anzug trägst. Somit hast du leider keine Chancen bei Alina. Sie steht nicht auf Geschäftsmänner."
Spinnt der Typ? Was redet er denn da?
„Das würde ich so nicht sagen", rutscht es mir heraus. „Bei Ihnen würde ich glatt eine Ausnahme machen."
Fuck, das habe ich doch jetzt nicht wirklich gesagt?

Das habe ich hoffentlich nur gedacht! Ich merke, wie meine Wangen anfangen zu glühen.
„Oh, da fühle ich mich aber sehr geschmeichelt", grinst Mister Hot & Sexy. „Im Übrigen kann ich den Anzug ausziehen, wenn es daran scheitern sollte."
Oh ja, bitte, zieh den Anzug aus und alles andere auch!!!
Ich werde ganz wackelig bei seiner Stimme, so erotisch finde ich sie. Der Blick aus seinen blauen Augen lässt mich erschauern.
„Ich heiße übrigens Leon. Können wir uns duzen?"
Nicht nur das, Baby, nicht nur das. Wir können noch ganz andere Sachen machen.
„Natürlich", erwidere ich und starre ihn hungrig an.
„Und wie ist dein werter Name?", erkundigt er sich mit einem aufregenden Timbre in der Stimme.
Ach ja, klar, ich sollte mich vielleicht auch mal vorstellen. Moment mal, wie heiße ich noch gleich?
Ich heiße … Na, wird es mir noch einfallen? Vielleicht sollte ich kurz in meinem Personalausweis nachschauen.
„Alina", erinnere ich mich gerade noch, bevor es noch peinlicher wird. Gleich darauf spüre ich seine warme, feste Hand in der meinen und kriege fast einen Herzinfarkt.
Seine Hand fühlt sich schon so verdammt gut an. Wie fühlt sich dann erst etwas ganz anderes von ihm an? Mir wird so heiß, dass ich am liebsten in den Pool springen würde, um mich abzukühlen.
„Alina …."
Leons Augen funkeln mich an und die Art, wie er

meinen Namen ausspricht, lässt mein Blut pulsieren.
„Was für ein schöner Name."
„Danke, gleichfalls", erwidere ich. „Leon ist auch ein sehr schöner Name."
Bravo, wir werden gleich einen Preis für die aufregendste Konversation aller Zeiten bekommen. Wir hören uns genauso dämlich an wie die Bescheuerten beim „Bachelor".

„Bist du auch hier?"
„Ja, ich bin auch hier. Du auch?"
„Ich weiß nicht. Ja, ich glaube schon. Hast du einen Namen?"
„Ich glaube schon, aber er fällt mir gerade nicht ein. Und du?"
„Ich komme auch gerade nicht drauf. Aber ich sehe geil aus, oder? Und ihr wollt mich alle, oder?"
„Zumindest müssen wir so tun als ob. Wir wollen schließlich berühmt werden und gleich nach dieser Show ins Dschungelcamp und dann zu Let's dance. Arbeiten wollen wir nämlich nicht. Heutzutage muss man ja auch nichts mehr können, um berühmt zu werden. Darum sind wir alle hier. Aber das nächste Mal lerne ich wohl doch besser meinen Namen auswendig."

Mein Gehirn ist wie leergefegt und mir fällt überhaupt nichts mehr ein. Dabei bin ich doch sonst so schlagfertig und nie um eine Antwort verlegen.
Ich kann diesen Typen einfach nur anstarren. Mein Sprachzentrum ist völlig ausgeschaltet und es ist total peinlich, dass alle Welt sehen kann, wie extrem ich

auf diesen Mann reagiere. Das ist mir wirklich noch nie passiert.
Natürlich fand ich schon einige Männer attraktiv. Aber nicht so, dass sich mein Gehirn völlig verabschiedet hat.

„Möchtest du etwas trinken, Alina?“, erkundigt Leon sich und ich versinke in seinen stahlblauen Augen.
Seine Fragen sind jetzt nicht unbedingt anspruchsvoll, aber ich finde trotzdem keine Antwort darauf. Ich bin einfach nur hingerissen von diesem Mann. Ich bin verloren. Ich bin sowas von verloren!
„Ähm … ja“, bringe ich mühsam heraus, aber mir will partout nicht einfallen, was ich trinken will.
Leon grinst und entblößt ein Grübchen am Kinn, das ich fasziniert anstarre. Wie kann ein Mann nur so verdammt attraktiv sein und so eine sexy Ausstrahlung haben? Wie geht das? Dieser Typ ist der Wahnsinn! Er ist der heißeste Kerl on earth!
„Vielleicht besuchen wir gemeinsam die Bar und entscheiden uns dort“, schlägt Leon vor, der meinen desolaten Zustand gentleman-like ignoriert, wofür ich ihm äußerst dankbar bin.
Obwohl ich – im Gegensatz zu all den anderen Frauen hier – einigermaßen bequeme Schuhe trage, wackele ich wie auf rohen Eiern über den gepflegten Rasen. Ich kriege kaum noch Luft, obwohl Leon keinen Dauerlauf anstrebt. Ich bin völlig durch den Wind.
Ich halte mich erstmal an der beleuchteten Bar fest,

als wir dort ankommen und sehe den Barkeeper hilfesuchend an.
„Ich hätte gern einen Caipirinha", ordert Leon und wendet sich dann mir zu.
„Und was darf ich für dich bestellen?"
„Same", spreche ich plötzlich Englisch, obwohl ich nicht weiß, warum.
Kann es sein, dass ich mich gerade benehme wie die bescheuertste Tussi auf der ganzen Welt? Was soll er eigentlich von mir denken? Dass ich nicht sprechen kann und wenn, dann nur Englisch, obwohl ich Deutsche bin? Ich muss endlich was tun, um einen guten Eindruck auf ihn zu machen.
Also versuche ich, mich mondän gegen die Bar zu lehnen. Offenbar bin ich auch noch blind und fußkrank geworden, denn ich rutsche ab und stolpere. Geistesgegenwärtig fängt Leon mich auf und ich lande an seiner harten Brust und komme ihm dabei gefährlich nah.
So nah, dass ich seinen verführerischen Duft einatme, von dem mir ganz schwindlig wird. Was für ein Duft! Was für ein Mann!
Am liebsten würde ich mich ganz eng an ihn pressen und dann …
Jetzt muss er mich für noch bescheuerter halten als ohnehin schon. Ich kann nicht denken, nicht reden, nicht laufen … Wahrscheinlich überlegt er sich schon die ganze Zeit, wie er mich wieder loswerden kann, um sich eine der bildschönen Frauen ringsum angeln zu können. Ich wette, keine einzige von ihnen würde

nein sagen. Nicht hier auf der Party und auch sonst nicht. Ich kann mir beim besten Willen nicht vorstellen, dass irgendeine Frau Leon eine Absage erteilen würde.

„Der Rasen ist ein bisschen rutschig“, schmunzelt Leon. „Aber gar nicht so schlecht für mich, denn so habe ich dich gleich da, wo ich dich haben will - in meinem Arm.“
Ich glaube, mich verhört zu haben und starre ihn völlig perplex an. Sein Blick verbrennt mich fast.
„Wie … wie meinst du das?“, stottere ich verwirrt.
Habe ich jetzt auch noch etwas mit den Ohren? Er hat doch gerade nicht wirklich gesagt, dass er mich in seinem Arm haben will, oder?
Wahrscheinlich spielt mir mein Gehirn einen Streich und ich höre Dinge, die ich gern hören würde, die aber leider niemand sagt. Ich fürchte, allmählich muss ich mir ernsthafte Sorgen um meinen Geisteszustand machen.
Dann blicke ich in seine stahlblauen Augen. Das Feuer fährt mir direkt zwischen die Beine. Sein Blick sagt alles. Er sagt, dass ich mich nicht geirrt habe und dass er genau das gesagt hat, was ich gehört habe.
Sein lodernder Blick sagt mir mehr als deutlich, dass er genau dasselbe will wie ich.

Kapitel 5

Alina

Der Barkeeper stellt zwei Cocktailgläser auf den Tresen und lächelt uns aufmunternd zu. Leon nimmt die Gläser und macht sich auf den Weg zum See. Ich folge ihm mit zitternden Knien.
An einer Bank macht er halt und stellt die Gläser auf einem Tisch ab. Es ist natürlich keine profane Holzbank, sondern eine Art Couch. Leon nimmt Platz und bedeutet mir mit einer Handbewegung, mich ebenfalls zu setzen.
Mein Herz macht diverse Purzelbäume, als ich so nah neben ihm sitze. Ich bin immer noch nicht in der Lage, auch nur einen einzigen Satz von mir zu geben.
Leon sagt ebenfalls nichts, sondern blickt mich nur unverwandt mit einer Glut in den Augen an, wie ich sie noch niemals erlebt habe.
Aber wie kann das sein? Er kann doch unmöglich so sehr auf mich abfahren wie ich auf ihn. Hier wimmelt es nur vor lauter schönen Frauen, die viel eher in seiner Liga spielen als ich. Zwischen uns liegen Welten!

„Du willst mich in deinem Arm haben?", krächze ich, als ich an meinem Caipirinha genippt habe und mich fast verschluckt hätte.
Leon legt seinen Arm längs auf der Lehne ab, sodass

er mir körperlich noch näher kommt, was einen wahren Wirbelsturm in meinem Bauch auslöst. Wieder rieche ich seinen Duft, der mich fast um den Verstand bringt.

„Ich halte nichts von Small Talk, wenn klar ist, was wir beide voneinander wollen“, erklärt er mit dunkler Stimme. Sein Blick ist leicht verschleiert, was ein Kribbeln zwischen meinen Schenkeln zur Folge hat.

„So?“, frage ich dümmlich nach. „Du meinst, es ist klar, was wir beide voneinander wollen?“

Na super, jetzt höre ich mich an wie ein liebeskranker Papagei. Ich mache wirklich einen immer besseren Eindruck.

Leon beugt sich noch ein Stück näher zu mir und mein Herz bleibt spontan stehen.

„Ich will dich ficken“, sagt er rau. „Hart und fest, die ganze Nacht lang. Das ist es doch, was du auch willst, habe ich recht?“

Ich schlucke. Ja, natürlich ist es das, was ich auch will. Aber dennoch hatte ich mir das etwas anders vorgestellt. Ein bisschen Small Talk hätte nicht geschadet, finde ich. Wir hätten etwas trinken und uns langsam vorwärts tasten können. Aber wir haben noch keine drei Sätze miteinander gesprochen.

„Ich weiß nicht“, erwidere ich zögernd. „Das geht mir alles ein bisschen zu schnell.“

„Ich habe wenig Zeit und ich rede nicht gern um den heißen Brei herum“, sagt Leon bestimmt. „Wenn mir eine Frau gefällt, sage ich ihr das schnell und unverblümt. Ich will dich nicht heiraten. Ich will

keine Beziehung. Ich will keine Affäre. Ich will einfach nur geilen, harten Sex. Sonst nichts. Wenn du damit einverstanden bist, lass uns gehen."
Ich klammere mich an mein Glas und merke, dass meine Hände zittern. Läuft das in diesen erlauchten Kreisen so ab? Oder läuft das so ab, weil Leon so fantastisch aussieht und jede Frau haben kann? Ist er es gewohnt, dass ihm alle Frauen willig folgen, sobald er ihnen mitteilt, dass er sie ficken will?
„Ich finde das irgendwie unerotisch", erkläre ich piepsig. „Sollte sich die Spannung nicht langsam aufbauen und sich dann steigern?"
Leon zuckt mit den Schultern.
„Nein, finde ich nicht", sagt er lapidar. „Bei mir hat sich genug aufgebaut. Und bei dir auch, wenn ich deine Blicke richtig deute. Du hast mich angeschaut, als ob du mir am liebsten sofort alle Klamotten vom Leib reißen würdest. Und das kannst du auch sehr gern tun."
Unsere Blicke verhaken sich ineinander. Ich spüre, wie mein Körper anfängt zu prickeln. Ich spüre das Knistern zwischen uns, das immer stärker wird. Ich spüre sein Begehren und mein eigenes.
Ich habe sowas noch nie in meinem Leben gemacht. Aber ich will diesen Mann so sehr, wie ich noch nie einen Mann gewollt habe. Ich kann ihn nicht einfach gehen lassen.

Leon holt tief Luft.
„Was willst du denn über mich wissen, Alina?"

Seine Stimme ist plötzlich merklich weicher. Ich zucke zusammen, als er mit zwei Fingern über meinen Arm streicht. Allein diese harmlose Berührung lässt mich meterhoch über dem Boden schweben.
„Ähm … Was machst du beruflich?“ Etwas langweiligeres fällt mir nicht ein.
„Ich arbeite als Rechtsanwalt. Derzeit noch in München, aber in absehbarer Zeit werde ich nach Berlin ziehen“, teilt Leon mir mit.
„Was für ein Zufall“, erwidere ich. „Ich arbeite auch in einer Anwaltskanzlei. Allerdings nur als Assistentin.“
Leons Finger sind jetzt an meinem Kinn angelangt. Ich schließe die Augen. Er streicht ganz sanft die Konturen meiner Lippen nach und ich unterdrücke nur mühsam ein Keuchen.
Jetzt wandern seine Finger über mein Dekolleté und mein Unterleib steht in Flammen. Ich kann förmlich spüren, wie sich meine Nippel verhärten und ich weiß, dass er das unter dem dünnen Kleid auch sehen kann.
„Möchtest du noch etwas über mich wissen?“, fragt er mit butterweicher Stimme.
Ich kann nicht mehr antworten, denn jetzt streift er ganz zart mit seinen Fingerkuppen über meine Brustwarzen und ich kann ein Stöhnen nicht länger unterdrücken. Meine Körpermitte zieht sich lustvoll zusammen und verlangt nach mehr.
„Möchtest du näheres über meinen beruflichen Alltag

wissen? Wann ich aufstehe, was ich arbeite, was ich in meiner Freizeit tue?"
Der Sarkasmus in seiner Stimme ist nicht zu überhören.
Zwischen meinen Schenkeln pocht es wie verrückt.
„Nein", bringe ich mühsam hervor.
Ich will gar nichts mehr wissen. Ich will ihn spüren. Tief in mir. Er hat Recht: Alles andere interessiert mich in diesem Moment nicht. Ich will, dass er mich verrückt macht und dann erlöst.
„Was willst du, Alina?", höre ich seine raue Stimme dicht an meinem Ohr.
„Ich will mit dir irgendwohin, wo wir allein sind", murmele ich.
Leon löst seine Finger von mir und atmet tief durch.
„Ich muss mich erst mal wieder beruhigen", lässt er mich wissen. „Es muss nicht jeder sehen, was mit mir los ist."
Ich öffne meine Augen und schaue in seinen Schritt, wo deutlich eine Beule zu erkennen ist. Das macht mich noch mehr an.
Plötzlich kommt es mir so vor, als hätte ich es doch vermisst, aber immer verdrängt: Sex. Wilden, hemmungslosen, geilen Sex. Wahrscheinlich habe ich mir nur eingeredet, dass ich Sex weder brauche noch vermisse. Aber wenn ich Leon mit der verführerischen Wölbung in seiner Hose vor mir sehe, brennt alles in mir danach.
„Ich werde meine Jacke vor die verräterische Ausbuchtung halten", beschließt Leon und steht auf.

„Lass uns gehen.“
Jetzt weiß ich plötzlich, was Silvana meint. Es ist äußerst anregend, die Beule in seiner schicken Anzughose zu sehen. Wenn ich mir vorstelle, dass er jetzt tatsächlich seinen Schwanz rausholen würde, muss ich Silvana Recht geben. Das *ist* ein äußerst erregender Anblick. Und ich kann es kaum erwarten, das zu sehen. Ich kann es kaum erwarten, *ihn* zu sehen. Und schon gar nicht kann ich es erwarten, ihn zu spüren. Ich will es wie nichts sonst auf der Welt.

Mit weichen Knien stehe ich auf und folge Leon durch den riesigen Garten.
„Ich sollte mich von Silvana verabschieden“, fällt mir im letzten Moment ein. Suchend sehe ich mich um und erblicke sie mit Sven am Buffet. Als wir ankamen, hatte ich auch Hunger, aber der ist mir gründlich vergangen. Jetzt habe ich nur noch auf eins Hunger. Auf Leon.
Leon nickt. „Tu das.“
Ich eiere auf Silvana zu, die mich erstaunt anblickt. Aufgeregt nehme ich ihren Arm und ziehe sie zur Seite.
„Leon und ich gehen“, haspele ich.
Silvana runzelt die Stirn und versteht offenbar nur Bahnhof.
„Wohin geht ihr denn?“, will sie wissen. „Und wann kommt ihr wieder?“
Ich verdrehe die Augen.
„Wir kommen doch nicht wieder“, zische ich ihr zu.

„Und wohin wir gehen … keine Ahnung. Wahrscheinlich zu ihm oder in ein Hotel."
Silvanas Augen werden tellergroß.
„Du willst mir doch nicht etwa erzählen, dass …"
Ihr bleibt offenbar die Spucke weg.
Ich nicke hektisch.
„Doch, genau das. Er will keine Zeit verlieren."
„Und du?", hakt Silvana überrascht nach. „Willst du das auch? Du bist doch eigentlich gar nicht der Typ dazu. Ich meine, da hockst du zwei Jahre lang zu Hause und es passiert gar nichts – und da nehme ich dich mit auf eine Party und du haust sofort mit dem erstbesten Mann ab. Was ist denn mit dir los? So kenne ich dich gar nicht."
Nein, so kenne ich mich selbst auch nicht. Wenn ich darüber nachdenke, würde ich mich wahrscheinlich vor mir selbst erschrecken. Darum ist es wohl am besten, ich denke einfach nicht darüber nach.

„Und dann noch mit einem dieser Anzugträger, die du doch so sehr hasst."
Silvanas Grinsen wird breiter.
„Jaja", sage ich ungeduldig. „Ich verstehe es ja selbst nicht. Aber Leon ist einfach so verdammt heiß, das siehst du ja selbst. Ich weiß ehrlich gesagt gar nicht, warum er ausgerechnet mich erwählt hat. Hier wimmelt es doch nur so von bildhübschen Frauen."
„Na, das liegt doch auf der Hand", findet Silvana. „Du bist die einzige, die kein Botox in der Fresse, Hyaluron in den Lippen und Silikon in den Brüsten

hat. Guck dir die Frauen an – die sehen alle total gekünstelt und unecht aus. Bestimmt hat Leon davon gründlich die Schnauze voll. Die sehen irgendwie alle gleich aus."

„Hm", mache ich, denn so habe ich das noch gar nicht gesehen.

„Für den bist du etwas besonderes", flüstert Silvana. „Du bist authentisch, du bist echt. Das finden Männer, die sich in diesen Kreisen bewegen, oft sehr anziehend."

„Ob ich echt und authentisch bin, kann er nicht beurteilen", flüstere ich zurück. „Er kennt mich überhaupt nicht. Er will gar nicht mit mir reden, er will mich nur …"

Verlegen blicke ich mich um. Es muss nicht jeder mitkriegen, was Leon von mir will.

„Schon klar", nickt Silvana. „Dann wünsche ich euch viel Spaß. Das ist echt ein Ding. Das hätte ich wirklich nicht gedacht, als ich dich mit hierher geschleppt habe."

„Rate mal, wer das auch nicht gedacht hätte", murmele ich und sehe zu Leon hinüber, der ein paar Worte mit Sven wechselt. Ob sie sich gerade darüber verständigen, dass Leon mich abschleppt und Sven Silvana?

Ich straffe mich und gehe auf Leon zu, der mich wieder mit diesem verschleierten Blick bedenkt, der mich ganz schwach macht. Leon wirkt tatsächlich so, als würde ich ihn ungeheuer anmachen. Ich kann das kaum glauben. Niemals hätte ich es für möglich

gehalten, dass sich ein dermaßen attraktiver Mann für mich interessieren könnte. Allerdings interessiert sich Leon garantiert nur auf einer bestimmten Ebene für mich, und bei dieser Ebene sind die Männer nicht besonders anspruchsvoll.
Leon legt seinen Arm um mich und ich zucke zusammen. Flüssige Lava schießt durch meinen Körper, als er mich fest an sich zieht.
„Alina und ich müssen diese Party jetzt leider schon verlassen", sagt er mit einem bedauernden Unterton. „Wir müssen etwas ganz dringendes erledigen, das keinen Aufschub duldet."
„Ich verstehe", grinst Sven und ich habe keinerlei Zweifel, dass er sehr gut versteht, was los ist.
„Dann wünsche ich euch eine schöne Zeit miteinander. Man sieht sich."
Er klopft Leon auf die Schulter und nickt mir aufmunternd zu.
In meinem Bauch fliegen immer mehr Schmetterlinge herum, als ich in ein Auto steige, das mindestens eine halbe Million kostet, das kann selbst ich sehen. Obwohl mich Reichtum bisher nie beeindruckt hat, schüchtert mich dieser Wagen ein. Vielleicht hat mich Reichtum bisher deshalb nicht beeindruckt, weil ich nie mit ihm in Berührung gekommen bin. Ich habe zwar immer darüber gelästert, aber ich kannte niemanden, der wirklich reich war.

Das scheint sich jetzt geändert zu haben. Alles an Leon strahlt Macht und Geld aus und ich kann nicht verhehlen, dass ich das durchaus anziehend finde. Es hat nicht viel gebraucht, bis ich meine Meinung geändert habe und Silvana voll und ganz verstehen kann. Es ist erregend und sexy, wenn ein Mann Macht und Geld hat, das spüre ich jetzt am eigenen Leib.

Verstohlen werfe ich Leon einen Blick zu. Sein Maßanzug sitzt wie angegossen, sein energisches Kinn strahlt Durchsetzungsvermögen aus, aus jeder Pore strömt Kraft, Autorität und eine unfassbare Energie. Dazu noch sein fantastisches Aussehen .... Dieser Mix ist einfach unwiderstehlich.

Mein Männergeschmack hat sich innerhalb der letzten Stunde um 180° gedreht.

Und ich bin wirklich gespannt, ob dieser unfassbar attraktive Mann im Bett das hält, was er verspricht ...

Kapitel 6

Alina

„Wohin fahren wir eigentlich?“, frage ich mit Mickeymaus Stimme, als Leon während der Fahrt kein Wort sagt. Er bemüht sich nicht im geringsten, Small Talk zu betreiben. Warum sollte er sich auch anstrengen? Er hat mir quasi das Angebot unterbreitet, mich zu ficken – und ich habe zugesagt. Was gibt es da noch zu sagen?
Trotzdem finde ich seine Art höchst befremdlich. So hat sich noch nie ein Mann mir gegenüber verhalten. Flüchtig fällt mir der Satz *Wer ficken will, muss freundlich sein* ein, aber offenbar gilt das nicht für Leon. Wahrscheinlich denkt er, wenn er schon so atemberaubend aussieht, muss er nicht auch noch Konversation betreiben.
„Zu meinem Gartenhaus“, sagt er knapp.
„Du hast eine Laube?“, erkundige ich mich erstaunt.
„Es ist ein bisschen mehr als ein Geräteschuppen“, teilt Leon mir mit. „Du musst keine Angst haben, dass wir es zwischen Spaten und Rasenmäher miteinander treiben.“
„Da bin ich ja beruhigt.“ Ich schweige einen Moment. „Hast du nicht gesagt, du wohnst in München?“, fällt mir ein. „Wieso hast du in Berlin eine Laube?“
„Ich komme ursprünglich aus Berlin“, erfahre ich. „Das Gartengrundstück gehört meinen Großeltern.

Ich habe es letztes Jahr ein wenig aufhübschen lassen."

Ich presse meine Lippen aufeinander. Ehrlich gesagt gefällt mir der Gedanke gar nicht, im Gartenhaus seiner Großeltern zu vögeln.

Leon wirft mir einen schnellen Blick zu.

„Der Gedanke gefällt dir nicht", stellt er fest. „Okay, wir können auch in ein Hotel gehen. Ich habe hier noch keine Wohnung, aber das wird sich bald ändern."

„Wo wohnst du denn, wenn du in Berlin bist?", erkundige ich mich, obwohl ich den Eindruck habe, dass es Leon ziemlich widerstrebt, etwas persönliches über sich zu erzählen. Irgendwie ist er schon merkwürdig drauf.

„Meistens wohne ich im Hotel, aber diesmal bin ich bei einem befreundeten Kollegen untergekommen, weil wir ein paar geschäftliche Dinge zu besprechen haben", antwortet Leon. „Er besitzt ein riesiges Haus und ich habe praktisch eine ganze Etage für mich."

Ich schweige beeindruckt. Er lebt tatsächlich in einer ganz anderen Welt als ich. Plötzlich fühle ich mich klein und minderwertig – ein Gefühl, das mir gänzlich unbekannt ist. Und ich hasse dieses Gefühl. Ob es wirklich so clever ist, mit Leon ins Bett zu gehen? Er gibt mir in der Tat kein gutes Gefühl, sondern behandelt mich so, als würde ich nur fürs Bett taugen. Er will ja nicht mal mit mir reden.

Erstaunlicherweise scheint Leon nicht ganz so unsensibel zu sein, wie ich ihn einschätze, denn er

legt plötzlich seine Hand auf mein Knie.
„Hör mal, ich will dich nicht überfallen", sagt er zu meiner Überraschung. „Wenn dir das alles zu schnell geht und du noch nicht bereit dazu bist, können wir auch essen gehen. Ich möchte nur mit einer Frau Sex haben, die das von sich aus will. Ich möchte dich zu nichts überreden."
Ich schlucke. In mir toben alle möglichen widersprüchlichen Gefühle. Einerseits reizt mich Leon sexuell so sehr, wie mich noch kein anderer Mann gereizt hat. Andererseits bin ich noch nie mit einem fremden Mann ins Bett gegangen. Ich habe bisher nur mit Männern geschlafen, mit denen ich eine Beziehung geführt habe. Ich weiß nicht, was das mit mir machen wird, wenn ich einfach so mit einem völlig fremden Mann Sex habe. Ich gehe mal davon aus, dass ich Leon danach nie wiedersehen werde. Werde ich dann an gebrochenem Herzen sterben? Andererseits kann ich auch nicht sagen, dass ich in ihn verliebt bin, denn ich kenne ihn genauso wenig wie er mich.

„Es ist nur so …" Leon atmet geräuschvoll ein und aus. „Als ich dich gesehen habe, hat irgendetwas in mir ausgesetzt. Es ist keine Lüge, wenn ich sage, dass ich selten so stark auf eine Frau reagiert habe wie auf dich. Ich war sofort hin und weg. Ich begehre dich wahnsinnig, Alina. Alles in mir verzehrt sich nach dir. Es würde mich umbringen, wenn ich dich jetzt nicht spüren könnte. Aber ich respektiere es auch,

wenn du dich anders entscheidest."
Das Problem ist, dass sich mein Verstand und mein Gefühl absolut nicht einig sind. Mein Verstand sagt mir, dass ich schleunigst aus diesem teuren Auto aussteigen und nach Hause fahren sollte. Mein Gefühl hingegen ist ganz anderer Meinung. Es fühlt sich so stark zu Leon hingezogen, dass es schmerzt. Es ist ihm egal, was danach kommt. Es will einfach nur fühlen, genießen, lebendig sein, Spaß haben. Es will leben.
Heißt es nicht, man soll auf sein Gefühl hören? Und heißt es nicht weiterhin, man würde am Ende seines Lebens das bereuen, was man *nicht* getan hat?
Entschlossen blicke ich Leon an.
„Ich habe mich nicht anders entschieden", sage ich mit fester Stimme. „Ich will mit dir schlafen."

Vor einem großen, imposanten Gebäude halten wir schließlich an. Flüchtig schießt mir die Frage durch den Kopf, ob Leon hier wohl öfter Station macht und eine Frau nach der anderen abschleppt. Doch ich schüttele den Gedanken schnell wieder ab.
Was macht das für einen Unterschied? Es ist klar, dass er kein Kind von Traurigkeit ist. So, wie er mich heute ohne große Worte abschleppt, schleppt er selbstverständlich auch andere Frauen ab. Aber das sollte mir egal sein. Mir ist intuitiv klar, dass ich ihn nach dieser Nacht - sofern es überhaupt eine ganze Nacht wird und nicht nur ein paar Stunden - niemals wiedersehen werde. Damit muss ich klar kommen.

Aber daran will ich jetzt nicht denken. Ich will nur daran denken, was unmittelbar vor mir liegt. Und ich glaube, das werde ich verdammt genießen.

Wir steigen aus und wieder einmal stelle ich fest, was für eine imposante Erscheinung Leon ist. Als wir die Hotelhalle betreten, drehen sich alle Köpfe nach uns um, und ich bin mir sicher, dass sie sich nicht nach mir umdrehen. Leon zieht alle Blicke auf sich. Obwohl es albern ist, bin ich stolz, dass er mit mir hier ist und dass ich diejenige bin, die gleich in den Genuss seines Körpers kommen wird.

Mit klopfendem Herzen stehe ich neben ihm und höre, wie er eine Suite bucht. Ich habe keine Ahnung, was eine Suite in diesem edlen Hotel kostet, aber sie ist bestimmt nicht billig. Geld scheint für Leon keine Rolle zu spielen. Ist er von Haus aus begütert, hat er reiche Eltern? Verdient man als Rechtsanwalt wirklich so viel? Woher hat er so viel Geld?

Am liebsten würde ich ihn das fragen, aber mir ist klar, dass ich darauf keine Antwort kriegen würde. Er scheint sowieso nicht besonders viel mit mir reden zu wollen.

Mit blitzenden Augen sieht er mich an.

„Okay, gehen wir“, befiehlt er und nimmt zu meiner Überraschung meine Hand in seine. Das fühlt sich wahnsinnig gut an und beglückt trippele ich neben ihm her. Sein Duft macht mich völlig irre. Er ist das reinste Aphrodisiakum für mich.

Wir betreten einen großen, gläsernen Aufzug und fahren in den 13. Stock. Hier versinken wir fast in dicken Teppichen, gehen einen langen Flur entlang, bis Leon vor einer Tür stehen bleibt und die Karte vor den Scanner hält.
Ich schnappe nach Luft, als ich die Suite erblicke. Wow! Das nenne ich wahren Luxus!
Das Zimmer ist riesig und total luxuriös vorwiegend in weiß eingerichtet. Das gigantische Boxspringbett sieht sehr einladend aus und mir wird heiß bei dem Gedanken, was wir gleich darin anstellen werden. Vom Fenster aus hat man einen wunderschönen Blick auf den Grunewald.

„Es ist fantastisch hier", begeistere ich mich und kann mich gar nicht sattsehen, während Leon etwas gelangweilt dreinblickt. Klar, für ihn ist das Standard und er ist diesen Luxus gewohnt. Kann man sich eigentlich über gar nichts mehr freuen, wenn man alles hat? Das ist irgendwie bedauerlich.
„Ja, ganz nett", erwidert er und streift sein Jackett ab. Sehnsüchtig blicke ich ihn an. Er trägt ein weißes Hemd, das über seinen muskulösen Oberarmen förmlich spannt, genauso wie über seiner durchtrainierten Brust. Du liebe Güte, er ist wirklich total definiert und durchtrainiert. Da kann ich überhaupt nicht mithalten. Ich gehe selten genug ins Fitnessstudio, und zum Joggen kann ich mich meistens auch nicht überreden. Ich habe einfach keine Disziplin. Leon muss ein Ausbund an Disziplin sein,

wenn ich mir seinen athletischen Körper anschaue, denn der kommt nicht von ungefähr. Wahrscheinlich ist er in seinem Beruf auch so diszipliniert und hat es deshalb zu etwas gebracht.
Ich habe mich immer nur treiben lassen und nie so richtig gewusst, was ich eigentlich wollte. Darum bin ich schließlich im Büro gelandet. Ich glaube nicht, dass sich irgendjemand als Kind wünscht, Sekretärin zu werden. Man rutscht da irgendwie rein und dann bleibt man dort. Aber ein Traumberuf ist das wohl für niemanden. Auch für mich nicht.

„Möchtest du etwas trinken?", erkundigt Leon sich höflich und schreitet zur Bar. „Champagner vielleicht?"
Ja, unbedingt. Wir sollten feiern, dass ich zum ersten Mal in meinem Leben mit einem völlig fremden Mann ins Bett gehe. Ich nicke.
Leon entkorkt eine Flasche, die in einem Eisbehälter steht und befüllt zwei Gläser, von denen er mir eins reicht.
„Auf eine prickelnde Nacht", sagt er mit samtweicher Stimme und blickt mir dabei so tief in die Augen, dass mir diverse Schauer über den Rücken laufen. Sein Blick hat es wirklich in sich und diese eisblauen Augen sind einfach der Wahnsinn. Ich könnte in diesen Augen versinken. Sie hypnotisieren mich geradezu.
„Auf eine prickelnde Nacht", wiederhole ich und werde mir erst dann der Bedeutung dieser Worte

bewusst.
Werden wir wirklich die ganze Nacht hier verbringen? Oder wird Leon nach ein oder zwei Stunden auf Nimmerwiedersehen verschwinden?

Der eiskalte Champagner rinnt mir die Kehle hinunter und steigt mir sofort zu Kopf, was in dieser Situation gar nicht mal so schlecht ist. Auch Leon nimmt einen tiefen Zug und lässt mich nicht aus den Augen.
Als er sein Glas auf der Bar abstellt und langsam auf mich zukommt, klopft mein Herz doppelt so schnell. Ich bin wie paralysiert und kann mich nicht bewegen. Ohne Umschweife zieht er mich zu sich heran und ich spüre seinen harten, durchtrainierten Körper, der sich gegen meinen presst. Ich merke, dass ich zittere, so aufgeregt bin ich.
„Du hast sowas noch nie gemacht, oder?“, raunt Leon dicht an meinem Ohr und lässt seine Nasenspitze über mein Ohrläppchen gleiten.
„Stimmt“, entgegne ich heiser.
„Warum machst du es jetzt?“, fragt Leon.
„Ich weiß es nicht“, flüstere ich. „Du hast irgendetwas an dir, das mich völlig willenlos macht. Ich bin wirklich noch nie einfach so mit einem Mann ins Bett gegangen, aber bei dir … Du machst mich irgendwie ganz verrückt.“
Falsch, Alina, ganz falsch. Wenn man das Interesse eines Mannes aufrechterhalten will, sagt man ihm nicht, dass er dich ganz verrückt macht. Man spielt

die Uninteressierte.
Wobei das in dieser Situation ziemlich albern wäre. Ich kann schlecht so tun, als würde ich keinen Sex mit ihm haben wollen, oder?
„Ich kann zwar nicht behaupten, dass ich noch nie einfach so mit einer Frau ins Bett gegangen bin, aber du machst mich auch ganz verrückt", flüstert Leon heiser. „Und zwar vom ersten Augenblick an, als ich dich gesehen habe. Du bist irgendwie anders und etwas ganz besonderes."
Obwohl ich ahne, dass er das zu jeder Frau sagt, mit der er in die Kiste steigt, hört es sich trotzdem gut an und ich genieße seine Worte.
„Damit habe ich nicht gerechnet, als ich auf die Party ging", behauptet Leon und reibt seine Wange an der meinen. Wieder steigt mir sein Duft in die Nase, der mich völlig benebelt.
„Weißt du, üblicherweise laufen auf solchen Partys immer dieselben Frauen rum. Viel Botox im Gesicht, aufgespritzte Lippen, angeklebte Haare, Silikon in den Brüsten - sie sehen alle gleich aus. Gleich unecht und gleich künstlich. Du hingegen wirkst frisch und authentisch. So eine Frau habe ich lange nicht getroffen. Und ich finde das außerordentlich anziehend."
Seltsamerweise hört es sich ehrlich an und ich bin fast versucht, ihm zu glauben. Ganz einfach, weil ich ihm glauben will. Ich will die Zeit mit ihm genießen und mir nicht den Kopf darüber zerbrechen, ob das, was er sagt, stimmt oder nicht. Im Grunde ist es egal.

Seine Lippen legen sich auf meine und ich bin überrascht, wie zärtlich er mich küsst. Ich schlinge beide Arme um ihn und fühle seine Muskeln. Er küsst mich so sanft und hingebungsvoll, dass mir fast die Tränen kommen. Es fühlt sich tatsächlich so an, als würde er eine Menge für mich empfinden. Ich weiß, dass es nicht so ist, aber trotzdem bringt sein Kuss ganz viele Gefühle rüber. Mir schwinden die Sinne.
Leon küsst mich wieder und wieder, immer heißer und fordernder, bis sich unsere Lippen öffnen und unsere Zungen aufeinandertreffen. In diesem Moment schießen diverse Blitze durch meinen Körper und sammeln sich zwischen meinen Schenkeln. Mein Kopf fliegt mir förmlich weg. Ich drücke mich fest an Leon und spüre die Härte zwischen seinen Beinen, was mich völlig wahnsinnig macht. Wie lange habe ich das nicht mehr gespürt!
In diesem Moment weiß ich plötzlich, wie sehr ich das vermisst habe. Ich wollte es nur nicht zugeben.

Leon reibt seinen Unterkörper sachte gegen meinen, was alles in mir explodieren lässt. Hungrig biete ich ihm meinen Mund an und er küsst mich wieder, gierig, hart, fordernd, schnell.
Seine Hände schieben mein Kleid hoch und ziehen es mir über den Kopf. Jetzt stehe ich in Slip und BH vor ihm und bin froh, dass ich nicht meine ältesten Baumwoll-Unterhosen angezogen habe, sondern einen schwarzen Seidenslip und einen schwarzen

Spitzen-BH. Ich habe ja nicht gewusst, wie dieser Abend enden würde. Damit habe ich überhaupt nicht gerechnet.
Leon vergräbt seinen Kopf zwischen meinen Brüsten und atmet geräuschvoll ein und aus. Dann öffnet er meinen BH, streift ihn mir von den Schultern und beginnt, an meinen Nippeln zu saugen. Das zieht mir endgültig den Boden unter den Füßen weg, und zwar im wahrsten Sinne des Wortes. Ich kann mich schlichtweg nicht mehr auf den Beinen halten, so sehr haut mich dieser Reiz um. Dabei bin ich normalerweise an meinen Brüsten gar nicht besonders empfindlich, aber jetzt fühlt es sich an, als würden kleine Stromschläge durch meine Knopsen jagen.
Als wüsste Leon genau, was in mir vorgeht, zieht er mich ruckartig aufs Bett. Ich liege auf dem Rücken, er liegt auf mir und ich spüre seinen harten Schwanz an meiner Scham pochen. Ich vergehe fast vor Lust und Begierde. Ich will ihn so sehr!
Doch Leon lässt sich Zeit, erkundet langsam jeden Zentimeter meines Körpers, streichelt mich mal zärtlich, mal etwas derber und wird immer erregter. Sein Gesicht ist verzerrt, seine Mundwinkel biegen sich nach unten, seine Augen flackern. Es ist ein ungemein antörnender Anblick.
Als seine Finger meine Schamlippen teilen und in meine Feuchte eintauchen, stöhne ich unbeherrscht auf. Rote und goldene Sterne tanzen vor meinen Augen, als er meine empfindliche Perle stimuliert

und mich damit an den Rand des Wahnsinns treibt. Ich schließe meine Augen, halte mich an seinen starken Armen fest, winde mich und stöhne meine Lust aus mir heraus. Ich bin wie von Sinnen, als ich schließlich komme und beiße Leon vor lauter Ekstase in seine Schulter.

Dann hält mich nichts mehr. Ich bin voller Gier, als ich seine Hose öffne und mir sein harter, großer Schwanz entgegen schnellt. Atemlos blicke ich Leon ins Gesicht. Er sieht wunderschön aus in seiner Erregung und Lust. Ungemein stark und gleichzeitig schwach und verletzlich.

Sein Schwanz zuckt dicht vor meinem Mund herum und ich sehe das stumme Flehen in Leons Augen. Ich öffne meine Lippen und fahre mir mit der Zunge darüber. Leon stöhnt ungeduldig auf und positioniert seinen Schwanz noch ein bisschen näher an meinem Mund. Dann reibt er kurz seinen Schaft, um sich ein bisschen Erleichterung zu verschaffen.

Als ich seine Eichel sanft mit meiner Zunge umkreise und dann seinen Schwanz in den Mund nehme, zuckt sein Becken und er stöhnt laut auf. Er umfasst meinen Kopf mit beiden Händen und gibt den Rhythmus vor. Hart und schnell.

Plötzlich zieht er seinen Schwanz aus meinem Mund und zittert am ganzen Körper. Ich verstehe. Wenn ich jetzt weiter mache, ist es gleich vorbei.

Es dauert eine Weile, bis Leon sich beruhigt hat. Er dreht mich auf den Bauch, reibt seinen Schwanz ein paarmal zwischen meiner Feuchte und dringt in mich ein. Jetzt stöhne ich nicht nur, ich schreie. Ich kann mich nicht beherrschen. Dieses Gefühl, nach endlosen zwei Jahren wieder einen Schwanz in mir zu fühlen, ist einfach unbeschreiblich. Zitternd warte ich darauf, dass er mich stößt.

Er lässt mich zappeln und beginnt ganz langsam, sich in mir zu bewegen. Ungeduldig strecke ich mich ihm entgegen. Ich will mehr. Viel mehr. Frustriert wackele ich mit den Hüften. Ich halte es keine Sekunde länger aus. Wie zum Teufel kann dieser Mann sich so lange beherrschen?

Ich schreie auf, als er hart und heftig zustößt, um dann wieder zu verharren. Oh mein Gott, dieser Wechsel macht mich wahnsinnig. Er gibt mir ein paar tiefe Stöße, dann stoppt er und bewegt sich überhaupt nicht mehr. Das ist jedes Mal der Punkt, an dem ich anfange zu winseln und um mehr zu betteln.

Irgendwann gibt er mir mehr. Er gibt mir alles. Er fickt mich so hart, dass mir Hören und Sehen vergeht und ich fast keine Luft mehr kriege. Seine Stöße sind rhythmisch, kraftvoll, fest und tief. Wir sind beide wie von Sinnen und vergessen alles um uns herum.

Es ist der geilste Sex meines Lebens.

Kapitel 7

Alina

Ganz Gentleman-like lässt er mir im Bad den Vortritt. Ich stehe unter der Regenwasser-Dusche und genieße das sanfte Prasseln des Wassers auf meiner Haut. Ich bin völlig high und singe vor mich hin. Oh, das war gut, das war verdammt gut! Wie habe ich nur so lange darauf verzichten können!
Zwischen meinen Beinen brennt es, weil er mich so hart rangenommen hat und weil ich es nicht mehr gewohnt bin.
Als ich ins Zimmer zurückkehre, liegt er immer noch nackt auf dem Bett und ich genieße diesen Anblick, denn er sieht atemberaubend aus. Wie ich mir das schon gedacht hatte, hat er nicht nur muskulöse Oberarme, sondern auch noch ein ausgeprägtes Sixpack und stramme Oberschenkel. Er ist wirklich ein bildschöner Mann.
Er blickt auf und lächelt mir zu. Jetzt sieht er sogar *noch* attraktiver aus, obwohl das kaum möglich ist.
„Na, wurden deine Erwartungen erfüllt?“, will er grinsend wissen.
„Ich hatte überhaupt keine“, erwidere ich und schlüpfe zu ihm ins Bett. Ich bin mir unsicher, ob ich mich an ihn kuscheln darf, aber er breitet seinen Arm aus und glücklich schmiege ich mich hinein.
Leon lacht leise.

„Was soll denn das heißen?“, fragt er. „Bedeutet das, dass du mir nichts zugetraut hat oder wie darf ich das verstehen?“

„Das bestimmt nicht“, sage ich. „Ganz im Gegenteil. Nein, ich meinte damit, dass ich überhaupt nicht mit diesen Erwartungen zu der Party gegangen bin. Silvana musste mich regelrecht überreden mitzukommen.“

„Wo du doch Männern in Anzug und Krawatte nichts abgewinnen kannst“, feixt Leon. „Aber wenn sie den Anzug ausgezogen haben, kannst du dich dann doch mit ihnen anfreunden, oder?“

„Sieht ganz so aus“, gebe ich zu und kuschele mich noch ein bisschen fester an ihn. Ehrlich gesagt wundert es mich, dass ich Arm in Arm mit ihm hier liegen kann. Ich hatte Leon eher so eingeschätzt, dass er nach dem Sex aufspringt und sofort das Weite sucht. Es macht ihn sehr sympathisch, dass er das nicht tut.

„Woher kommt deine Aversion?“, will Leon wissen. „Du hast mir erzählt, dass du in einer Kanzlei arbeitest. Sind deine Chefs so eklig zu dir, dass du deshalb eine Abneigung gegen Anzugträger entwickelt hast?“

„Nein.“ Ich schüttele den Kopf. „Meine Chefs tragen überhaupt keine Anzüge. Es geht bei uns im Büro recht locker zu. Wir duzen uns alle und sie sind ganz anders drauf, als man sich Anwälte allgemein vorstellt.“

„Wie stellt man sich Anwälte denn im Allgemeinen

vor?", will Leon lachend wissen. „Und jetzt pass auf, was du sagst, denn ich bin selbst Anwalt."
Ich muss lachen.
„Naja, irgendwie konservativ, steif und spießig eben", gebe ich bekannt. „Allein schon dieses Juristendeutsch, das niemand versteht."
„In der Firma, in der ich arbeite, ist niemand spießig oder konservativ", erklärt Leon. „Das ist ein Vorurteil. Und wenn du selbst mit Anwälten zusammen arbeitest, die locker drauf sind, dürftest du diese Vorurteile gar nicht haben."
„Ich glaube, das liegt eher an meinem Vater", gebe ich zu. „Der ist nämlich auch Rechtsanwalt - und glaub mir, der *ist* spießig."
„Dann hast du ja ein regelrechtes Anwalts-Trauma", bedauert Leon mich. „Aber vielleicht überwindest du das durch mich."
„Das wäre schön", erwidere ich und sehe Leon dabei zu, wie er seinen durchtrainierten Körper aus dem Bett schwingt.
Mein Herz klopft mir bis zum Hals. Bedeutet das jetzt den unausweichlichen Abschied? Wird Leon sich duschen, anziehen und dann für immer verschwinden?
Alles in mir zieht sich zusammen. Es war klar, dass es so enden würde, aber jetzt, wo es so weit ist, tut es mir verdammt weh. Mist, ich habe mit so einer Situation überhaupt keine Erfahrung. Ich war immer mit den Männern zusammen, mit denen ich ins Bett gegangen bin. Und jetzt weiß ich auch, warum ich nie

einen One-Night-Stand wollte. Das ist einfach nichts für mich.
Die Vorstellung, dass Leon gleich auf Nimmerwiedersehen verschwinden wird, tut mir höllisch weh. Es fühlt sich grässlich an, einem Mann körperlich so nah gewesen zu sein und zu wissen, dass ich ihm überhaupt nichts bedeute. Es schmerzt, dass es genauso gut eine andere Frau hätte sein können und dass ich austauschbar bin. Ich kann wirklich nicht verstehen, wie Silvana das unbeschadet übersteht und dass sie sich jedes Mal aufs Neue darauf einlässt. Geht man nicht irgendwann daran kaputt?

Als Leon aus dem Badezimmer zurückkehrt, habe ich einen Kloß im Hals. Jetzt ist es so weit. Jetzt wird er gehen und mich allein zurücklassen.
Ich kann meine Überraschung kaum verbergen, als er zu mir ins Bett springt und mich in seine Arme zieht.
„Warum guckst du so erstaunt?“, fragt er lachend. „Dachtest du, es wäre schon vorbei? Nein, da bist du aber schief gewickelt. Das war längst noch nicht alles. Wir haben noch die ganze Nacht vor uns.“
„Du gehst nicht weg?“
Ich merke selbst, wie kläglich meine Stimme klingt und das ärgert mich. Ich höre mich total bedürftig an, aber wenn ich ehrlich bin, bin ich genau das. Bedürftig nach Zuneigung, Wärme, Zärtlichkeit, letztendlich Liebe. Obwohl ich genau weiß, dass Leon mir all das nicht geben kann. Aber er kann mir

zumindest die Illusion geben. Das ist besser als nichts.
„Nein, ich gehe noch nicht weg."
Leons Stimme klingt fast zärtlich und ich kuschele mich selig in seine Arme.
„So leicht kommst du mir nicht davon", witzelt Leon. „Du musst schon noch ein paarmal durchhalten."
Ich liege in seinen Armen, er streichelt meine Haare und ich atme seinen verführerischen Duft ein. In diesem Augenblick fühle ich mich wohl und geborgen und würde am liebsten dicht an ihn geschmiegt einschlafen und morgen früh in seinen Armen aufwachen.
Wir dösen ein bisschen und ich genieße es, dass wir uns dabei festhalten und streicheln. Es fühlt sich so wunderschön an und ich sauge alles in mich auf wie ein Schwamm.

„Hast du eigentlich Hunger?", erkundigt Leon sich. „Ich habe dich auf der Party weggeschnappt, noch bevor du etwas essen konntest. Und du hast eben bestimmt jede Menge Kalorien verbraucht. Soll ich uns was aufs Zimmer bestellen?"
Ich bin perplex, wie fürsorglich er ist.
„Ja, gern", bin ich einverstanden. „Was gibt es denn im Angebot?"
Leon greift nach einer Mappe, die auf dem Nachttisch liegt und blättert darin herum. Dann schauen wir gemeinsam in die Karte und entscheiden uns für einen großen Salat, den wir uns teilen wollen und einen Gemüseauflauf. Leon wählt eine Nummer auf

dem Haustelefon und gibt die Bestellung durch.
„Es war übrigens irre schön mit dir", sagt er unvermittelt und spielt mit meinen Haaren.
„Ich hätte große Lust auf eine Wiederholung."
Mein Herz macht einen Sprung.
„Ich wüsste nicht, was dagegen einzuwenden wäre", erwidere ich und streiche mit den Fingerkuppen über seine ausgebildete Brust, die sich nun schneller hebt und senkt. Und noch etwas erhebt sich.
Wir sehen uns in die Augen und fangen beide an zu lachen.
„Ich würde sagen, wir nehmen erst das Essen in Empfang und erschrecken den Kellner nicht mit meiner Erektion", schlägt Leon vor.
Verlangend werfe ich einen Blick zwischen seine Beine. Er hat wirklich einen großen, wunderschönen Schwanz und es juckt mir in den Fingern, ihn zu berühren.
„Du kannst ihn ruhig anfassen", erlaubt Leon mir und holt tief Luft. „Ich glaube, das gefällt ihm ausgesprochen gut."
„Mir gefällt das auch ausgesprochen gut", versichere ich und streiche mit meinen Fingerkuppen über seine samtige Eichel. Leon zuckt zusammen und stöhnt auf.
„Fuck, du hast irgendwas in deinen Fingern", keucht er. „Es fühlt sich an, als würde ich meinen Schwanz in eine Steckdose halten."
Ich kann mich einfach nicht beherrschen und streiche mit zwei Fingern seinen Schaft entlang. Leon verzieht erregt das Gesicht und stöhnt erneut auf.

„Weißt du eigentlich, dass es zwei Jahre her ist, seit ich das gemacht habe?", sage ich leise.
Leon sieht mich aus verschleierten Augen an.
„Wie – es ist zwei Jahre her?", fragt er verständnislos. „Was ist zwei Jahre her?"
„Es ist zwei Jahre her, seit ich mit einem Mann geschlafen habe", antworte ich. „Und zwar mit meinem Exfreund. Der hat sich dann allerdings für ein scheues Mäuschen entschieden. Ich war ihm wohl zu laut und selbstbewusst."
Komisch, bei Leon fühle ich mich weder laut noch selbstbewusst.
„Ich mag laute und selbstbewusste Frauen", sagt Leon heiser und fängt an, mit meinen Brüsten zu spielen.
„Du machst mich übrigens wahnsinnig damit, wenn du mich mit deinen magischen Händen wichst", stöhnt er. „Das wird nur noch übertroffen, wenn du es mir mit dem Mund machst."
„Später", lasse ich ihn zappeln. „Wir wollten doch erst was essen."
„Das dauert sicher noch eine Weile", winkt Leon ab. „Es ist genug Zeit, dass du mich ein bisschen mit dem Mund verwöhnst. Meinst du nicht?"
Ich tue ihm den Gefallen und genieße es, wie er zappelt, sich windet und stöhnt. Dadurch hören wir allerdings zunächst das Klopfen an der Tür nicht. Mit feuerrotem Gesicht greife ich nach dem Bademantel, der neben dem Bett liegt, während Leon sich ebenfalls einen Bademantel überstreift und zur Tür geht.

Ist das peinlich! Ich würde am liebsten im Boden versinken, als ein Kellner mit einem Servierwagen hereinkommt, den er an den Tisch schiebt. Er macht ein vollkommen ausdrucksloses Gesicht und tut so, als hätte er nicht gerade Leons lautes Stöhnen gehört. Wahrscheinlich erlebt er so eine Situation nicht zum ersten Mal. Ich allerdings schon - und entsprechend unangenehm ist sie mir.

Leon ist allerdings völlig cool und unbefangen, als er dem Kellner ein großzügiges Trinkgeld gibt. Wir setzen uns im Bademantel an den Tisch, essen, trinken Champagner und unterhalten uns.
„Du hast echt seit zwei Jahren keinen Sex mehr gehabt?", eröffnet Leon das Gespräch. „Das gibt's doch wohl nicht. Warum denn nicht?"
„Weil ich bisher nie einfach so mit einem Mann ins Bett gegangen bin", schocke ich ihn. „Das war heute eine Premiere. Und da ich die letzten zwei Jahre keine Beziehung hatte, gab es auch keinen Sex."
„Wie krass." Leon verschluckt sich fast an seinem Salatblatt. Er runzelt die Stirn.
„Und warum … ähm … hast du heute deine Prinzipien über Bord geworfen?"
Ich blicke ihn nur an. Sein Mund verzieht sich zu einem siegesbewussten Lächeln.
„Weil du mich unbeschreiblich sexy findest?", trifft er den Nagel auf den Kopf.
„So könnte man es ausdrücken", sage ich. „Das sollte man zwar nie so unverblümt sagen, aber es ist ja

sowieso klar. Du weißt es."
Leon nickt langsam und mit Nachdruck.
„Ja, ich weiß es", sagt er und seine Augen funkeln. „Und glaub mir, mir geht es mit dir genauso."

Dass es Leon genauso geht, beweist er mir in dieser Nacht unermüdlich. Wir schlafen so gut wie gar nicht, sondern treiben uns gegenseitig in immer neue Sphären der Ekstase. Zwischendurch ruhen wir uns aus, liegen aneinander geschmiegt da, lauschen dem Herzschlag des anderen und sind einfach nur glücklich.

Das heißt - *ich* bin glücklich, aber ich glaube, Leon geht es auch ziemlich gut. Zumindest macht er diesen Eindruck.

Völlig erschöpft schlafe ich im Morgengrauen in seinen Armen ein.

Das war die schönste und erotischste Nacht meines Lebens.

Egal, was auch passiert - ich werde Leon niemals in meinem Leben vergessen.

Kapitel 8

Alina

Als ich am nächsten Morgen wach werde, schwebe ich immer noch meterhoch über dem Boden. Ich recke und strecke mich und greife neben mich – in der Erwartung, dort Leon zu finden. Aber er ist nicht da.
Müde aber glücklich kuschele ich mich in mein Kissen und spüre Leon immer noch.
Seine Haut war so samtig, seine Küsse waren so leidenschaftlich, und was er mit seinem besten Stück angestellt hat, war der Hammer.
Er ist nahezu perfekt. Er sieht umwerfend aus, ist wahrscheinlich sehr wohlhabend und ein begnadeter Liebhaber. Gut, seinen Charakter kenne ich nicht und an dem wird es dann wohl hapern, denn wenn der auch noch stimmen würde, wäre das wohl zu viel des Guten. So einen Mann gibt es einfach nicht.

Ob er im Badezimmer ist? Oder hat er sich schon zum Frühstück aufgemacht?
Ich spitze die Ohren, aber ich kann aus dem Bad keine Geräusche vernehmen.
Also werfe ich die Bettdecke zurück, springe aus dem Bett und tapse ins Badezimmer. Kein Leon.
Ich stelle mich unter die Dusche, seife mich gründlich ein und wasche meine Haare. Dann trockne ich mich ab, schlüpfe in meine Klamotten, greife zum Fön und

mache mich auf den Weg ins Erdgeschoss.

Nachdem ich den Frühstücksraum gefunden habe, sehe ich mich nach Leon um. Zu meinem Erstaunen kann ich ihn nirgendwo erblicken. Nanu, wo ist er denn? Haben wir uns verpasst? Ist er in dem Moment nach oben gelaufen, als ich mit dem Aufzug runter gefahren bin?

Etwas verunsichert hole ich mir Müsli und Obst, aber irgendwie ist mir der Appetit vergangen. Etwas schweres, dunkles legt sich über mich, eine merkwürdige Vorahnung.

Ich will das gar nicht denken, aber: Ist Leon einfach abgehauen? Hat er absichtlich das Weite gesucht, als ich noch geschlafen habe? Wollte er mich gar nicht mehr sehen?

Ich schüttele innerlich den Kopf. Aber das kann er doch nicht gemacht haben! Nicht nach dieser fantastischen Nacht. Es war kein seelenloses Gerammel, sondern er war unfassbar zärtlich und liebevoll. Manchmal war er auch derb und hart und fordernd, aber genau das hat mir ja so gut gefallen.

Er kann doch nicht einfach so verschwinden! Ohne mir eine Nachricht zu hinterlassen oder seine Telefonnummer. Nein, das kann er nicht machen.

Eine diffuse Ohnmacht umgibt mich plötzlich.

Doch. Natürlich kann er das machen. Ganz sicher sogar. Was erwarte ich denn von einem Mann, der einfach so eine Frau abschleppt? Sicher, ich habe mich auch abschleppen lassen, aber für mich war es das erste Mal. Bei ihm muss ich davon ausgehen, dass er das ständig macht. Und bei seinem Aussehen hat er keinerlei Schwierigkeiten, geeignete Kandidatinnen zu finden. Die Frauen werden ihm in Scharen nachlaufen. Ich bin nur eine von vielen.

Jetzt ist mir der Appetit gründlich vergangen. Es ist sonnenklar: Er will mich nicht wiedersehen. Er hat eine geile Nacht mit mir gehabt, wie er sie wahrscheinlich ständig mit irgendwelchen Frauen erlebt. Es ist für ihn nichts besonderes. Es hinterlässt bei ihm keine Spuren. Wahrscheinlich hat er mich morgen schon vergessen und bumst die nächste.

Ich spüre, wie mir Tränen in die Augen schießen. Verdammt, ich wusste es! Ich wusste, dass ich für einen One-Night-Stand nicht geschaffen bin. Ich bin einfach nicht der Typ, der eine Nacht lang seinen Spaß haben und den anderen danach vergessen kann. Aber genau das werde ich wohl müssen.
Ich bin versucht, zur Rezeption zu gehen und zu fragen, ob Leon schon abgereist ist, bis mir einfällt, dass ich nicht einmal seinen Nachnamen kenne. Ich habe gar keine Möglichkeit, ihn jemals wiederzufinden! Das schockt mich jetzt richtig.
Eventuell könnte ich ihn über diesen Sven ausfindig machen, aber wahrscheinlich will er das gar nicht.

Ich begebe mich wieder in die Suite und suche alles

ab, aber ich finde keinen Zettel. Ich kann immer noch nicht glauben, dass er einfach so verschwunden ist. Wie niederträchtig von ihm, das Weite zu suchen, während ich noch geschlafen habe. Er hätte sich doch wenigstens von mir verabschieden können.

Mit zitternden Fingern wähle ich Silvanas Nummer, erreiche aber nur die Mailbox.
Dann fällt mir ein, dass ich überhaupt nicht weiß, wo ich bin. Ich weiß nur, dass ich am Wannsee bin, aber ich habe keine Ahnung, wo sich die nächste S-Bahn-Station befindet und wie ich von hier aus nach Hause komme. Und es ist mir viel zu peinlich, die Rezeptionistin danach zu fragen.
Wie in Trance verlasse ich das Hotel und laufe ein paar Schritte. Wo zum Teufel bin ich? Die Gegend ist mir gänzlich unbekannt. Ich frage den nächstbesten Passanten, wo sich die S-Bahn befindet und er erklärt es mir. Ich bin hier wirklich am Arsch der Welt und werde mindestens eine Stunde brauchen, bis ich in Kreuzberg gelandet bin.
Je länger ich laufe, umso wütender werde ich. Was bildet sich dieser Kerl eigentlich ein? Die ganze Nacht verwöhnt er mich nach Strich und Faden – und dann lässt er mich fallen wie eine heiße Kartoffel. Er hätte wenigstens mit mir frühstücken und mich danach zur S-Bahn bringen können. Er kann doch nicht einfach so abhauen! Das ist eine Unverschämtheit.
Ich kann immer noch nicht glauben, dass er das wirklich getan hat. Noch immer klammere ich mich

an den Strohhalm, dass er dringend weg musste oder dass irgendwas schreckliches passiert ist. Aber natürlich weiß ich, dass das Quatsch ist.
Es ist überhaupt nichts passiert. Außer, dass ich die Erfahrung gemacht habe, wie dreist Männer sein können und dass ihnen Sex rein gar nichts bedeutet – egal, wie gut er war.

Immer noch wütend komme ich anderthalb Stunden später in meinem geliebten Kreuzberg an. Da heute Sonntag ist, fahren die Bahnen nur alle zwanzig Minuten und ich musste ewig warten. Ich bin wirklich bedient und habe mieseste Laune. Zum Glück erreiche ich endlich Silvana.
„Oh mein Gott, Süße, wie ist es dir ergangen?“, kreischt sie sofort ins Telefon. „Wie war der Sex mit Leon?“
„Der Sex war fantastisch“, antworte ich wahrheitsgemäß. „Allerdings war Leon heute Morgen weg, als ich wach wurde. Er hat mir nicht mal eine Nachricht hinterlassen, kannst du dir das vorstellen? Das ist doch wohl das Allerletzte.“
Flüchtig schießt mir durch den Kopf, dass Leon vielleicht nicht verschwunden wäre, wenn ich mich auf seinen Vorschlag eingelassen hätte und wir in die Laube eingekehrt wären. Möglicherweise wäre das die bessere Entscheidung gewesen.
„Wo wart ihr denn?“, will Silvana wissen.
„In einem Hotel am Wannsee“, gebe ich Auskunft. „Ich kann es immer noch nicht glauben, Silvana. Wir

haben es die ganze Nacht getan und er war so zärtlich und liebevoll … Da kann er doch nicht einfach gehen."
Silvana seufzt tief auf.
„Doch, das kann er. Ich habe das auch schon erlebt, wenn auch eher selten. Meistens sind die Männer doch so drauf, dass man am nächsten Morgen wenigstens noch zusammen frühstückt. Aber manche sind konsequent und lehnen das rigoros ab. Das ist nicht schön fürs Ego. Man fühlt sich dann irgendwie benutzt."
„Wahrscheinlich war er nur zu feige, um mir zu sagen, dass es sich mit dieser Nacht hat und wir uns nicht wiedersehen werden", vermute ich. „Was sagen denn deine Spielgefährten üblicherweise?"
„Genau das", erwidert Silvana. „Dass die Nacht zwar sehr schön war, es aber keine Wiederholung geben wird; dass sie grundsätzlich nur ein einziges Mal mit derselben Frau ins Bett gehen; dass sie sich nicht für eine Beziehung eignen und nicht wollen, dass man sich Hoffnungen macht … Da gibt es verschiedene Varianten. In Wirklichkeit sind sie komplett beziehungsunfähig, aber das wollen sie sich natürlich nicht eingestehen. Und wie geht es dir jetzt?"
„Naja, toll fühle ich mich nicht gerade", gebe ich zu. „Es ist schon ein komisches Gefühl, wenn man die geilste Nacht seines Lebens hatte und der Typ am nächsten Morgen weg ist."
„Du hattest die geilste Nacht deines Lebens?", hakt Silvana nach. „Oje, dann ist es besonders bitter. Wenn

es schön war, möchte man ja eigentlich eine Wiederholung haben. Dann verstehe ich erst recht nicht, warum er einfach abgehauen ist. Es muss auch für ihn schön gewesen sein, denn sowas ist nie einseitig."
„Vielleicht hat er das so gut wie jede Nacht", erwidere ich resigniert. „In diesem Fall war es für ihn nichts besonderes."
„Aus Erfahrung kann ich sagen, dass es nicht oft vorkommt, dass der Sex gigantisch ist", resümiert Silvana. „Die Männer bilden sich zwar alle ein, dass sie der Überflieger sind, aber so richtig geil ist es nur mit den wenigsten. Ich habe mit einer Menge Männer geschlafen und ich kann dir sagen, dass vielleicht zwei oder drei dabei waren, von denen ich sagen würde, sie waren begnadete Liebhaber. Der Rest war allenfalls Durchschnitt."
Ich höre Silvana kaum zu, weil ich nur noch daran denken kann, wie blöd und naiv ich bin. Ich hätte wissen müssen, dass ein Mann wie Leon sich so verhält. Er kann es sich eben leisten. Er ist es gewohnt, dass er jede Frau haben kann - und er wird das weidlich ausnutzen. Und wenn er eine gehabt hat, geht er zur nächsten. Was habe ich anderes erwartet?
„Sei nicht traurig", versucht Silvana, mich zu trösten. „Freu dich lieber, dass du nach all der Zeit mal wieder guten Sex hattest."
„Ja, schon", seufze ich. „Aber dass er einfach so verschwunden ist …. Ich meine, selbst, wenn er mich

nicht wiedersehen will, hätte er trotzdem nicht klammheimlich abhauen müssen. Wir hätten wenigstens noch zusammen frühstücken können."
„Ich glaube, genau das wollte er vermeiden", erwidert Silvana. „Es ist eine eher peinliche Situation, wenn man gemeinsam am Frühstückstisch sitzt und er dir verklickern muss, dass er dich nicht wiedersehen will, während du das ganz anders siehst. Er wird keinen Bock auf diese Diskussion gehabt haben. Männer sind feige. Sie gehen solchen Gesprächen gern aus dem Weg. Und dieses Gespräch wäre für euch beide nicht sehr angenehm gewesen."
Ich schlucke und versuche, mir die Situation vorzustellen. Ja, es wäre unangenehm und peinlich gewesen, da hat Silvana zweifellos recht. Ich wäre verletzt gewesen, wenn Leon mir ins Gesicht gesagt hätte, dass er keinen Wert auf ein weiteres Treffen legt. Von daher ist es vielleicht ganz gut, dass er das Weite gesucht hat.
Aber ich muss zugeben, dass es mich wahnsinnig verletzt, dass er genau das getan hat. Warum hat er das Weite gesucht? War der Sex für ihn nichts Besonderes? Erlebt er so etwas ständig? Offenbar ja, denn sonst hätte er Wert auf eine Wiederholung gelegt. Hat er aber nicht. Das wurmt mich extrem. Für mich war es die absolute Offenbarung, für ihn war es wohl nur Standard.

„Du hast seit zwei Jahren keinen Sex mehr gehabt", sagt Silvana vorsichtig, als ich ihr meine Gedanken

und Gefühle schildere. „Versteh das nicht falsch, aber wenn du einem Verdurstenden, der seit Tagen durch die Wüste gegangen ist, ein Glas Wasser gibst, ist der hochbeglückt. Da muss es kein Champagner sein."
„Du meinst, ich war so ausgehungert nach meiner sexuellen Durststrecke, dass ich jeden Sex als toll empfunden hätte - ganz egal, wie er war?", frage ich desillusioniert. „Nein, das glaube ich nicht. Obwohl es schon lange her ist, kann ich mich noch gut daran erinnern und weiß, was guten von schlechtem Sex unterscheidet. Und der Sex mit Leon war verdammt gut. Ich kann mir nicht vorstellen, dass er das ganz anders empfunden hat."
„Es kann ja sein, dass Leon den Sex auch toll fand", lenkt Silvana ein. „Aber ich wage mal zu behaupten, dass es bei ihm *nicht* zwei Jahre her ist, seit er welchen hatte. Für ihn ist das nicht so etwas Außergewöhnliches wie bei dir. Verstehst du, was ich meine?"
„Natürlich verstehe ich, was du meinst. Ich bin ja nicht erst gestern unter einem Stein hervor gekrochen", entgegne ich ungnädig.
Mein erster One-Night-Stand! Wahrscheinlich wird es auch mein letzter gewesen sein. Egal, was ich mir einzureden versuche - ich fühle mich benutzt und in die Ecke gestellt. Das ist kein schönes Gefühl. Ich eigne mich nicht für so etwas, ich bin zu sensibel. Aber nun habe ich es wenigstens mal ausprobiert und weiß, dass es nichts für mich ist.

Natürlich könnte ich über Sven versuchen, an Leons Handynummer ranzukommen, aber warum? Das würde nichts an der Lage ändern. Wenn Leon etwas mit mir zu tun haben wollte, hätte er mir einen Zettel da gelassen - oder er hätte mich geweckt. Dass er klammheimlich verschwunden ist, sagt genug. Da muss ich mich nicht lächerlich machen und ihm hinterher laufen. Diese Schmach muss ich mir echt nicht geben. Mir geht es auch ohnedem schon elend genug.

„Ich war ja auch überrascht, als du gestern so schnell mit Leon verschwunden bist", sagt Silvana und ich kann die Verwunderung in ihrer Stimme deutlich hören.
„Das ist doch sonst so gar nicht deine Art. Ehrlich gesagt hätte ich dir sowas gar nicht zugetraut. Dafür bin eigentlich ich zuständig."
„Apropos: Wie ist es denn gestern bei dir und Sven gelaufen?", erkundige ich mich neugierig. „Habt ihr es wirklich auf der Party miteinander getrieben?"
Silvana stöhnt auf.
„Weder auf der Party noch sonstwo. Sven hat gestern auf der Party eine Frau kennengelernt, die ihm offenbar weitaus besser gefallen hat als ich. Er hat mich sozusagen einfach da stehenlassen und sich nur noch um sie gekümmert. Ich brauche wohl nicht zu erwähnen, wie mies ich mich gefühlt habe - und immer noch fühle."

Mir fährt der Schreck direkt in die Magengrube. Was für ein Arsch! Wie kann man mit jemandem auf eine Party gehen und dann einfach mit der Nächstbesten anbändeln! Haben die Männer denn überhaupt keinen Respekt und kein Benehmen mehr?

„Wie - du hast quasi daneben gestanden und musstest mit ansehen, wie deine Begleitung eine andere Frau angemacht hat?", erkundige ich mich ungläubig. „Das ist ja wohl der Gipfel der Frechheit. Sowas macht man doch nicht! Was ist denn das für ein Armleuchter?"

„Ein ziemlicher", seufzt Silvana und ich höre ihr deutlich an, wie gekränkt sie verständlicherweise ist.

„Ich habe ja schon einiges mit den Herren aus dem Internet durch, aber das war wirklich der Gipfel. Der hat diese Tussi sowas von angehimmelt und man konnte seine Geilheit förmlich spüren. Es war richtig peinlich."

„Und diese Frau? War es ihr nicht unangenehm, dass sie dir praktisch deinen Lover weggenommen hat?", frage ich.

Silvana lacht bitter auf.

„Nein, die hatte überhaupt keine Skrupel. Die war so blöd, dass sie gar nicht mitgekriegt hat, dass wir zusammen da waren. Vielleicht dachte sie, ich sei nur eine Bekannte oder sowas. Die hat das gar nicht richtig geschnallt. Oder es war ihr egal. Jedenfalls habe ich mich grässlich gefühlt."

Ich schlucke. Das ist wirklich schlimm. Ich kann gar nicht glauben, dass Männer sich so verhalten. Und dann bilden sie sich noch ein, sie gehören zur Upper Class und sind was Besseres!

„Und hat Sven noch irgendwas zu dir gesagt?", hake ich nach.
„Das hat er allerdings", bestätigt Silvana säuerlich. „Als die Tusse - und wenn ich ‚Tusse' sage, meine ich das auch so - auf der Toilette war, um sich ihr Näschen zu pudern, guckte er mich bedauernd an und sagte wortwörtlich: ‚Meine Teuerste, es tut mir leid, aber mein Schwanz hat sich entschieden. Er will diese heiße Braut ficken. Aber das zwischen uns war sowieso nur was Lockeres ohne jeden Besitzanspruch. Du kannst dich ja auch hier umsehen. Vielleicht findest du einen anderen Kerl, der es dir besorgen kann.'"
Mir bleibt die Spucke weg. Wie kann ein Typ nur so unverfroren und unverschämt sein! Das ist wirklich der Gipfel der Frechheit!
„Ich weiß, dass ich von diesen dubiosen Internet-Bekanntschaften im Grunde nichts anderes erwarten kann", seufzt Silvana. „Trotzdem tut es weh, so abgekanzelt zu werden. Ich bin natürlich sofort gegangen. Es war so demütigend und ich hatte nicht die geringste Lust, mir einen anderen Kerl aufzureißen."
„Das tut mir unendlich leid für dich", sage ich geknickt. „Du hast mein vollstes Mitgefühl."

„Danke, du auch", seufzt Silvana. „Da hatten wir gestern wohl beide kein Glück. Bereust du es, dass du mit Leon ins Bett gegangen bist?"
„Bereuen nicht direkt", antworte ich. „Dazu war es zu schön. Aber ich glaube, ich mache sowas nicht nochmal."
Silvana holt hörbar Luft.
„Ich überlege mir demnächst auch sorgfältiger, wen ich date", nimmt sie sich vor. „So eine Erfahrung möchte ich jedenfalls nicht nochmal machen."
Das kann ich gut verstehen.
Ich glaube, ich brauche so eine Erfahrung wie gestern auch kein zweites Mal.

****

Es ist total bescheuert, aber klammheimlich warte ich in den nächsten Tagen doch darauf, dass irgendwas passiert - ohne zu wissen, was genau. Vielleicht fällt Leon im Nachhinein ein, dass der Sex mit mir bombastisch war und er sich nach einer Wiederholung sehnt?
Andererseits - wie sollte er mich kontaktieren? Er kennt nicht mal meinen Nachnamen. Er könnte sich höchstens bei Sven erkundigen, der sich dann an Silvana wenden müsste - aber das würde Sven garantiert nicht tun; so, wie der Abend zwischen den beiden verlaufen ist.
Fortan habe ich die fixe Idee, dass Leon Sven bestimmt kontaktiert hat, aber Sven keine

Verbindung zu Silvana aufnehmen will. Vielleicht scheitert es jetzt nur daran!
Aber im Grunde meines Herzens weiß ich genau, dass es nur an einer einzigen Sache scheitert: daran, dass Leon mich nicht wiedersehen will.

***

Okay, ich werde nicht an gebrochenem Herzen sterben. Ich kenne Leon schließlich gar nicht. Ich habe lediglich eine tolle Nacht mit ihm verbracht. Himmel, es war nur Sex, der keinerlei Bedeutung hat. Wann kapiere ich das endlich?
Trotzdem muss ich ständig an Leon denken und weiß nicht, warum eigentlich. Besonders nett war er jedenfalls nicht zu mir.
Aber … irgendetwas war da zwischen uns in dieser Nacht, und ich meine nicht nur den Sex. Wir haben nicht nur Sex gehabt. Zwischendurch hat er mich immer ganz besonders zärtlich in seinen Armen gehalten und hingebungsvoll gestreichelt. Ja, man kann einfach so Sex haben, aber Zärtlichkeit kann man nicht vortäuschen, und Zärtlichkeit hat immer etwas mit Gefühlen zu tun. Ich bin mir sicher, dass Leon Gefühle für mich hatte, die über den Sex hinausgehen.
Oder rede ich mir das nur ein, weil ich will, dass es so ist?

Warum war Leon so verdammt zärtlich zu mir? Ist er das zu jeder Frau? War diese Nacht für ihn wirklich nichts Besonderes?
Allmählich komme ich mir albern vor, dass ich die Erinnerung an die Nacht einfach nicht loslassen kann und immer noch so oft an Leon denke. Er hingegen hat mich sicher schon längst vergessen und war seitdem mit -zig anderen Frauen im Bett. Diese Vorstellung tut mir richtig weh - egal, wie oft ich mir auch sage, dass mir das völlig egal sein sollte. Aber es ist mir nicht egal und gegen meine Gefühle komme ich nicht an - so sehr ich mich auch bemühe. Irgendwie bin ich machtlos dagegen.
Für *mich* war es nun mal etwas ganz Besonderes und ich werde diese Nacht niemals vergessen.
Und das tue ich auch nicht, denn diese Nacht hinterlässt Spuren, mit denen ich nicht in meinen kühnsten Träumen gerechnet hätte ….

Kapitel 9

Alina

Seit der Nacht mit Leon sind fast zwei Monate vergangen - und ich denke manchmal immer noch an ihn.
Silvana hat ihre Internet-Bekanntschaften nach dem haarsträubenden Erlebnis mit Sven erstmal auf Eis gelegt und die Nase voll. So allmählich gibt sie zu, dass sie gern eine richtige Beziehung hätte, sich aber nicht traut, danach zu suchen. Sie ist der Meinung, sie könne den hochtrabenden Ansprüchen der Männer sowieso nicht gerecht werden.
Mir geht es seltsamerweise sehr gut. Ich bin seit einiger Zeit so ruhig und gelassen wie selten in meinem Leben. Mehr noch: Ich habe irgendein merkwürdiges Gefühl, als ob bald etwas ganz Tolles passieren würde, das mein Leben total verändert und in die richtigen Bahnen lenkt. Ich habe zwar keine Ahnung, was das sein soll, aber es fühlt sich gut an.

An einem unspektakulären Donnerstag steht mal wieder die jährliche Routine-Untersuchung bei meiner Gynäkologin an. Ich mag Frau Dr. Bergmann sehr. Sie ist eine rheinische Frohnatur, hat immer gute Laune und weiß stets etwas Lustiges zu erzählen. Sie nimmt mir die Scheu, wenn ich auf diesem schrecklichen Untersuchungs-Stuhl liege und tut so, als sei es ganz normal, wenn sie etwas betrachtet, das sonst niemand sieht. Naja, für sie ist es das natürlich auch, aber ich empfinde es immer als etwas unangenehm.

„Frau Ahrens …"
Frau Dr. Bergmann runzelt die Stirn, als ich ihr nach der Untersuchung gegenüber sitze und mein Herz rutscht mir sofort in die Hose.
„Haben Sie irgendwas Schlimmes festgestellt?", frage ich alarmiert und fühle ein dumpfes Gefühl in der Magengegend. Bitte nicht! Ich will noch nicht sterben! Jedes Mal, wenn ich bei dieser Untersuchung war, habe ich Panik, dass meine Frauenärztin mir eröffnet, ich habe Krebs im Endstadium. Ich weiß nicht, woher diese Panik kommt, aber sie ist schrecklich.
Zum Glück schüttelt meine Gynäkologin den Kopf.
„Nein, eigentlich nicht. Aber es gibt durchaus eine Neuigkeit. Sie sagten zu meiner Sprechstundenhilfe, Sie wüssten nicht, wann Sie zuletzt Ihre Periode hatten?"
Ich schüttele schuldbewusst den Kopf, denn ich führe meinen Regelkalender nur sehr sporadisch. Dauernd vergesse ich die Eintragungen.
„Das hat diesmal seinen Grund", eröffnet Frau Doktor mir, aber ich schnalle immer noch nicht, worauf sie hinaus will.
„Welchen denn?", frage ich arglos.
Frau Dr. Bergmann lächelt.
„Können Sie sich das nicht denken?", will sie wissen.

Ich starre sie an und kapiere es immer noch nicht.
Doch plötzlich schaltet sich die Lampe in meinem Kopf ein.
Nein, das kann nicht sein.
Das darf nicht sein!
Es ist völlig unmöglich!
Oder?
Nein!!!

„Sie sind schwanger", eröffnet mir meine Gynäkologin und lächelt mich an. „Ich weiß nicht, ob das eine gute oder eine schlechte Nachricht für Sie ist? Sie wirken jedenfalls ziemlich erstaunt."
Das ist noch stark untertrieben. Ich habe das Gefühl, der Boden öffnet sich vor mir und verschluckt mich jeden Moment.
„Das kann nicht sein", stammele ich hilflos wider besseren Wissens.
Frau Dr. Bergmann lächelt immer noch.
„Wenn Sie mit einem Mann geschlafen haben, kann das sehr wohl sein", stellt sie fest.
„Aber … Es war nur ein einziges Mal", flüstere ich heiser, während sich alles um mich herum zu drehen beginnt.
„Außerdem haben wir Kondome benutzt. Ich kann also gar nicht schwanger sein."
„Eine Frau kann auch trotz Kondom schwanger werden", eröffnet Frau Dr. Bergmann mir. „Es kann vorkommen, dass ein Kondom abrutscht oder platzt. Hundertprozentig sicher ist auch diese

Verhütungsmethode nicht."
Nein, das ist jetzt einfach nicht wahr.
„Kann es nicht sein, dass Sie sich irren?", will ich mit piepsiger Stimme wissen. „Vielleicht verwechseln Sie etwas?"
Frau Dr. Bergmann lacht.
„Sie können mir schon so viel fachliche Kompetenz zutrauen, dass ich eine Schwangerschaft feststellen kann. Sie sind definitiv schwanger, Frau Ahrens, und zwar in der neunten Woche."
Mir schießen Tränen in die Augen. Warum habe ich so ein Pech? Ja, ich hätte gern Kinder, aber doch nicht von einem Mann, mit dem ich ein einziges Mal Sex hatte und der mich nicht wiedersehen will! Ich träume von einer intakten Familie mit einem Häuschen im Grünen, aber ganz bestimmt nicht davon, dass ich mich und ein Baby allein durchbringen muss.
Frau Dr. Bergmann umrundet ihren Schreibtisch und legt mitfühlend den Arm um meine Schulter.
„Jetzt lassen Sie das erst mal sacken und denken in aller Ruhe darüber nach", sagt sie sanft. „Ich gebe Ihnen ein paar Adressen von Beratungsstellen und dann sehen wir weiter. Wenn Sie sich für einen Abbruch entscheiden, ist dies bis zur 14. Schwangerschaftswoche möglich."
„Ich habe nur ein einziges Mal mit diesem Mann geschlafen", stöhne ich. Ich komme mir vor wie im falschen Film.
„Ein einziges Mal habe ich einen Fehler gemacht. Ich

habe mich mit jemandem eingelassen, den ich nicht kannte. Warum habe ich das nur getan? Und das arme Kind muss das jetzt ausbaden. Ich kann doch nicht ein Baby umbringen, weil ich verantwortungslos war!“
„Machen Sie sich keine Vorwürfe“, tröstet meine Frauenärztin mich. „Wenn Sie Kondome benutzt haben, waren Sie nicht verantwortungslos. Es kann immer schiefgehen, davor ist niemand gefeit.“
„Aber ausgerechnet in meinem Fall“, schniefe ich. „Mei erster One-Night-Stand – und dann gleich sowas. Das kann auch nur mir passieren.“
Frau Dr. Bergmann tätschelt meinen Rücken.
„Glauben Sie mir, das passiert nicht nur Ihnen. Das ist schon vielen Frauen so ergangen. Manche haben sich gegen das Baby entschieden, manche haben sich dafür entschieden. Diese zugegebenerweise schwere Entscheidung kann Ihnen niemand abnehmen, Frau Ahrens. Lassen Sie sich beraten. Sprechen Sie mit einer Freundin darüber. Es gibt auch für Sie eine Lösung.“
Ich starre vor mich hin. Was für eine Lösung soll es geben? Wenn ich das Baby abtreiben lasse, werde ich mir mein Leben lang Vorwürfe machen, ein kleines Wesen umgebracht zu haben.
Wenn ich es bekomme, steht mir eine richtig schwere Zeit bevor. Ich bin doch noch gar nicht bereit, ein Kind zu bekommen! Und schon gar nicht bin ich bereit, ganz allein ein Kind aufzuziehen. Wird es dann nicht *noch* schwerer, einen Partner zu finden?

Wer will denn schon ein fremdes Kind aufnehmen?

Völlig durcheinander fahre ich nach Hause und muss aufpassen, dass ich keinen Unfall baue, denn ich bin völlig durch den Wind.
Ich bin schwanger! Ich bekomme ein Baby! Ich kriege ein Kind von einem Mann, mit dem ich eine einzige Nacht verbracht habe und den ich wahrscheinlich niemals wiedersehen werde! Schlimmer geht es doch eigentlich gar nicht mehr, oder?
Ich kann einfach nicht glauben, dass dieses Unglück ausgerechnet mir passieren muss. Natürlich ist ein Kind kein Unglück, sondern ein großes Glück, aber nur, wenn es zum richtigen Zeitpunkt im richtigen Umfeld kommt. Aber es ist weder der richtige Zeitpunkt noch stimmt das Umfeld. Es stimmt leider so überhaupt gar nichts.

„Jetzt beruhige dich erstmal“, sagt meine beste Freundin Daniela, als ich zwei Stunden später heulend auf ihrer Couch sitze.
„Es wird bestimmt eine Lösung geben. Als erstes würde ich dem Kindsvater Bescheid geben und hören, was er zu der Neuigkeit sagt.“
Kindsvater! Wie sich das schon anhört!
Wild entschlossen schüttele ich den Kopf.
„Auf gar keinen Fall“, wehre ich ab. „Dieser Arsch mit Ohren hat überhaupt kein Kind verdient. Nein, dem sage ich niemals, dass ich schwanger bin. Er wird es nie erfahren.“

Daniela schüttelt den Kopf.

„Aber warum denn nicht? Er ist genauso dafür verantwortlich wie du. Und wenn ich das richtig verstehe, hat er jede Menge Kohle. Darauf willst du doch wohl nicht verzichten? Da wärst du aber schön blöd. Du willst dich nach der Decke strecken, während er im Geld schwimmt? Du musst ja keinen Kontakt zu ihm haben. Er soll einfach nur Alimente zahlen und sonst nichts."

„Nein, das will ich nicht", erwidere ich. „Ich will mit diesem Mistkerl nichts mehr zu tun haben. Wenn er weiß, dass das Kind von ihm ist, werde ich ihn nie wieder los. Und glaubst du etwa, ich will mich mit einem Typen rumärgern, der mich so mies behandelt hat? Wie kann man nur so eine Nacht miteinander verbringen und dann am nächsten Morgen sang- und klanglos verschwinden! Das werde ich ihm niemals verzeihen. Und so einen Arsch soll ich ein Leben lang an der Backe haben? Auf gar keinen Fall. Das Kind wird niemals wissen, wer sein bescheuerter Vater ist."

Überrascht sieht Daniela mich an.

„Du hast dich also schon entschlossen, das Baby zu bekommen?", fragt sie nach.

„Ich weiß es nicht", stöhne ich. „Ich weiß es wirklich nicht. Aber bei dem Gedanken, so ein kleines hilfloses Wesen absaugen zu lassen, wird mir schlecht. Ich glaube, das bringe ich nicht übers Herz."

„Es ist noch kein kleines Wesen", sagt Daniela vorsichtig. „Im Grunde genommen ist es zu dem Zeitpunkt nicht mehr als ein Zellhaufen. Es hat noch kein Bewusstsein."

„Trotzdem." Mir schießen wieder Tränen in die Augen. „Ich könnte das nicht vor meinem Gewissen verantworten. Ich würde mir mein Leben lang Vorwürfe machen. Ich käme mir vor wie eine Mörderin. Versteh mich nicht falsch: Ich habe nichts gegen Frauen, die eine Abtreibung vornehmen lassen. Es ist nur … Ich selbst kann das einfach nicht."

Daniela und ich schweigen eine Weile und sehen uns betreten an.

„Vielleicht könntest du es zur Adoption freigeben", überlegt Daniela. „Dann müsstest du dir keine Vorwürfe machen, dass du ihm das Leben verwehrt hast. Wenn du dich mit der Situation überfordert fühlst, wäre das eine Möglichkeit."

Ich überlege einen Moment.

„Ich möchte mein eigenes Kind aber nicht abgeben und nicht wissen, wo es aufwächst", sage ich dann. „Ehrlich gesagt sind alle Möglichkeiten nicht das, was ich will. Abtreibung, Adoption, das Kind allein groß ziehen - das ist nicht das, was ich mir vorgestellt habe."

„So ist es aber nun mal", sagt Daniela schlicht. „Du kannst nur mit dem arbeiten, was da ist. Wenn du diesem Typen Bescheid sagen würdest, wärst du wenigstens deine finanziellen Sorgen los."

„Dafür hätte ich aber jede Menge anderer Sorgen", wende ich ein. „Und die will ich mir wirklich nicht ans Bein binden. Nein, ich sage diesem Idioten nicht Bescheid und damit basta."

„Na gut, das musst du wissen“, lenkt Daniela ein. „Aber du solltest auf jeden Fall ein paar Nächte darüber schlafen, bevor du eine Entscheidung triffst.“
„Natürlich“, nicke ich. „Ein bisschen Zeit habe ich noch.“
Das wird die schwerste und gravierendste Entscheidung werden, die ich jemals in meinem Leben getroffen habe.

Kapitel 10

Alina

„Du bist … schwanger?"

Meinen Eltern steht der Schock ins Gesicht geschrieben und sie starren mich fassungslos an. Mit dieser Neuigkeit haben sie natürlich nicht gerechnet, als ich mich zu Kaffee und Kuchen eingeladen habe.

Ich schaue so oft wie möglich bei meinen Eltern vorbei, denn wir haben ein wunderbares Verhältnis zueinander und ich liebe sie sehr. Mein Bruder Mark ist auch mit von der Partie. Er hat selbst zwei Kinder und kann mir vielleicht berichten, was da auf mich zukommt.

„Aber du hast doch gar keine Beziehung, oder?", erkundigt er sich und runzelt die Stirn.

„So ist es", bestätige ich. „Es war eine einmalige Sache. Ein One-Night-Stand."

Meine Eltern werden noch ein bisschen steifer und sitzen kerzengerade auf dem Sofa.

„Wir *haben* verhütet", nehme ich meiner Family gleich den Wind aus den Segeln, bevor ich mich dafür rechtfertigen muss.

„Aber es hat wohl nicht so ganz geklappt."

„Das sieht ganz danach aus", sagt meine Mutter und räuspert sich. „Wie weit bist du denn?"

„Ende der neunten Woche", gebe ich Auskunft.

Die Drei wechseln einen Blick und es ist völlig klar,

was sie jetzt denken: Noch ist Zeit genug, um es ungeschehen zu machen.

„Eigentlich wäre es etwas, über das ich mich freuen sollte“, seufze ich. „Aber ehrlich gesagt weiß ich nicht, was ich machen soll. Ich will das Kind nicht abtreiben lassen, aber ich weiß auch nicht, ob ich es schaffe, es allein großzuziehen. Und nein, ich will diesem Idioten nicht sagen, dass er der Erzeuger ist. Ich will mit ihm nichts zu tun haben. Er war am nächsten Morgen einfach verschwunden. Ganz offensichtlich wollte er mich nicht wiedersehen und war zu feige, mir das ins Gesicht zu sagen. So einen Mann brauche ich nicht in meinem Leben. Auf gar keinen Fall. Und mein Kind braucht auch keinen Vater mit so einem miesen Charakter.“

Es folgt betretenes Schweigen. Meine Familienmitglieder denken offenbar angestrengt nach.

„Glaubt ihr, ich kann das Kind überhaupt lieben, wenn es mich ständig an diesen Kerl erinnert?“, frage ich mit zittriger Stimme. „Es wäre schlimm, wenn ich meinen Frust an diesem unschuldigen Wesen auslassen würde.“

„Das glaube ich nicht“, wirft mein Bruder ein. „So bist du nicht gestrickt. Ich glaube, dass du eine fantastische Mutter wärst. Ganz ehrlich. Du gehst immer so liebevoll mit Holly und Linda um. Sie lieben dich über alles und sind jedes Mal total euphorisch, wenn sie dich sehen. Du kannst wirklich gut mit Kindern umgehen.“

Hoffnungsvoll sehe ich meinen Bruder an.
„Aber ist das nicht alles total stressig?“, will ich wissen. „Du hast selbst gesagt, die ersten Monate wären die Hölle auf Erden gewesen und ihr hättet überhaupt nicht mehr geschlafen.“
„Ja, klar ist das anstrengend“, gibt Mark unumwunden zu. „Und es ist noch mal anstrengender, wenn du allein bist. Andererseits geben dir Kinder auch sehr viel zurück. Wenn sie dich anlächeln, geht die Sonne auf. Und du hast so viel Liebe in deinem Herzen, dass du auch diese anstrengenden Zeiten durchstehst.“
„Wir würden dir natürlich helfen, wo wir nur können“, schaltet sich meine Mutter ein. „Wir würden uns riesig freuen, noch ein Enkelkind zu bekommen. Wir könnten tagsüber auf das Baby aufpassen, wenn du nach der Elternzeit wieder arbeiten gehen musst.“
„Trotzdem bleibt die grundsätzliche Frage, ob du zum jetzigen Zeitpunkt ein Kind willst“, gibt mein Vater zu bedenken. „Du darfst nicht vergessen: Dieses Kind wirst du ein Leben lang behalten. Es ist eine Entscheidung, die dein Leben völlig umkrempeln wird. Darum solltest du sie sehr sorgfältig prüfen und mit kühlem Kopf eine Entscheidung treffen.“
Mein Vater ist derjenige, der immer sachlich ist und sich nicht zu sehr von Emotionen leiten lässt.
„Entschuldige, aber mit kühlem Kopf hat das nichts zu tun“, widerspricht meine Mutter vehement.

„Gerade hier muss aus dem Bauch heraus entschieden werden. Mit dem Verstand richtest du in diesem Fall gar nichts aus."
„Den Verstand sollte man immer einschalten", beharrt mein Vater auf seiner Meinung und wendet sich dann wieder an mich.
„Eigentlich hast du dir das sicher im Rahmen einer Familie vorgestellt und nicht so, dass du ein Kind ganz allein aufziehst", stellt er klar.
„Nein, das habe ich mir so nicht vorgestellt", gebe ich zu. „Aber jetzt ist die Situation nun mal, wie sie ist. Ich bin schwanger und ich kann es mit meinem Gewissen nicht vereinbaren, das Kind abtreiben zu lassen. Ich kann es einfach nicht."
Mir kommen schon wieder die Tränen. Dauernd sehe ich ein hilfloses Baby in mir herum schwimmen, das brutal abgesaugt wird. Allein die Vorstellung löst bei mir einen Weinkrampf aus. Bestimmt sind das die Hormone. Ich weiß einfach, dass ich damit bis an mein Lebensende nicht klarkommen würde. Dazu bin ich viel zu sensibel.
„Wir kriegen das schon hin", macht meine Mutter mir Mut. „Ein Kind großzuziehen, ist ein spannendes Abenteuer. Ich kann mir das bei dir sehr gut vorstellen. Aber du solltest es trennen können, dass du von dem Erzeuger keine gute Meinung hast. Das solltest du nicht auf das Kind übertragen."
„Das dürfte dir nicht allzu schwer fallen, denn das Kind ist genetisch zur Hälfte auch von dir", wirft Mark ein. „Übrigens können wir dir natürlich auch

helfen. Bea ist wegen der Kleinen ja sowieso noch zu Hause. Wir würden dir tatkräftig unter die Arme greifen. Du bist nicht allein, Schwesterherz."
„Das gilt selbstverständlich auch für uns", beeilt sich mein Vater zu versichern. „Ich hoffe, du hast mich nicht missverstanden. Wenn du dich für das Kind entscheidest, stehen wir hundertprozentig hinter dir und tun alles, was in unserer Macht steht. Du kannst dich immer auf uns verlassen, aber das weißt du hoffentlich."
Mir kommen erneut die Tränen, aber diesmal vor lauter Dankbarkeit. Ich habe eine tolle Familie und ich weiß, dass ich immer auf sie zählen kann. Das ist Gold wert. Sie lassen mich nicht allein. Sie lassen mich nicht im Stich. Ich kann es schaffen, weil ich liebe Menschen habe, die mir beistehen und die mir helfen.

Ich muss zugeben, dass ich gar nicht mehr darüber nachdenke, dass es auch Leons Kind ist. Irgendwie verdränge ich das immer. Es ist in erster Linie *mein* Kind. Es ist *mein* Kind, das in meinem Bauch heranwächst und es ist *mein* Kind, das ich großziehen werde.
Leon ist ein unbekannter Mann, der nur seinen Anteil dazu beigetragen hat, quaisi ein Samenspender. Mehr nicht.
Er wird in meinem Leben keine Rolle spielen.

***

Vielleicht liegt es an den Hormonen, aber nachdem ich mich endgültig entschieden habe, das Baby zu bekommen, werde ich richtig fröhlich. Ich habe nur noch gute Laune, lächele vor mich hin und kann es kaum erwarten, das Baby in meinem Bauch zu spüren. Ich empfinde es als Wunder, dass ein neuer Mensch in mir heranwächst. Ich konzentriere mich völlig darauf, dass es meinem Baby und mir gut gehen soll und verschwende keinen Gedanken mehr an Leon. Die Nacht mit ihm ist schon unendlich weit weg und ich will mich auch gar nicht mehr an sie erinnern.
Ich freue mich wahnsinnig auf das kleine Wesen, das da in mir wächst. Plötzlich bin ich voller Zuversicht, dass ich das alles auch allein schaffen werde. Vielleicht sollte es so sein. Es ist ja möglich, dass ich niemals den Mann meines Lebens finde, und mit 33 tickt meine biologische Uhr bereits.
Und wenn ich nicht das Glück habe, den Mann meines Lebens zu finden, dann habe ich bald wenigstens ein Kind. Das ist doch ein schöner Lebensinhalt.

Außerdem bekomme ich so viel Zuspruch von meiner Familie und meinen Freunden, dass ich ganz gerührt bin. Alle wollen mir helfen und mich unterstützen. Natürlich werde ich jede Hilfe dankbar annehmen. Viele von meinen Freunden haben bereits Kinder und können mir gute Tipps geben und mir helfen. Ich sehe meiner Zukunft sehr gelassen entgegen und freue

mich darauf.
Auch Silvana will mir helfen, denn sie fühlt sich „mitschuldig“ an meinem Zustand. Schließlich war sie es, die mich überredet hat, auf diese Party zu gehen. Hätte sie das nicht getan, würde ich jetzt kein Kind erwarten – so sieht sie die Lage.
Ich bin selbst überrascht, wie schnell ich mich an den Gedanken gewöhnt habe, bald Mutter zu sein. Ich habe überhaupt keine Angst mehr, dass ich es nicht schaffen könnte. Ich denke auch gar nicht weiter darüber nach, dass es schöner wäre, wenn das Kind Vater und Mutter hätte. Ich werde mich sehr bemühen, ihm beides zugleich zu sein und den Vater, den es nicht haben wird, zu ersetzen.

„Ich kann sein Papa sein“, schlägt mein schwuler Freund Tobias vor. „Aller Voraussicht nach werde ich selbst nie eigene Kinder haben. Da wäre es schön, wenn ich für dein Kind Teilzeit-Papa sein könnte.“
„Das ist eine sehr gute Idee“, finde ich. „Ich glaube, die Kleine könnte sich keinen besseren Vater wünschen.“
Mit Sicherheit ist Tobias nicht so ein Arschloch wie dieser unmögliche Leon. Ich hoffe, ich werde ihm nie wieder begegnen.

In der Kanzlei sind meine Vorgesetzten und meine Kolleginnen sehr überrascht, als ich verkünde, dass ich schwanger bin. Sie wissen, dass ich keinen festen Freund habe und wundern sich. Da ich keine Lust habe, dass sie hinter meinem Rücken über mich reden, schenke ich ihnen gleich reinen Wein ein. Freimütig erzähle ich, dass ich auf einer Party einen attraktiven Mann kennengelernt habe und die Nacht mit ihm weitreichende Folgen hat. Bevor sie sich über mich das Maul zerreißen, sage ich ihnen lieber selbst die Wahrheit. So muss wenigstens niemand über mich tuscheln und sich fragen, was passiert ist. Damit nehme ich ihnen den Wind aus den Segeln.

Meine Rechnung geht auf. Soweit ich das mitkriege, tuschelt tatsächlich niemand hinter meinem Rücken. Im Gegenteil, alle bewundern mich, dass ich den Mut habe, das Baby zu bekommen und allein großzuziehen.

„Das finde ich wirklich toll von dir“, sagt der dicke Dirk, der sehr christlich und konservativ ist und aus diesen Gründen offenbar überhaupt nicht verhütet, sonst hätte er nicht schon sieben (!) Kinder.
„Wenn du irgendwelche Tipps brauchst, wende dich ruhig an meine Frau“, bietet er mir freundlich an. „Sie hat wahrlich genug Erfahrung in der Kindererziehung.“
Dirk selbst kümmert sich wenig um seine Sprösslinge, da er von morgens bis abends und manchmal auch am Wochenende im Büro ist. Immerhin hat er überall in seinem Büro etliche Fotos von seiner Familie verteilt, sodass er nicht vergessen kann, wie sie eigentlich aussieht. Meiner Meinung nach arbeitet er

als siebenfacher Familienvater viel zu viel, aber das gilt für alle Anwälte. Sie verbringen die meiste Zeit ihres Lebens im Büro. Das ist ihr Leben. Ich könnte mir das für mich niemals vorstellen. Ich freue mich schon jetzt darauf, wenn ich in die Elternzeit gehe und eine Weile zu Hause bin und mich um das Baby kümmern kann.
Ich habe mich wirklich sehr schnell an meine Schwangerschaft gewöhnt und daran, dass jetzt eine ganz neue Etappe in meinem Leben beginnt. Ich bin ganz aufgeregt und neugierig darauf, wie diese Zeit wird.

„Ich bin echt erstaunt, wie schnell du mit der neuen Situation klarkommst“, wundert sich Daniela, als wir uns in einem Eiscafé treffen und mein dicker Bauch unübersehbar ist.
„Man könnte fast meinen, du hast nur darauf gewartet, dass es passiert.“
„Das ganz bestimmt nicht“, widerspreche ich. „Aber jetzt, wo es passiert ist, freue ich mich unbändig darauf.“
„Und du bleibst dabei, dass du diesen Leon nicht kontaktieren und ihm Bescheid sagen willst?“, fragt Daniela zum ungefähr tausendsten Mal.
„Ja, ich bleibe dabei - auch, wenn du das nicht verstehen willst“, lache ich. „Ich brauche keinen Mann, und als Papa hat sich Tobias schon angeboten.“
„Tobias wäre ein wunderbarer Vater“, schwärmt

Daniela, die Tobias seit vielen Jahren kennt und restlos begeistert von ihm ist. Ich glaube, anfangs war sie ein bisschen verliebt in ihn und hat gehofft, dass er seine sexuelle Orientierung noch mal überdenken würde. Zu ihrem Bedauern hat er das jedoch nicht getan.

„Ganz ehrlich: Ich bewundere dich", sagt Daniela und lächelt mich an. „Du bist eine starke Frau und gehst ganz toll mit der Situation um."
Ich lächele zurück.
„Ach, weißt du, das ist gar nicht so schwer", erwidere ich. „Eigentlich weist einem das Gefühl immer den richtigen Weg. Und auch, wenn ich vom Verstand her ganz zu Anfang gedacht habe, dass es schwierig werden würde - mein Gefühl war sich immer sicher, was es wollte. Ich habe im Grunde nur auf mein Gefühl gehört, mehr nicht. Alles in mir hat sich dagegen gesträubt, das Baby nicht zu bekommen. Darum war ziemlich schnell klar, was ich tun werde und darum ist mir diese Entscheidung nicht schwer gefallen. Ich bin einfach meinem Herzen gefolgt. Das ist der einzig richtige Weg."
„Das ist toll, dass du das so sehen kannst", findet Daniela und lächelt.
„Leon hat trotz allem etwas überaus positives in mein Leben gebracht", finde ich. „Von daher bin ich ihm nicht mehr böse. Ich glaube, es war Schicksal und sollte einfach so sein. Und ich hadere auch nicht damit. Im Gegenteil. Ich freue mich wahnsinnig auf

alles, was vor mir liegt."
Und das stimmt. Ich kann es kaum noch abwarten, bis es endlich losgeht.

Kapitel 11

Alina

1,5 Jahre nach *der* Nacht

Ich war noch nie so glücklich wie seit der Zeit, seit meine kleine Maus auf der Welt ist. Ich wusste vorher nicht, dass man so sehr lieben kann. Leonie ist mein Sonnenschein, mein Ein und Alles. Wenn sie mich anstrahlt, geht die Sonne auf. Ich könnte sie von morgens bis abends knuddeln und habe das monatelang auch getan.

Aber heute werde ich zu meinem Job zurückkehren, allerdings vorläufig nur halbtags. Ich muss mich erst mal wieder an das Arbeitsleben gewöhnen und werde sukzessiv immer etwas länger arbeiten. Meine Eltern kümmern sich in dieser Zeit um meine süße Maus, und später kommt sie dann in die Kita.

Ich habe die Zeit mit meiner Tochter so sehr genossen, wie ich noch nie etwas genossen habe. Es ist eine völlig neue Erfahrung für mich und mit nichts zu vergleichen. Ich bin so froh und dankbar, dass ich dieses Baby bekommen habe. Leonie schenkt meinem Leben eine völlig neue Dimension, eine nie gekannte Tiefe und Dankbarkeit. Mein Leben ist plötzlich so viel reicher, weil ich eine völlig neue Gefühlspalette entdeckt habe. Leonie ist die größte Bereicherung meines Lebens und ich bin jeden Tag aufs Neue von

Herzen dankbar, dass ich sie bei mir habe. Ich bin sogar Leon dankbar, dass er sie mir quasi geschenkt hat, darum trägt sie auch den Namen Leonie, Zweitname Mila.
Natürlich ist es manchmal anstrengend, gar keine Frage. Wenn ich nur wenig schlafen kann und der Haushalt im Chaos versinkt, weil ich einfach nicht dazu komme, aufzuräumen und sauber zu machen. Oder wenn ich todmüde bin und Leonie mich dauernd aus dem Schlaf reißt. Aber seltsamerweise stecke ich das ziemlich gut weg.
Ich glaube, diese Nacht mit Leon war Schicksal und es sollte so sein. Hätte ich diese Nacht mit ihm nicht erlebt, wäre ich vielleicht niemals Mutter geworden, wenn ich nicht den passenden Mann kennengelernt hätte und irgendwann zu alt gewesen wäre. Insofern ist alles gut so, wie es gelaufen ist.

Ich bin ziemlich aufgeregt, dass ich heute wieder ins Büro gehe. Ich habe jetzt so lange nicht mehr gearbeitet, dass ich mir schon ein bisschen Sorgen mache, dass ich alles vergessen habe und gar nichts mehr auf die Reihe kriege. Andererseits freue ich mich sehr darauf, meine Vorgesetzten und Kolleginnen wieder jeden Tag zu sehen.
Natürlich habe ich sie ab und zu besucht und ihnen voller Stolz meine Tochter präsentiert, aber es ist etwas völlig anderes, wieder jeden Tag mit ihnen zusammen zu sein.

Mit klopfendem Herzen fahre ich mit dem Aufzug in den fünften Stock. Mit einem *Pling* öffnet sich die Aufzugtür und ich stehe in dem Empfangsraum, den ich so gut kenne. Oft habe ich für meine Kollegin Jana die Vertretung übernommen und saß selbst hier vorne.

„Alina, da bist du ja!"

Jana springt sofort hinter ihrem Tresen auf und kommt auf mich zugelaufen, um mich ungestüm in ihre Arme zu reißen.

„Es ist so schön, dass du wieder da bist! Wir freuen uns alle total. Wir haben dich wahnsinnig vermisst, Süße", sprudelt sie und will mich gar nicht wieder loslassen. Lachend drücke ich sie.

„Ich freue mich auch total, dass ich wieder da bin", gestehe ich. „Es war zwar eine sehr schöne Zeit mit Leonie, aber jetzt ist es auch wieder schön, ein bisschen geistig zu arbeiten. Die Unterhaltungen mit Leonie sind bis jetzt noch nicht sehr gehaltvoll."

„Das kommt noch", tröstet mich Jana. „Hier gibt es auch einige Neuigkeiten. Dirks Frau erwartet das achte Kind."

„Das achte Kind?", grinse ich. „Vielleicht sollte man Dirk und seine Frau mal darüber aufklären, dass es gewisse Vorkehrungen gibt, die man treffen kann. Wie lange wollen sie denn noch weitermachen? Irgendwann haben sie zwanzig Kinder. Kann sich Dirk überhaupt noch all die Namen merken?"

„Ich glaube nicht", schmunzelt Jana. „Wahrscheinlich hat er sie längst nummeriert." Sie senkt ihre Stimme.

„Ehrlich gesagt glaube ich, dass Dirk auch deshalb so oft im Büro ist, um dem Wahnsinn zu Hause zu entgehen", flüstert sie. „Da muss es ja recht turbulent zugehen. Hier im Büro hat er wenigstens Zeit, um in Ruhe seine Zeitung zu lesen, einen Kaffee zu trinken und mit seinen Kollegen zu quatschen. Die hat er zu Hause nicht. Aber seine Frau bewundere ich uneingeschränkt. Wie schafft sie das bloß mit so vielen Kindern, wenn sie noch dazu dauernd schwanger ist?"

„Die haben sicher eine Haushaltshilfe", vermute ich.

Jana schüttelt den Kopf.

„Nein, haben sie nicht, nicht mal eine Putzfrau und noch schlimmer: Sie haben keinen Fernseher und nicht mal Internet. Alles ganz spartanisch. Verstehst du das? Ich meine, Dirk verdient doch sehr gut. Aber ich glaube, das ist eine Frage der Einstellung. Sie wollen sich nicht mit all dem elektronischen Müll zuschütten und die Kinder sollen nicht vor dem Fernseher hocken. Einerseits finde ich das lobenswert, andererseits kann man sich der digitalen Welt nicht völlig verschließen. Zumal Dirk die im Büro ja auch nutzt. Und dann gibt es noch eine Neuigkeit: Wir kriegen einen neuen Boss."

„Was für einen neuen Boss?", wundere ich mich.

„Den obersten." Jana senkt ihre Stimme. „Normalerweise ist er im Hauptsitz in München. Aber jetzt hat er sich entschlossen, in seine Heimatstadt Berlin zurückzukehren. Du weißt ja, dass Jannik und Thorsten in die Filiale nach London gegangen sind, sodass du für die beiden nicht mehr arbeiten musst. Darum ist entschieden worden, dass du für den neuen Boss arbeiten wirst."

„Ausgerechnet", stöhne ich, denn ich hätte natürlich lieber für meine Vorgesetzten gearbeitet, die ich kenne und mit denen ich hervorragend klar komme. Wer weiß, wie dieser neue Boss ist.

„War er schon mal hier? Hast du ihn gesehen? Wenn ja, wie ist er?", will ich wissen.

Jana zuckt mit den Schultern.

„Ich habe ihn nur ganz kurz gesehen, als er durchs Foyer gerauscht ist. Gesprochen habe ich mit ihm nicht. Aber was ich gesehen habe, war schon ziemlich … wow." Sie schnalzt mit der Zunge.

„Was meinst du mit ‚wow'?", erkundige ich mich.

Jana blickt sich um; so, als wolle sie sichergehen, dass niemand uns belauscht.

„Ganz ehrlich, Alina – er war der heißeste Typ, den ich jemals gesehen habe", flüstert sie verschwörerisch. „Ich konnte gar nicht glauben, dass *das* der oberste Boss sein soll. Da hätte ich mir eher einen älteren, dicken, nicht besonders attraktiven Typen vorgestellt. Ich habe zuerst wirklich gedacht, es müsse sich um eine Verwechslung handeln und er hätte sich hierher verirrt. Aber Dirk hat mir bestätigt, dass er wirklich der Boss ist, dem hier alles gehört. Dabei ist er noch so jung! Ich schätze ihn höchstens auf Ende 30. Wie kann er in dem Alter schon so viel erreicht haben? Oh Mann, ich beneide dich echt, dass du für ihn arbeiten darfst."

Ich verdrehe die Augen. So sehr bin ich von dieser Idee nicht begeistert. Meine letzte Erfahrung mit einem unverschämt gut aussehenden Mann war nicht gerade positiv. Meine Meinung ist, dass Männer, die besonders gut aussehen, keinen guten Charakter haben. Und wenn sie dann auch noch erfolgreich sind, gilt das doppelt. Von daher kann ich mir schon vorstellen, wie dieser neue Boss drauf ist. Und für so ein Arschloch muss ausgerechnet ich arbeiten. Mir bleibt auch nichts erspart.

„Wann ist er denn wieder hier?“, will ich wissen.
„Zufällig kommt er heute“, erklärt Jana. „Er fängt sozusagen gleichzeitig mit dir an.“
„Das hat mir gerade noch gefehlt“, murre ich. „Ich muss mich erst mal wieder einarbeiten.“
„Vielleicht hast du an deinem ersten Tag noch eine Schonfrist“, macht Jana mir Mut. „Das wird schon klappen. Mach dir mal keine Gedanken. Unsere Anwälte sind doch alle total nett.“
„Ja, sind sie, aber das muss ja nicht so bleiben“, sage ich düster.
Irgendwie habe ich ein ganz ungutes Gefühl bei der Sache. Ich weiß nicht, warum, aber ich glaube nicht, dass mit dem obersten Boss gut Kirschen essen ist.

Silvana empfängt mich genauso herzlich wie Jana und kann sich vor Freude kaum einkriegen, dass ich endlich wieder da bin.
„Ich habe dich so sehr vermisst“, ruft sie und will

mich gar nicht wieder loslassen. „Es war richtig öde ohne dich. Endlich habe ich wieder jemanden zum Quatschen."
„Wenn du dich da mal nicht täuschst", entgegne ich. „Ich habe gerade von Jana erfahren, dass der oberste Boss zu uns kommt und ich diejenige bin, die für ihn arbeiten soll. Das hat mir gerade noch gefehlt. Hast du ihn schon gesehen?"
Silvana schüttelt den Kopf.
„Nein, habe ich nicht. Ich glaube, er war nur ein einziges Mal ganz kurz hier. Jana hat ihn gesehen und die ganze Zeit davon geschwärmt, wie fantastisch er aussieht. Sie konnte sich gar nicht mehr beruhigen."
Sie runzelt die Stirn.
„Aber selbst, wenn du für ihn arbeiten musst – er bezieht das Zimmer von Thorsten und Jannik, sodass ich schon glaube, dass du hierbleiben kannst. Wo solltest du dich sonst hinsetzen?"
„Auch wieder wahr", sage ich erleichtert und meine Laune hebt sich ein bisschen.
Ich habe mich so sehr darauf gefreut, mir wieder ein Zimmer mit Silvana teilen zu können und würde ungern irgendwo anders sitzen, womöglich noch allein. Ich finde, es arbeitet sich viel besser und schneller, wenn man eine Kollegin hat. Man wechselt zwar auch mal ein paar private Worte, aber es ist ein angenehmeres Arbeiten. Ich mag nicht gern allein sitzen.

Die ersten Stunden werden anstrengend. Ich muss

wirklich erst wieder reinkommen und mich sehr konzentrieren. Es ist ungewohnt, weil ich so lange zu Hause war. Ich hoffe, der oberste Boss hat Verständnis dafür, dass auch ich heute meinen ersten Tag nach langer Abstinenz habe und verlangt nicht ganz so viel. Vielleicht muss er sich selbst erst mal einen Überblick verschaffen und braucht mich heute gar nicht.

Am frühen Nachmittag ist es soweit. Jana ruft uns aufgeregt an und teilt uns mit, dass sich der neue Boss vorstellen will und wir uns dazu im Foyer einfinden sollen. Mir klopft das Herz bis zum Hals. Schließlich sehe ich jetzt zum ersten Mal meinen neuen Boss. Hoffentlich ist er nett.

Als Silvana und ich im Foyer ankommen, ist bereits die gesamte Belegschaft, die aus 50 Personen besteht, anwesend. Es ist so voll in dem kleinen Raum, dass ich den obersten Boss gar nicht sehe. Er steht schließlich nicht auf einem Podest, sondern in der Mitte des Raumes. Ich stelle mich auf die Zehenspitzen, aber ich sehe trotzdem rein gar nichts.
„Ich möchte mich Ihnen kurz vorstellen", höre ich eine Stimme, die mir merkwürdig bekannt vorkommt.
„Mein Name ist Leon Sander. Bisher war ich in München tätig, aber aus persönlichen Gründen möchte ich nach Berlin zurückkehren. Ich hoffe auf eine kollegiale Zusammenarbeit und werde mich im

Laufe des Tages noch einigen von Ihnen näher vorstellen; besonders den Kollegen, mit denen ich enger zusammen arbeiten werde. Auf ein gutes Miteinander."

Jetzt lichtet sich die Reihe vor mir und ich kann einen Blick auf den neuen Boss erhaschen.

Mein Herz bleibt stehen.

Nein.

Nein. Nein.

Nein. Nein. Nein.

Das kann nicht wahr sein.

Das kann einfach nicht wahr sein!

Ich muss träumen.

Ich habe gerade einen Albtraum.

Als ich mich zu Silvana umdrehe und ihre schreckgeweiteten Augen sehe, weiß ich, dass ich keinen Albtraum habe.

Der Albtraum ist wahr.

Mein neuer Boss ist Leon, der Vater meiner kleinen Tochter.

Der Mann, mit dem ich eine heiße Nacht verbracht habe und den ich nie wiedersehen wollte.

Und jetzt werde ich ihn jeden Tag sehen, und zwar als meinen Boss.

Ich glaube, ich stürze mich gleich aus dem Fenster.

Kapitel 12

Alina

Ich sitze wie paralysiert in meinem Büro und starre auf den Monitor.
„Warum haben wir uns eigentlich nie darum gekümmert, wer der oberste Boss ist?“, frage ich tonlos. „Eigentlich sollte man doch wissen, für wen man arbeitet, oder?“
Die Kanzlei ist riesig und hat Dependancen in ganz Europa. Ich komme mir ziemlich blöd vor, aber tatsächlich war es mir egal, wer in den einzelnen Städten und Ländern an der Spitze steht. Ich hatte mit den Mitarbeitern der übrigen Filialen nie etwas zu tun. Mir war nur wichtig, wer in Berlin das Sagen hat.
„Ich komme mir auch ziemlich bescheuert vor“, erwidert Silvana, die genauso geschockt aussieht, wie ich mich fühle.
„Gab es nicht mal drei Partneranwälte, denen das alles gehörte? Ich glaube, da hat es irgendwann einen Wechsel gegeben, aber ich habe das nicht so genau verfolgt.“
Ich sitze wie erstarrt auf meinem Stuhl.
„Was soll ich denn jetzt bloß machen?“, flüstere ich mit erstickter Stimme. „Ich kann nicht für ihn arbeiten. Ich glaube nicht, dass er das wollen würde. Und ich will es auch nicht.“
„Vielleicht kannst du mit einer anderen Sekretärin

tauschen“, schlägt Silvana vor. „Das wäre sicher für alle Beteiligten das Beste. Sprich einfach offen mit ihm.“

„Es wird mir gar nichts anderes übrig bleiben“, stöhne ich und vergrabe meinen Kopf zwischen den Händen.

Das darf doch einfach nicht wahr sein! Was ist denn das für ein beschissenes Schicksal? Es kann nicht sein, dass der Typ, mit dem ich eine heiße Nacht verbracht habe, jetzt auch noch zufällig mein Boss ist! Mein Boss ist der Vater meiner Tochter – und er weiß es nicht! Das ist so makaber, dass es schon wieder lustig wäre, wenn es mich nicht selbst betreffen würde. Aber da es mich selbst betrifft, ist es alles andere als witzig.

„Hey, Alina!“ Jana steckt ihren Kopf durch die Tür. „Herr Sander hat angeordnet, dass du sofort zu ihm kommen sollst. Er hat gesagt, er braucht dringend eine Assistentin.“

Mir rutscht mein Herz ganz nach unten. Sobald er mich sieht, wird er seine Meinung sicher ändern. Zumindest wird er eine andere Assistentin haben wollen.

„Viel Glück“, wünscht Silvana mir und umarmt mich. „Wird schon schief gehen.“

Jana sieht uns verwundert an.

„So schlimm ist es nun auch wieder nicht, für so einen attraktiven Boss zu arbeiten“, findet sie. „Wenn ich an deiner Stelle wäre, würde ich mich freuen. Es ist doch toll, wenn man den ganzen Tag so einen atemberaubenden Mann vor Augen hat. Da hat man wenigstens was zu gucken. Obwohl … ob man sich da auf seine Arbeit konzentrieren kann, sei mal dahingestellt. Ich glaube, ich wäre völlig durcheinander und würde alles vergessen."

Damit hat sie meinen Gemütszustand treffend beschrieben. Ich bin so durcheinander, dass ich über meine eigenen Füße stolpere und erst überlegen muss, wo Leons Büro eigentlich ist.

Als ich vor seiner Tür stehe, habe ich das Gefühl, dass ich mich jeden Moment übergeben muss. Das hätte mir gerade noch gefehlt, wenn ich ihm vor die Füße kotze. Andererseits würde es ziemlich genau das ausdrücken, was ich für ihn empfinde. Ich finde sein damaliges Verhalten nach wie vor zum Kotzen und habe große Lust, ihm das mitzuteilen.

Ich hole tief Luft und klopfe an. Meine Hände zittern.

„Ja, bitte?", vernehme ich seine tiefe, markante Stimme und drücke die Türklinke hinunter. Ich muss noch einmal tief Luft holen, sonst ersticke ich.

Da ist er also. Der Mann, mit dem ich die geilste Nacht meines Lebens verbracht habe und der auf Nimmerwiedersehen verschwunden ist. Aber so ganz verschwunden ist er eben doch nicht, denn da sitzt er nun. Als mein neuer Boss.

Ich straffe meine Schultern, blicke ihm fest in die Augen und gehe auf seinen Schreibtisch zu, hinter dem er thront.

Er hat sich überhaupt nicht verändert. Im Gegenteil, ich finde, er sieht sogar *noch* attraktiver aus, obwohl das eigentlich gar nicht möglich ist. Seine Augen sind von diesem unwahrscheinlich schönen Blau, seine Haare sitzen perfekt, genauso wie sein tadelloser, dunkelblauer Anzug, der fantastisch zu seinen Augen passt. Sein Dreitagebart macht ihn noch männlicher, als er ohnehin schon ist, und er kommt mir noch muskulöser vor als bei unserer ersten Begegnung.

Sofort habe ich Bilder vor Augen, die ich nicht vor Augen haben sollte. Ich sehe ihn lang hingestreckt vor mir liegen, mit steil aufgerichtetem Schwanz, erregt, leidenschaftlich, verzückt, zitternd, völlig außer sich. Ich sehe seine verschleierten Augen, als sie meine trafen, während ich seinen Schwanz im Mund hatte. Diesen Ausdruck habe ich nie vergessen.

All diese Bilder hatte ich erfolgreich verdrängt. Ich wollte nicht mehr daran denken, und ich habe nicht mehr daran gedacht. Aber jetzt, wo ich Leon live und in Farbe vor mir sehe, ist plötzlich alles wieder da.

Auch der Schmerz, dass er einfach gegangen ist. Diese Demütigung und Verzweiflung.

Am liebsten würde ich auf ihn zugehen und ihm eine Ohrfeige verpassen. Die Wut schießt wie eine lodernde Flamme in mir hoch.

Seine Augen begegnen meinen. Sein Blick ist ausdruckslos und neutral. Nichts deutet darauf hin, dass er mich erkennen würde. Ich zucke zusammen. Erkennt er mich wirklich nicht? War die Nacht so bedeutungslos für ihn? Oder tut er nur so?

„Hallo, Frau Ahrens“, sagt er förmlich und steht auf. „Es freut mich, Sie kennenzulernen. Ich habe gehört, dass Sie die ehrenvolle Aufgabe übernehmen, mich zu unterstützen?“

Er streckt mir seine Hand entgegen, die ich mechanisch ergreife. Sein Händedruck ist fest und fordernd. Genauso wie … Ach, lassen wir das. Das hat hier wirklich nichts zu suchen. Und ich will auch gar nicht mehr daran denken. Nie wieder.

Aber wie soll ich nie wieder daran denken, wenn ich diesen Kerl jeden Tag sehen muss?

Ich räuspere mich.

„Ehrlich gesagt wäre es mir lieber, wenn Sie diese Aufgabe jemand anderem übertragen würden“, entgegne ich. „Ich bin heute aus der Elternzeit zurückgekehrt und muss mich erst mal wieder einarbeiten.“

Leon verzieht keine Miene.

„Sie wurden mir zugeteilt“, erklärt er kühl. „Demzufolge werden Sie auch für mich arbeiten. Seit wann entscheiden die Sekretärinnen, für wen sie arbeiten? Das war eine Anordnung, kein Wunsch. Wie kommen Sie überhaupt dazu, sich zu weigern?“

Ich schlucke. Er scheint mich tatsächlich nicht zu erkennen. Kein Wunder, wenn er jeden Tag mit einer anderen Frau in die Kiste steigt. Anderthalb Jahre sind eine lange Zeit. Wer weiß, mit wie vielen Weibern er seitdem im Bett war. Ich hingegen habe seit dieser Nacht keinen Mann mehr gehabt, und davor auch nicht. Ich hatte nur ihn.

Ich weiß nicht, was ich auf seinen Tadel erwidern soll. Natürlich kann ich mir als Sekretärin nicht aussuchen, für wen ich arbeite. Und erst recht kann ich mich nicht dem obersten Boss widersetzen.
Ich öffne meinen Mund, um ihm zu sagen, dass ich nicht für ihn arbeiten kann, weil wir eine phänomenale Nacht miteinander hatten, an die er sich offenbar nicht erinnern kann.
Aber aus meinem Mund kommt nur ein Krächzen. Ich kann einfach nicht sprechen.
Ungeduldig blickt Leon mich an. Ich starre auf seine Brust und denke daran, wie sie sich angefühlt hat. Dann gleitet mein Blick langsam tiefer. Ich hoffe, er merkt nicht, dass ich seinen Schritt im Visier habe.
„Als erstes tragen Sie alle Unterlagen für das Baker MacKenzie Projekt zusammen und bringen sie mir", instruiert er mich. „Auf der ersten Seite will ich eine Liste mit allen Ansprechpartnern samt Telefonnummern haben. Mein Telefon wird generell auf Sie umgestellt. Sie stellen keine Telefonate durch. Ich möchte nicht gestört werden. Schicken Sie mir stündlich per Mail eine Liste der Anrufer mit Telefonnummern. Ich werde die Anrufe nummerieren und in genau dieser Reihenfolge stellen Sie sie mir dann durch. Das ist jetzt nicht so schwer zu verstehen, oder?" Zynisch blickt er mich an.
Denkt dieser Kerl, ich sei völlig verblödet?
„Ich kann Ihnen durchaus folgen", zische ich. „Das

werde ich wohl gerade noch so eben schaffen."
„Da bin ich ja beruhigt", erwidert Leon, ohne das Gesicht zu verziehen.
War er damals auch schon so spaßbefreit? Nein, eigentlich nicht. Ich kann mich noch gut daran erinnern, dass wir ziemlich viel rumgealbert haben, wenn wir uns nicht gerade geliebt haben.
Geliebt haben … Was für ein schwachsinniger Ausdruck. Natürlich haben wir uns nicht geliebt. Wir haben gefickt, das war alles.
Nein, nicht nur. Er hat mich so zärtlich und hingebungsvoll gestreichelt, dass selbst die Erinnerung in mir noch wohlige Schauer auslöst. Ich habe ihn gespürt, alles von ihm. Und jetzt steht er mir gegenüber und tut so, als sei ich geistig völlig umnachtet. Na warte, dem werde ich es zeigen. Wenn mir aus Versehen der Kaffee auf seine teure Designerhose kippt, hat er eben Pech gehabt. So etwas passiert nun mal.

„Wenn Sie in die Mittagspause gehen, sagen Sie mir per Mail Bescheid, von wann bis wann Sie nicht da sind", befiehlt er mir weiter.
„Ich werde meine Zeit nicht damit verschwenden, nach meiner Sekretärin zu fahnden. Ich werde Sie auch nicht suchen. Jedes Mal, wenn Sie nicht an Ihrem Platz sind, melden Sie sich bei mir ab."
Ich starre ihn an. Das meint er jetzt hoffentlich nicht ernst. Soll ich ihm etwa Bescheid geben, wenn ich aufs Klo gehe? Das mache ich ganz bestimmt nicht.

Der Typ spinnt wohl!
Kann es sein, dass er mich doch erkannt hat und mich ärgern will? Aber warum sollte er mich ärgern? Wenn sich jemand wie die Axt im Wald verhalten hat, dann er - und nicht ich.
„Entschuldigen Sie bitte, aber ich bin nicht Ihr persönliches Eigentum", schnauze ich ihn an. „Ich habe manchmal Dinge mit meinen Kollegen zu besprechen und darum kommt es vor, dass ich unterwegs bin. Da werde ich mich ganz bestimmt nicht jedes Mal bei Ihnen abmelden. Damit müssen Sie leben. Wenn Sie das nicht können, müssen Sie sich eine andere Assistentin suchen - oder mich feuern."
Auffordernd sehe ich ihn an. Natürlich würde ich niemals so mit ihm sprechen, wenn er tatsächlich nur der oberste Boss wäre. Aber das ist er eben nicht. Er ist der Mann, der damals einfach so abgehauen ist und überdies ist er der Vater meines Kindes. Da habe ich gewisse Sonderrechte. Auch, wenn er das gar nicht weiß.
Seine Mundwinkel zucken. Es ist nicht zu erkennen, ob er amüsiert oder stocksauer ist.
„Sie sind ganz schön frech", charakterisiert er mich. „Haben Sie keine Angst, dass ich Sie tatsächlich feuere?"
Ich verschränke meine Hände vor der Brust.
„Dazu müssten Sie erst einmal einen triftigen Grund haben", erkläre ich. „Sie können mich nicht einfach rausschmeißen, nur weil ich mich weigere, mich bei Ihnen abzumelden, wenn ich mal auf die Toilette

muss. Das ist ja wohl lächerlich. Schon mal was davon gehört, dass die Sklaverei in unseren Breitengraden abgeschafft ist? Oder wollen Sie die wieder einführen?"

Heiß durchläuft mich die Erinnerung, dass er damals etwas ganz anderes eingeführt hat, nämlich seinen Schwanz.

„Vielleicht will ich hier einige Neuerungen einführen, aber ganz bestimmt nicht die Sklaverei", erwidert Leon dann auch prompt und verengt seine Augen zu Schlitzen. Für mich hört sich das ein bisschen zweideutig an. Hat er mich doch erkannt? Soll ich ihn einfach fragen? Aber was soll ich sagen?

„Hey, du bist doch der Arsch, der damals einfach feige abgehauen ist. Ach, übrigens: Du warst offenbar zu blöd, das Kondom richtig zu benutzen, denn ich bin schwanger geworden. Und jetzt haben wir ein gemeinsames Kind, das du aber niemals sehen wirst, weil es gar nicht wissen soll, dass es so einen Mistkerl zum Vater hat."

Leon überlegt kurz.

„Dann nehmen Sie das Mobilteil Ihres Telefons mit", ordnet er an. „So kann ich Sie immer und überall erreichen. Keine Widerrede. Ich bin hier der Boss, und Sie machen, was ich sage."

„Selbstverständlich, stets zu Diensten", erwidere ich sarkastisch.

Ich gehe davon aus, dass Leon mich sehr wohl erkannt hat und ein albernes Spiel mit mir spielt. Wenn er mich nicht erkannt hätte, müsste er jetzt

ziemlich sauer auf mich sein, weil ich so frech bin. Keine Sekretärin würde sich das bei ihrem neuen Boss herausnehmen.
„Ich benötige den Baker MacKenzie Ordner so schnell wie möglich“, treibt er mich an. „Er muss spätestens in einer halben Stunde auf meinem Schreibtisch liegen. Die Liste mit den Ansprechpartnern können Sie nachreichen. Dafür haben Sie ein weiteres Zeitfenster von 40 Minuten. Das ist schon großzügig bemessen.“
Also echt, gehts noch? Er schreibt mir vor, wie lange ich für welche Tätigkeit Zeit habe?
Ich starre ihn perplex an, aber er scheint das tatsächlich ernst zu meinen. Der Typ hat doch echt eine Vollmeise!
„Welches Zeitfenster habe ich denn für den Toilettengang?“, frage ich aggressiv. „Und wie oft darf ich gehen? Ich muss dazu sagen, ich habe eine ziemlich schwache Blase.“
Leon lächelt mich milde an.
„Das obliegt ganz allein Ihnen“, teilt er mir mit. „Wir müssen uns nicht in Albernheiten verlieren. So, und jetzt an die Arbeit. Schaffen Sie mir den Ordner ran, aber zackig.“
„Jawohl, Sir“, salutiere ich und suche das Weite.
Mein erster Tag verläuft ganz anders, als ich mir das vorgestellt hatte.

Kapitel 13

Alina

Leon scheucht mich den ganzen Tag unablässig herum. Nachdem ich in diversen Abteilungen war, um alle Unterlagen für das Projekt zusammen zu suchen und ihm die Telefonliste erstellt habe, hat er noch tausend andere Aufgaben für mich.
Die schönste Aufgabe überträgt er mir allerdings kurz vor Feierabend.
„Rufen Sie diese Dame an und sagen ihr, ich hätte heute Abend leider keine Zeit", instruiert er mich und überreicht mir einen Zettel. Darauf steht der Name Jennifer und eine Mobilfunknummer.
„Das machen Sie mal schön selbst", wehre ich ab. „Ich bin doch nicht dazu da, um Ihre Liebschaften zu verwalten."
„Ich kann schlecht selbst anrufen und sagen, dass ich gerade in einer Konferenz bin", erklärt Leon. „Im Übrigen werde ich mich nicht dafür rechtfertigen, dass ich Ihnen gewisse Aufgaben übertrage. Ich will nicht mit Ihnen diskutieren. Sie erledigen das, was ich sage, Punkt. Wenn Sie das nicht wollen, müssen Sie sich einen anderen Job suchen."
„Mein Job beinhaltet aber nicht, dass ich Ihre Privat-Angelegenheiten erledige", mache ich ihm wütend klar.
„Herrgott, Sie sollen doch nur einen Termin

absagen!“ Leon verdreht genervt die Augen.
„Nein, ich soll lügen“, widerspreche ich. „Sie haben doch überhaupt keine Konferenz. Sie haben nur keine Lust, sich mit der Dame zu treffen. Warum nicht? Haben Sie eine bessere auf Lager? Genügt die Frau Ihren Ansprüchen nicht mehr?“
„Ich wüsste nicht, was Sie mein Privatleben angeht. Sie rufen die Dame jetzt an und sagen den Termin für mich ab“, bestimmt Leon rigoros. „Wenn Sie das nicht übers Herz bringen, brauchen Sie morgen erst gar nicht wieder zu kommen. Habe ich mich klar genug ausgedrückt?“
Wütend starren wir uns an. Keiner will nachgeben. Seine Augen blitzen und er sieht verdammt angriffslustig aus.
Plötzlich wünsche ich mir, er würde mich über den Schreibtisch werfen, seine Hose öffnen und das mit mir machen, was er vor anderthalb Jahren mit mir gemacht hat. Er sieht so verdammt sexy aus, immer noch. Auch, wenn er tatsächlich ein Arsch ist. Aber genau das macht ihn so anziehend, so blöd sich das auch anhört.
Man möchte einen Mann eben gerade dann in die Knie zwingen, wenn er ein Mistkerl ist. Bei einem netten Mann ist das nicht schwer, aber bei einem Macho ist das wie ein kleiner Sieg, der einen enorm beflügelt. Darum fahren so viele Frauen auf die sogenannten Bad Boys ab. Und ich tue es offenbar auch, wie mir klar wird.
Ich kann förmlich spüren, wie die Funken zwischen

uns sprühen, während gleichzeitig die Fetzen fliegen. Die Frage ist nur, was davon die Oberhand gewinnen wird. Im Moment scheint die Relation noch relativ ausgeglichen zu sein.

„Na, wie lautet Ihre Entscheidung?“, erkundigt Leon sich schnippisch. „Anruf oder Jobverlust - Sie haben die Wahl. Da dürfte die Entscheidung doch leicht fallen, oder etwa nicht, Frau Ahrens?“
„Okay“, gebe ich widerwillig nach. „Ich rufe diese Dame an und sage in Ihrem Namen ab. Aber können Sie mir mal sagen, warum Sie nicht die Eier in der Hose haben und mit der Frau Tacheles reden? Sie verbringen eine tolle Nacht mit einer Frau, haben danach aus irgendwelchen unerfindlichen Gründen keine Lust mehr - und sind zu feige, der Frau das mitzuteilen. Finden Sie das nicht ein bisschen armselig?“
Leon schnappt hörbar nach Luft.
„Und finden Sie nicht, dass Sie in einem Ton mit mir reden, der Ihnen überhaupt nicht zusteht?“, faucht Leon mich an. „Ich erteile Ihnen jetzt offiziell eine Abmahnung. Wenn Sie weiterhin so unverschämt sind, sind Sie gefeuert - und glauben Sie mir, ich finde einen stichhaltigen Grund. Ich bin nicht umsonst Rechtsanwalt. So eine renitente Assistentin kann ich nicht gebrauchen. Wenn Sie sich nicht sofort um 180° drehen, haben Sie Ihren Job in meinem Unternehmen die längste Zeit gehabt.“
„Ich bin noch in der Elternzeit“, trumpfe ich auf. „Sie

können mir gar nicht kündigen.“
„Sie werden sehen, dass ich einiges kann, das Sie nicht für möglich halten“, sagt Leon mit schneidender Stimme. „Ich an Ihrer Stelle würde das Risiko lieber nicht eingehen. Zwei Möglichkeiten: Sie halten ab sofort Ihren vorlauten Mund – oder Sie sind ab morgen freigestellt. Die Kündigung folgt dann mit der Post.“
In meinem Magen rumort es. Sollte ich es in Erwägung ziehen, dass Leon mich tatsächlich nicht erkannt hat? Er geht offensichtlich mit so vielen Frauen ins Bett, dass er schlichtweg den Überblick verloren hat. In diesem Fall wäre mein Verhalten absolut unmöglich und die Androhung einer Kündigung durchaus verständlich. Ich muss mich jetzt entscheiden, und zwar schnell.
„In Ordnung“, mache ich einen Rückzieher. „Ich entschuldige mich in aller Form für mein Verhalten. Ich werde die Dame anrufen und für Sie absagen. Und ab sofort werde ich mich so verhalten, wie Sie es von Ihrer Assistentin erwarten können.“
Leon blickt mich eine Weile an und in seinen Augen glitzert etwas auf, das ich nur zu gut kenne. In diesem Moment habe ich doch wieder den Eindruck, dass er weiß, wer ich bin. Eigentlich könnte ich ihn ja fragen, aber wenn er es nicht wissen will, wird er es einfach abstreiten. Dann bin ich auch nicht weiter. Also werde ich dieses bescheuerte Spiel noch eine Weile mitspielen.

„Na also, es geht doch“, sagt er gnädig. „Seien Sie froh, dass ich so viel Geduld mit Ihnen habe. Jede andere hätte ich schon bei dem ersten frechen Satz gefeuert.“
„Es tut mir leid“, entschuldige ich mich noch einmal devot. „Ich verspreche Ihnen, dass es nicht wieder vorkommen wird.“
„Das will ich hoffen“, knurrt Leon unwillig und wirft mir einen bösen Blick zu. „Sie bleiben nur dann meine Sekretärin, wenn Sie das machen, was ich von Ihnen will. Und da Sie so frech waren, haben Sie einiges wieder gutzumachen.“
Unsere Blicke verhaken sich ineinander und ich bekomme kaum noch Luft. Fast habe ich den Eindruck, er wird mir gleich barsch befehlen, vor ihm niederzuknien, während er seine Hose öffnet. Und ich muss zugeben, ich fände das ziemlich geil.
Du liebe Güte, jetzt habe ich schon dieselben Fantasien, die Silvana damals hatte, als sie mir von diesem Hartmut erzählte, der seinen steifen Schwanz aus seiner Anzughose rausholte! Dabei verachte ich Leon zutiefst und finde es nach wie vor das letzte, wie er sich verhalten hat. Und offenbar verhält er sich den Frauen gegenüber immer noch genauso, sonst müsste ich diese Jennifer nicht anrufen. Er scheint überhaupt nichts dazu gelernt zu haben. Ich hasse ihn.

Gleichzeitig fühle ich mich auf fast magische Weise irrsinnig zu ihm hingezogen. Es ist genau wie damals.

Es hat sich überhaupt nichts verändert, und das schockiert mich sehr.
Ich habe gedacht, ich sei über ihn hinweg. Ich habe gedacht, ich würde überhaupt nicht mehr auf ihn reagieren. Aber das stimmt alles gar nicht. Ich habe es lediglich verdrängt. Ich habe mir verboten, an ihn zu denken, aber jetzt kann ich nichts mehr verdrängen, denn ich bin gezwungen, ihn Tag für Tag zu sehen.
Am besten, ich kündige selbst. Das halte ich nicht aus, diesen Mann jeden Tag zu sehen und zu allem Überfluss auch noch für ihn arbeiten zu müssen. Das ist mehr, als ich ertragen kann.

Kaum bin ich wieder in meinem Büro angekommen, wähle ich mit zitternden Fingern die Nummer, die auf dem Zettel steht, den Leon mir gegeben hat. Eine helle, sympathische Frauenstimme meldet sich.
„Guten Tag, hier ist Alina Ahrens, die Sekretärin von Herrn Sander“, melde ich mich, so freundlich es mir möglich ist.
„Herr Sander hat mich gebeten, Sie anzurufen, um Ihnen mitzuteilen, dass er den Termin mit Ihnen heute leider absagen muss, da er noch eine wichtige Konferenz hat. Die Konferenz wurde erst kurzfristig anberaumt, sodass er Ihnen erst jetzt Bescheid sagen kann. Er bittet um Entschuldigung und Verständnis.“
Eine Weile ist es ganz still in der Leitung und ich kann die Enttäuschung der Frau förmlich spüren. Sie tut mir von Herzen leid, denn ich weiß, was sie jetzt empfinden muss.

„Vielen Dank“, sagt sie leise. „Richten Sie ihm aus, dass ich ihn nicht weiterhin belästigen werde. Mir ist schon klar, was diese Ansage bedeutet. Ich wünschte nur, er hätte den Mut gehabt, es mir selbst zu sagen. Grüße müssen Sie ihm nicht ausrichten.“
Ich schließe die Augen und werde noch wütender auf Leon. Muss er denselben Fehler, den er bei mir gemacht hat, auch noch bei anderen Frauen machen?
Wir verabschieden uns voneinander und ich lege auf.
In diesem Moment kommt Silvana ins Büro gestürmt und schließt schnell die Tür.
„Und? Wie war es?“, will sie aufgeregt wissen und umrundet den Schreibtisch.
„Was hat er gesagt? Hast du ihm die Leviten gelesen? Hast du ihm von Leonie erzählt? Wie hat er reagiert?“
Ich seufze tief auf.
„Er hat so getan, als würde er mich nicht erkennen“, teile ich Silvana mit. „Und weißt du was? Ich glaube sogar, dass er die Wahrheit sagt. Offenbar legt er eine Frau nach der anderen flach und kann sich überhaupt nicht mehr an mich erinnern.“
Silvana macht große Augen.
„Und was hast du getan? Hast du seiner Erinnerung auf die Sprünge geholfen?“
Ich zucke mit den Schultern.
„Ich glaube nicht, dass das irgendwas gebracht hätte. Wenn er mich nicht kennen will, dann kennt er mich nicht. Bei dieser Aussage wird er bleiben. Und ich werde ihm ganz bestimmt nichts von Leonie

erzählen. Er ist genauso ein Mistkerl wie damals. Stell dir vor, ich musste eine Frau anrufen und ihr sagen, er hätte heute noch eine Konferenz und müsse deshalb den Termin mit ihr absagen. Er ist immer noch zu feige, einer Frau mitzuteilen, dass er sie nicht mehr sehen will. Genau wie bei mir damals."

Ich hole tief Luft und spüre wieder diese unbändige Wut in mir.

„Dann hat er mir gedroht, dass er mir kündigt, weil ich so frech zu ihm war", fahre ich fort.

Silvana sieht mich erschrocken an.

„Was ist los? Er wollte dir schon am ersten Tag kündigen? Das gibt's doch nicht. Was hast du denn gesagt?"

Ich wiederhole ein paar Dinge, die ich Leon an den Kopf geworfen habe und Silvana lässt sich stöhnend auf ihren Stuhl fallen.

„Wenn er wirklich nicht weiß, wer du bist, war das schon sehr heftig, was du da losgelassen hast", resümiert sie. „Da war die Abmahnung gerechtfertigt. Ich verstehe trotzdem nicht, warum du ihm nicht reinen Wein einschenkst. Glaubst du nicht, es ist Schicksal, dass er plötzlich dein Boss ist? Vielleicht will das Schicksal, dass du ihm von der Kleinen erzählst. Wenn du einen Vaterschaftstest machen lässt, kann er nicht abstreiten, dass er der Vater ist."

Silvana spricht so leise, dass ich sie kaum verstehen kann. Natürlich darf keiner hören, was wir besprechen. Dann kann ich auch gleich eine Rundmail an alle schreiben.

„Nein, das ist kein Schicksal“, widerspreche ich. „Und wenn, dann ist es ein mieses Schicksal. Auf gar keinen Fall will ich, dass er von Leonie erfährt. Das würde bedeuten, dass ich mein Leben lang Kontakt zu ihm haben müsste, und das will ich nicht. Ich will meinem Kind keinen hinterhältigen Vater zumuten. Mit was für Werten soll dieses Kind denn aufwachsen? Etwa mit den Werten, dass es in Ordnung ist, sich jedes Mal feige aus der Affäre zu ziehen, wenn etwas unangenehm wird? Oder dass man Frauen, mit denen man ins Bett geht, wie den letzten Dreck behandelt? So ein Vorbild braucht mein Kind nicht. Ich möchte ihm etwas ganz anderes vermitteln. Ich möchte, dass es lernt, dass man ehrlich und fair zu den Menschen ist, mit denen man zu tun hat. Leon wäre ein mieses Vorbild. Er mag wahnsinnig erfolgreich und reich sein, aber charakterlich ist er ganz unten auf der Skala. Und der Charakter ist mir wichtig. Mir ist es wichtig, dass mein Kind ein gutes Herz hat und weiß, wie es sich anderen Menschen gegenüber verhält. Das ist mir tausendmal wichtiger als alles Geld der Welt.“

Ich habe mich richtig in Rage geredet und spüre während meiner Rede ganz deutlich, dass ich um eine Entscheidung nicht herumkomme. Ich werde diese Entscheidung nicht heute und nicht morgen treffen müssen, aber ich werde sie treffen müssen. Es ist völlig klar, dass ich nicht dauerhaft als Leons Assistentin arbeiten kann. Entweder ich sage ihm die Wahrheit – oder ich kündige.

Kapitel 14

Alina

Abends telefoniere ich mit meinem gesamten Freundeskreis sowie meiner Familie. Das, was passiert ist, ist so ungeheuerlich, dass ich mit allen darüber sprechen muss, um ihre Meinung zu hören - obwohl mir schon im Vorhinein klar ist, was sie mir raten werden.
Und genauso ist es natürlich auch. Ausnahmslos alle sind der Meinung, dass ich Leon die Wahrheit sagen muss, und zwar möglichst schnell. Sie halten es für einen Wink des Schicksals, das mir den Vater meiner Tochter als neuen Boss präsentiert.
„Aber wie soll es dann weitergehen?“, frage ich Daniela. „Es ist abzusehen, wie er reagieren wird. Er wird völlig geschockt sein und Leonie ablehnen. Es mag sein, dass er Unterhalt zahlen wird, aber ich glaube nicht, dass er sie oder mich in sein Leben lässt. Und arbeiten kann ich dann sowieso nicht mehr für ihn.“
„Das kannst du jetzt doch auch schon nicht mehr“, hält Daniela dagegen. „Oder mit welchen Gefühlen gehst du morgen früh zur Arbeit? Du zögerst das Unvermeidliche nur hinaus.“
„Wahrscheinlich bin ich genauso feige wie er“, stöhne ich. „Er will den Frauen nicht sagen, dass er sie nicht wiedersehen will, und ich will ihm nicht sagen, dass

es Leonie gibt."

„Du solltest dich fragen, warum du es hinauszögern willst, ihm die Wahrheit zu sagen. Was bezweckst du damit? Willst du ihn besser kennenlernen? Hoffst du, dass sich etwas zwischen euch entwickelt?", gibt mir Daniela einige Denkanstöße.

Ich fasse mir an meinen schmerzenden Kopf.

„Ich weiß es nicht", jammere ich. „Ich bin mit der Situation komplett überfordert. Ich brauche einfach noch etwas Zeit. Ja, vielleicht will ich tatsächlich herausfinden, was für ein Mensch Leon ist. Wenn ich ihm sofort reinen Wein einschenke, ist alles sofort zu Ende. Er wird mich von der Arbeit freistellen und aus meinem Leben verschwinden. Das einzige, was ich gewonnen habe, sind die Zahlungen für Leonie. Aber ehrlich gesagt bin ich darauf nicht angewiesen."

„Das sehe ich aber ganz anders", widerspricht Daniela. „Er hat jede Menge Kohle und ist dazu verpflichtet, Unterhalt für seine Tochter zu zahlen. Ich habe nie verstanden, warum du freiwillig darauf verzichtest. So dicke hast du es auch nicht."

„Ich komme finanziell bestens klar", behaupte ich. „Ich brauche sein verdammtes Geld nicht."

„Du bist viel zu stolz und dickköpfig", lacht Daniela. „Aber in diesem Fall ist das dumm. Warum verzichtest du auf Geld, das dir zusteht?"

„Das habe ich schon hundertmal erklärt: weil ich Leon nicht in meinem Leben haben will."

„Gerade hast du noch gesagt, du willst ihm noch nicht die Wahrheit sagen, weil er dann wieder aus deinem Leben verschwindet", erinnert mich Daniela. „Also willst du ihn sehr wohl in deinem Leben haben. Merkst du eigentlich, dass du dir permanent selbst widersprichst? Ich sage dir mal, was du wirklich willst: Am liebsten wäre es dir, wenn Leon dir sagen würde, dass er die Nacht mit dir nie vergessen hat und sich Hals über Kopf in dich verliebt hat. Er hatte aber Angst vor seinen eigenen Gefühlen und ist deshalb weggelaufen. Jetzt, wo er dich wiedersieht, flammen alle Gefühle wieder in ihm auf und er weiß, dass er dich liebt. Und als Krönung präsentierst du ihm euer gemeinsames Kind. Ihr fangt eine Beziehung miteinander an, zieht zusammen, baut ein Haus und lebt dort mit zwei weiteren Kindern glücklich bis ans Ende eurer Tage. Genau das wünschst du dir. Und sag mir jetzt nicht, dass das nicht stimmt, Süße."

Ich beiße mir auf die Lippe. So unrecht hat Daniela mit dieser Wunschvorstellung nicht. Das Problem ist, dass ich mir ziemlich sicher bin, dass Leon damit nicht so ganz einverstanden sein wird. Abgesehen mal davon, dass wir uns überhaupt nicht kennen. Und abgesehen davon, dass er ein Mistkerl ist, den ich weder Leonie noch mir zumuten will.

Wenn da nicht diese Anziehungskraft wäre …

„Na, habe ich ins Schwarze getroffen?", will Daniela wissen und ich kann ihr Grinsen förmlich sehen.

„Und damit du ihn nicht sofort vergraulst, hältst du erst mal die Klappe und willst schauen, ob ihr euch voneinander angezogen fühlt. Schließlich war das damals auch der Fall. Du hoffst, dass die Zeit für dich arbeitet und dass Leon irgendwann merkt, dass ihr füreinander bestimmt seid. Wo könntest du ihn öfter sehen als jetzt als seine Sekretärin? Du brauchst nicht mal ein Date mit ihm, sondern siehst ihn sowieso jeden Tag. Eine bessere Möglichkeit, ihn zwanglos kennenzulernen, gibt es praktisch gar nicht."

„Es ist schon irre, was du alles weißt", lache ich. „Und es stimmt. Ich könnte versuchen, Leon näher kennenzulernen. Außerdem habe ich den Eindruck, dass zwischen uns nicht nur die Fetzen fliegen, sondern auch die Funken sprühen. Es wäre einfacher, wenn sich zwischen uns etwas entwickeln würde und ich ihm nicht gleich eins mit der Keule überbrate, indem ich ihm sage, dass er der Vater meines Kindes ist. Das würde ihn vermutlich so schocken, dass er sich sofort komplett zurückzieht. Dieses Risiko will ich nicht eingehen. Ich will es langsam angehen lassen. Ich will herausfinden, ob Leon der Mistkerl ist, für den ich ihn halte - oder ob es eine Chance für uns gibt."

„Gute Idee", lobt mich Daniela. „Ich bin gespannt, wie lange du deine vorlaute Klappe halten kannst und wann ihr wieder aneinander geratet. Findest du ihn eigentlich immer noch so sexy?"

„Und wie", seufze ich. „Er ist immer noch genauso heiß wie damals. Eigentlich finde ich ihn sogar *noch* attraktiver. Er hat absolut nichts von seiner Anziehungskraft auf mich verloren."

„Dann mal ran“, ermuntert mich Daniela. „Ich wünsche dir gutes Gelingen. Auf jeden Fall werden die nächsten Wochen sehr aufregend für dich werden. Bleib am Ball. Ich hoffe wirklich, dass das alles ein Happy End findet.“
Das wünsche ich mir auch.

Am nächsten Morgen bin ich total nervös, als ich im Büro ankomme. Ich habe Leon noch nicht einmal gesehen und bin jetzt schon durch den Wind. Dazu kommt, dass ich mich auch erst mal wieder daran gewöhnen muss, arbeiten zu gehen und mich von Leonie zu trennen. Das fällt mir offen gestanden ziemlich schwer. Ich bin es einfach gewohnt, sie Tag und Nacht um mich zu haben. Damit habe ich schon genug zu kämpfen. Und dann auch noch Leon! Die ganze Situation überfordert mich komplett.

Noch bevor ich meinen Computer einschalten kann, summt mein Telefon und ich erkenne mit einem Blick, dass es Leon ist. Mit einem flauen Gefühl im Magen nehme ich den Hörer in die Hand.
„Guten Morgen, Herr Sander“, begrüße ich ihn. „Was kann ich für Sie tun?“
„Guten Morgen, Frau Ahrens“, erwidert Leon nicht unfreundlich. „Können Sie zu mir kommen und mir einen Milchkaffee mitbringen? Natürlich nur, wenn das nicht unter Ihrer Würde ist.“
Ich merke, wie ich wütend werde. Was sollen eigentlich dauernd diese blöden Spitzen? Kann er

nicht ganz normal sagen, dass er gerne einen Kaffee hätte? Ich glaube, es ist nicht allein meine Schuld, wenn wir aneinandergeraten.

„Ja und ja“, sage ich und stehe auf. „Ich bin sofort bei Ihnen.“

Ich eile in die Küche, bereite ihm einen Milchkaffee zu und mir selbst einen Cappuccino. Ich hoffe, es ist in Ordnung, wenn ich in seiner Anwesenheit auch einen Kaffee trinke. Man weiß ja nie, was er sich so vorstellt. Ich kenne ihn im Bett, aber ich kenne ihn nicht als Boss.

Wenige Minuten später bin ich mit einem Tablett bei ihm und öffne mit meinem Ellbogen die Tür. Leon steht am Fenster und hat seine Jacke über seinen Stuhl gehängt. Ich sehe seine starken, muskulösen Oberarme, die sich unter seinem weißen Hemd anspannen. Ich ahne seine definierte Brust und sein Sixpack. Und ich weiß genau, was er in seiner schimmernden Anzughose versteckt.

Wieder tauchten diese Bilder vor meinem geistigen Auge auf. Wie er mich mit seinen starken Armen gepackt und im Bett herum gewirbelt hat. Wie er mich leicht wie eine Feder hochgehoben und mich auf seinen Schwanz geschoben hat, damit ich ihn reiten konnte. Dabei hat er meine Brüste gestreichelt und mir tief in die Augen gesehen, während ich meine Hände auf seine Schultern gelegt und mich heftig auf ihm bewegt habe. Er hat mich angefeuert und ich habe ihm gegeben, was er brauchte. Und ich brauchte es auch. Ich war noch nie so von Sinnen wie in dieser

Nacht.
Zwischen meinen Beinen fängt es an zu kribbeln und ich habe Mühe, das Tablett sicher auf dem Schreibtisch abzustellen und den Kaffee nicht zu verschütten, so aufgeregt bin ich.
Leon dreht sich zu mir um und fixiert mich aus seinen wunderschönen blauen Augen.
„Vielen Dank", sagt er artig und geht auf seinen Schreibtisch zu. Dann lässt er sich auf seinen monströsen Chefsessel sinken, greift nach der Tasse und nimmt einen Schluck. Wieder blickt er mich so intensiv an, dass ich innerlich erschauere.
„Sorry, wenn das eben etwas unglücklich rüberkam", sagt er zu meinem Erstaunen. „Ich hätte es anders formulieren sollen. Es gibt Sekretärinnen, die halten es für unter ihrer Würde, ihrem Chef einen Kaffee zu servieren. Mir hat mal eine Sekretärin gesagt, sie sei nicht als Kellnerin angestellt und ich könne mir meinen Kaffee sonstwohin stecken. Ich wollte nur fragen, ob das für Sie in Ordnung ist."
Warum ist er denn auf einmal so höflich und zahm? Das ist völlig konträr zu seinem gestrigen Verhalten.
„Ich habe damit kein Problem", erwidere ich. „Da gibt es ganz andere Sachen, die mir Kopfschmerzen bereiten."
„Ach so?"
Leon lehnt sich in seinem Sessel zurück. Gegen meinen Willen stelle ich mir vor, was er tun würde, wenn ich ihm jetzt körperlich näherkommen würde. Damals fand er mich attraktiv. Da ich mich nicht

großartig verändert habe, kann ich davon ausgehen, dass das immer noch so ist.
Wie würde er reagieren, wenn ich auf ihn zugehen und ihn berühren würde? Würde er mich empört von sich stoßen oder begeistert seine Hose öffnen?
Mir schlägt das Herz bis zum Hals. Ich kann kaum an mich halten, so gerne würde ich das ausprobieren. Leon zieht mich so sehr an, dass es weh tut. Es ist fast so, als würde irgendetwas von ihm zu mir kommen und mich ganz fest umschlingen. Ich kann gar nichts dagegen tun und fühle mich ihm hilflos ausgeliefert.

„Ja", sage ich mit krächzender Stimme. „Ich finde es reichlich seltsam, dass ich mich jedes Mal bei Ihnen abmelden soll. Da komme ich mir vor wie im Gefängnis. Oder dass ich das tragbare Telefon überall mit hinnehmen soll. Da fühle ich mich wie Ihre Leibeigene, die Ihnen immer zur Verfügung stehen muss."
Leon fixiert mich weiter mit diesem Blick aus seinen unglaublichen Augen, der unergründlich ist.
Was denkt er in diesem Moment? Dass er will, dass ich ihm immer zur Verfügung stehe? In jeglicher Hinsicht?
Mir wird heiß und kalt zugleich. Ob er ahnt, wie gern ich ihm zur Verfügung stehen würde? Spürt er, dass ich total auf ihn abfahre? Und wie geht es ihm?
An seinem Verhalten kann ich das nicht ausmachen. Ich weiß nicht, ob er in mir nur seine Assistentin sieht oder eine attraktive Frau. Kann er das trennen?

„Ich will Sie nicht wie meine Leibeigene behandeln", sagt er überraschend sanftmütig. „Es ist nur so … Manchmal muss etwas sehr schnell gehen und da habe ich weder Zeit noch Lust, stundenlang nach Ihnen zu suchen. Das ist keine Schikane. Das ist einfach nur der ganz normale Arbeitsalltag. Ich brauche Sie an meiner Seite. Und da Sie nicht Vollzeit arbeiten, ist es besonders wichtig, dass Sie mir in der kurzen Zeit, in der Sie hier sind, uneingeschränkt zur Verfügung stehen."

Mein ganzer Körper prickelt. Seine tiefe, erotische Stimme bringt mich komplett um den Verstand. Ich täte nichts lieber, als ihm rund um die Uhr exklusiv zur Verfügung zu stehen, aber in einem ganz anderen Kontext.

„Ich mache alles, was du willst", hauche ich.

Leon starrt mich perplex an und ich starre zurück. Habe ich das jetzt tatsächlich gesagt oder nur gedacht?

„Ähm … Wie darf ich denn das verstehen?", erkundigt sich Leon und seine Stimme klingt rau. Die Luft zwischen uns flimmert.

Genauso, wie ich es gesagt habe. Du kannst alles mit mir machen. Du kannst mich auf deinem Schreibtisch nehmen oder mich auf die Knie drücken, damit ich dir einen blase. Hauptsache, ich kann dir nah sein. Ich will dich spüren. Ich werde verrückt, wenn ich dich immer nur sehen, aber nicht anfassen kann.

Dieser prickelnde Moment zwischen uns wird jäh zerstört, als es an die Tür klopft und im nächsten Moment Lennart, einer der Anwälte, im Türrahmen steht.

„Entschuldigung, wenn ich störe", sagt er und weiß nicht, wie verdammt recht er damit hat.

„Wir haben spontan eine Telefonkonferenz mit Ethan Summers in London anberaumt und müssten Sie dringend dabeihaben, Herr Sander."

Leon erhebt sich sofort.

„Natürlich, die Fusion zwischen Baker MacKenzie und Westwood Inc. hat oberste Priorität."

Er greift zu dem Ordner, den ich ihm gestern zusammen gestellt habe, nickt mir zu und verschwindet in Windeseile mit Lennart.

Ich atme tief ein und wieder aus. Was hätte ich eigentlich geantwortet, wenn Lennart nicht auf der Bildfläche erschienen wäre? Hätte ich Leon die Wahrheit gesagt? Wird er noch mal auf meinen Satz zurückkommen und fragen, was ich damit gemeint habe?

Und soll ich ihm ehrlich darauf antworten?

Und wenn ja – was wird dann passieren?

Kapitel 15

Alina

Als die Telefonkonferenz mit der Londoner Filiale beendet ist, zitiert mich Leon erneut zu sich. Die Atmosphäre ist ganz anders als bei unserem ersten Aufeinandertreffen heute Morgen. Leon wirkt deutlich kühler und distanzierter.

„Frau Ahrens, ich habe darüber nachgedacht und es geht nicht, dass Sie mir nur fünf Stunden am Tag zur Verfügung stehen“, erklärt er und vergräbt seine Hände in den Hosentaschen.

„Was soll ich in den übrigen Stunden machen? Selbst, wenn eine Kollegin in diesen drei Stunden für Sie einspringen würde - dann weiß die eine nicht, was die andere erledigt hat und was nicht. Das gibt nur Durcheinander und Chaos.“ Finster starrt er mich an.

„Ich möchte, dass Sie ab sofort ganztags arbeiten. Natürlich wird Ihr Gehalt entsprechend angeglichen..“

„Tut mir leid, aber das geht nicht“, wehre ich ab. „Ich habe eine kleine Tochter und möchte für sie da sein. Ich bin erst gestern aus der Elternzeit zurückgekehrt und will noch nicht wieder voll einsteigen. Es ist mir wichtiger, bei meinem Kind zu sein.“

Leon verzieht genervt sein Gesicht. Es ist ihm deutlich anzumerken, was er von meiner Einstellung hält.

„Was ist mit dem Vater des Kindes?“, will er unwirsch wissen. „Kann er sich nicht darum kümmern? Man kann sich die Elternzeit doch teilen, oder? Wie ich gehört habe, waren Sie neun Monate freigestellt. Den Rest könnte der Vater des Kindes in Anspruch nehmen.“
Ich verbeiße mir nur mit Mühe ein Lachen, als ich mir vorstelle, wie Leon höchstpersönlich Windeln wechselt oder der Kleinen die Flasche gibt. Das würde ich wirklich zu gern mal sehen.
„Der Vater ist ein ganz besonderer Fall“, sage ich mit samtweicher Stimme. „Er geht völlig in seinem Beruf auf und hat überhaupt kein Interesse, sich um die Kindererziehung zu kümmern.“
Leon runzelt die Stirn.
„Immerhin haben Sie zusammen entschieden, dass Sie dieses Kind bekommen wollen“, glaubt er. „Da trägt man auch eine gemeinsame Verantwortung.“
„So richtig entschieden haben wir das nicht“, erläutere ich. „Es ist halt passiert. Geplant war das nicht.“
Leon schüttelt den Kopf.
„Ich verstehe nicht, wie man heutzutage ungewollt schwanger werden kann“, sagt er doch glatt. „Es gibt Mittel und Wege, um das zu verhindern. Jeder, der schwanger wird und es nicht will, ist selber schuld. Man kann doch nicht zu blöd sein, um … Naja, lassen wir das.“
„Das könnte *Ihnen* wahrscheinlich niemals passieren“, erwidere ich honigsüß.

Leon blickt mich hochmütig an.
„Ich glaube schon, dass ich weiß, wie man ein … ähm … gewisse Vorkehrungen trifft“, erwidert er.
„Das mag ja sein, aber es kann trotzdem schiefgehen“, belehre ich ihn. „Wenn man zu wild ist oder etwas abrutscht.“
Konsterniert sieht Leon mich an.
„Frau Ahrens, ich möchte keine Details über Ihre intimen Begegnungen hören“, erklärt er peinlich berührt. „Das geht mich nichts an und es interessiert mich nicht.“
Wieder verhaken sich unsere Blicke ineinander. Verarscht er mich die ganze Zeit und weiß genau, was los ist? Ahnt er vielleicht sogar, dass wir gerade über unsere gemeinsame Tochter sprechen? Ist es nicht ziemlich albern, dass ich nicht offen mit ihm rede?
Aber ich habe Angst, dass ich mich irre. Vielleicht hat er mich längst vergessen und hat wirklich keine Ahnung, wer vor ihm steht. Wenn ich ihm die Pistole auf die Brust setze und ihm die Wahrheit sage, macht er womöglich komplett dicht. Dann ist alles aus. Ich muss ihn erst besser kennenlernen, bevor ich ihn mit der Wahrheit konfrontiere.

„Ich brauche jedenfalls eine Sekretärin, die mir den ganzen Tag über zur Verfügung steht“, fährt er fort. „Wenn Sie das nicht leisten können, müssen wir jemand neuen für mich einstellen.“
Es ist lächerlich, aber der Gedanke, dass eine andere

Sekretärin für ihn arbeitet, erfüllt mich mit Eifersucht.
„Nein, nein", sage ich panisch. „Das wird schon irgendwie gehen. Ich kann meine Eltern fragen, die machen das bestimmt gern. Okay, ich werde ganztags für Sie arbeiten. Geben Sie mir ein paar Tage Zeit, damit ich das organisieren kann."
Leons Blick ist undurchdringlich.
„In Ordnung", antwortet er. „Vielen Dank für Ihr Entgegenkommen."
„Bitte, gern geschehen", sage ich höflich.
Leon sieht aus, als wolle er noch etwas darauf erwidern, bleibt aber stumm. Ob er noch daran denkt, was ich heute Morgen zu ihm gesagt habe?
Ich mache alles, was du willst.
Ich würde wirklich alles tun, was er von mir verlangt. Aber vielleicht will er gar nichts von mir. Wie um alles in der Welt kann ich das nur herausfinden?

Kapitel 16

Leon

Ich habe sie sofort erkannt. Wie hätte ich sie auch jemals vergessen können?
Schon als ich sie damals auf der Party zum ersten Mal gesehen habe, war ich hin und weg, und zwar auf eine ganz andere Art und Weise als sonst. Gewöhnlich finde ich eine Frau attraktiv, gehe mit ihr ins Bett und damit hat es sich dann.
Bei Alina war das anders, völlig anders. Als ich sie da stehen sah, war ich sofort fasziniert von ihr. Sie war anders als all die anderen Frauen – nicht so aufgebrezelt, nicht so künstlich. Sie war frisch, fröhlich und absolut natürlich. Außerdem strahlte sie etwas aus, das ich bisher noch nie bei einer Frau wahrgenommen hatte und von dem ich nicht sagen konnte, was es eigentlich war. Es war etwas, das mich sofort in ihren Bann gezogen hat. Irgendetwas, das mir selbst fehlt und das ich dringend brauche. Eine gewisse Warmherzigkeit; etwas, nach dem ich mich verzehrte. Ich kann es schlecht beschreiben. Jedenfalls zog mich dieses Etwas ungeheuer an und ich war regelrecht berauscht davon. Ich war vom ersten Augenblick an von Alina verzaubert, ohne dass ich ein Wort mit ihr gesprochen hätte.
Doch wie immer war ich nicht in der Lage, Konversation zu betreiben. Ich tat das, was ich immer

tue und mit dem ich immer Erfolg habe: Ich ging mit ihr ins Bett. Das ist meine Art der Kommunikation.
Das, was ich in dieser Nacht mit ihr erlebte, ging weit über alles hinaus, was ich bisher sexuell erlebt hatte. Es war wie eine Offenbarung. Es war viel mehr als Sex. Es war, als ob sich meine Seele öffnete und sich auf direktem Weg mit ihrer Seele verband. Ich hatte vorher noch nie so eine tiefe, innige Verbindung zu einem Menschen gespürt. Es fühlte sich so an, als ob wir beide füreinander bestimmt wären.
Ich kostete das mit jeder Faser meines Körpers aus, gab mich Alina völlig hin und nahm alles von ihr. Wir brannten vor Leidenschaft, konnten nicht genug voneinander bekommen und liebten uns die ganze Nacht lang bis zur Erschöpfung.
Ja, es war Liebe, dessen war ich mir ganz sicher, obwohl ich bisher nicht gewusst hatte, wie sich Liebe überhaupt anfühlt. Ich versank förmlich in diesem warmen, allumfassenden Gefühl. Es war das schönste Gefühl, das ich jemals erlebt hatte. Ich war glücklich und beseelt, als ich Arm in Arm mit Alina einschlief.

Und dann wurde ich frühmorgens wach und alles war anders. Eine Klammer legte sich um mein Herz, mir war übel und ich hatte nur einen Gedanken: ‚Ich muss hier weg. Ich muss weg, mich retten, flüchten. Ich darf mich nicht auf Alina einlassen. Es wird nur weh tun. Ich habe Angst davor. Ich kann das nicht. Ich will das nicht. Ich weiß, dass ich am Ende nur leiden werde.‘

Panisch suchte ich meine Klamotten zusammen und hoffte, dass Alina ausgerechnet jetzt nicht wach werden würde. Mein Herz zerbrach, aber ich wusste, ich würde sie nicht wiedersehen dürfen. Es war besser so. Ich kann mich nicht auf eine Liebesbeziehung einlassen.

Die nächsten Wochen wurden hart. Ich hätte nie gedacht, dass mir eine Frau so sehr unter die Haut gehen könnte. Ständig war ich versucht, ihre Telefonnummer heraus zu bekommen und sie anzurufen. Aber was hätte das gebracht?
Ich bin komplett beziehungsunfähig. Ich habe es mehrmals versucht, aber ich kriege es einfach nicht auf die Reihe. Sobald eine Beziehung eng wurde, habe ich die Flucht ergriffen. Ich kenne den Grund dafür, aber das macht es nicht besser. Egal, wie oft ich mir sage, dass mir das, was mir damals passiert ist, höchstwahrscheinlich nicht noch einmal passieren wird – es nützt nichts. Die Angst ist da und sie bringt mich um.
In einer Beziehung hätte ich ständig Panikanfälle und Verlustängste und das würde sowohl mich als auch meine Partnerin kaputtmachen. Das kann ich uns beiden nicht zumuten. Und gerade Alina würde ich es nicht zumuten wollen. Ich will, dass sie glücklich ist, und mit mir könnte sie niemals glücklich werden. Dazu bin ich viel zu anstrengend und emotional viel zu kaputt.

Darum musste ich mich von ihr fernhalten, auch, wenn es mich nahezu umgebracht hat. Die Sehnsucht nach ihr war übermächtig. Manchmal dachte ich verzweifelt, dass wir vielleicht doch eine Chance hätten, und dass mich ihre Liebe heilen könnte, aber das haben schon andere Frauen versucht. Je mehr sie auf mich zugingen und je liebevoller sie waren, desto panischer wurde ich. Ich wollte mich auf die Beziehung einlassen, konnte es aber nicht. Dafür habe ich mich gehasst und das machte alles nur noch schlimmer. Das wollte ich nicht noch einmal erleben, schon gar nicht mit Alina. Und darum musste ich sie loslassen, so schwer mir das auch fiel.

Ich fand es selbst erschreckend, wie sehr ich emotional schon nach dieser einen Nacht an ihr hing. Es war, als würde ich spüren, dass sie mir etwas geben kann, worauf ich mein Leben lang gewartet habe. Gleichzeitig weiß ich aber auch, dass das eine Illusion ist. Niemand kann mir das geben, was ich brauche, weil niemand meine Vergangenheit ungeschehen machen kann. Sie wabert noch immer in mir und richtet dort ihr Unheil an. Auch zahlreiche Therapien haben daran nichts ändern können. Ich habe längst den Glauben daran verloren, dass ich jemals ein emotional stabiler Mensch werden kann. Ich muss damit leben, was dieses Trauma für einen Menschen aus mir gemacht hat und so gut es mir möglich ist damit umgehen.

Schon vor Jahren habe ich mich dazu entschlossen, keine Beziehung mehr einzugehen. Da mein Körper nach seinem Recht verlangt, gönne ich mir ab und zu ein sexuelles Abenteuer. Aber ich achte sehr darauf, dass es nicht mehr wird, denn es würde nur im Chaos enden. Und das will ich nicht. Ich habe in mir selbst schon genug Chaos, das ich mühsam unter Kontrolle halte.

Ich habe versucht, mich mit viel Sex über Alina hinweg zu trösten. Es ist mir nur bedingt gelungen. Manchmal habe ich sogar von Alina geträumt. Wenn ich morgens wach wurde, habe ich sie richtig gespürt und ihr Duft hing noch in meiner Nase. Das war schon fast unheimlich. Ich habe mich so sehr nach ihr gesehnt und mir so sehr gewünscht, der Traum wäre Realität, dass es mich fast umgebracht hat. Diese Tage waren in der Regel für mich gelaufen.
So ganz habe ich diese starken Gefühle nicht verstanden, denn es war doch nur diese eine Nacht. Wie kann eine einzige Nacht so viel bedeuten, dass sie mich nicht mehr los lässt und ich immer wieder daran denken muss?
Aber es war eben nicht nur diese Nacht. Es war Alina. Manchmal glaube ich, sie hätte die Eine sein können. Aber sie kann es nicht sein, weil es diese Eine für mich niemals geben wird.

Ich habe versucht, meine Gefühle für Alina zu verdrängen. Ich habe versucht, Alina zu verdrängen.

Bis sie plötzlich vor mir stand. Als meine Sekretärin! Ich habe gedacht, ich falle in Ohnmacht.

Aber ich bin es gewohnt, mir meine Gefühle nicht anmerken zu lassen. Darauf bin ich getrimmt. In mir tobten alle möglichen Gefühle durcheinander, aber äußerlich war ich ganz ruhig und unbeteiligt.

Am liebsten wäre ich auf sie zugeschossen, hätte sie in meine Arme genommen und meinen Kopf in ihren seidigen Haaren vergraben, um ihren Duft einzuatmen. Ich habe mich so wahnsinnig gefreut, sie nach all der Zeit wiederzusehen. Einerseits.

Andererseits war mir im selben Moment klar, dass sich an meinen Gründen, warum ich sie nicht wiedersehen wollte, nichts geändert hat. Diese Gründe bleiben bestehen. Es ist mein eigenes, persönliches Gefängnis.

Ich hatte keine Ahnung, wie ich auf unser unverhofftes Wiedersehen reagieren sollte. Ich war wie paralysiert und komplett überfordert mit der Situation.

Als sie sofort sagte, dass sie nicht für mich arbeiten wolle, war ich tief verletzt. Es gab ein recht aggressives Wortgefecht, wobei ich die ganze Zeit das Gefühl hatte, dass wir über etwas ganz anderes stritten. Schließlich bin ich nach unserer gemeinsamen Nacht einfach abgehauen, ohne mit ihr zu sprechen. Sie muss stocksauer auf mich gewesen sein und das bekam ich jetzt zu spüren.

Und sie hat recht. Ich hätte ihr damals sagen sollen, dass sie mich zwar unwahrscheinlich fasziniert hat,

dass ich mich aber generell nicht auf eine Beziehung einlassen kann. Nicht mit ihr und mit keiner anderen Frau. Das wäre ich ihr verdammt noch mal schuldig gewesen.
Natürlich ist es absolut lächerlich, dass wir jetzt ein dämliches Spiel spielen und so tun, als würden wir uns nicht kennen. Das können wir nicht lange fortführen, das ist mir klar.
Aber ich wollte Distanz haben. Besonders, nachdem ich erfahren habe, dass sie ein kleines Kind hat. Es ist wahrscheinlich albern, eifersüchtig zu sein, nachdem ich ihr sowieso keine Beziehung hätte bieten können, aber trotzdem ist es genau das, was ich empfinde: Eifersucht.
Sie muss kurz nach mir jemanden kennengelernt haben, mit dem sie zusammen gekommen ist und von dem sie ein Kind hat. Offenbar lebt sie auch mit diesem Mann zusammen, denn als ich ihr vorgeschlagen habe, dass er sich um das Kind kümmern könnte, hat sie gesagt, dass er daran kein Interesse hat. Es hat mir einen Stich mitten ins Herz gegeben.
Aber warum? Wenn sie mit mir nicht glücklich sein kann, sollte ich ihr nicht das Glück mit einem anderen Mann missgönnen.
Und dann hat sie einen Satz gesagt, der mich völlig verwirrt hat
Ich mache alles, was du willst.
Ich bin mir nicht hundertprozentig sicher, ob sie diesen Satz wirklich gesagt hat oder ob ich ihn

lediglich in meiner Fantasie gehört habe. So etwas kann sie eigentlich nicht gesagt haben. Sie ist schließlich glücklich mit einem anderen Mann zusammen, mit dem sie ein Kind hat. Wahrscheinlich hatte diese Nacht für sie keinerlei Bedeutung und sie denkt gar nicht mehr daran zurück. Das alles ist für sie lange her und abgeschlossen. Darum sollte ich mit ihr gar nicht mehr darüber reden.

Aber schaffe ich es wirklich, in ihr nur meine Assistentin zu sehen und mit ihr auf einer rein beruflichen Ebene zu agieren?

Ich bin völlig durcheinander und weiß nicht mehr, was ich denken oder fühlen soll. Alina ist mir in den letzten anderthalb Jahren nicht mehr aus dem Kopf gegangen. Normalerweise vergesse ich die Frauen, mit denen ich schlafe, sofort wieder. Keine von ihnen bleibt mir im Gedächtnis.

Aber Alina hat diese Zeit überdauert. Ich habe immer wieder an sie gedacht. Und das liegt nicht nur daran, dass der Sex so phänomenal war. Es hört sich total bescheuert und pathetisch an, aber irgendwie habe ich das Gefühl, dass Alina die Einzige ist, die mich aus meinem emotionalen Gefängnis retten könnte. Aber genau das will ich nicht zulassen, weil ich panische Angst davor habe.

Ich weiß überhaupt nicht, wie ich mich ihr gegenüber verhalten soll. Ich glaube nicht, dass ich es lange durchhalte, ihren Boss zu spielen. Die ganze Situation ist total verfahren und ich weiß nicht, wie ich sie lösen soll.

Ich hoffe, sie hat eine Familie, mit der sie glücklich ist. Jedenfalls glücklicher, als sie mit mir jemals sein könnte.
Aber warum spüre ich dann dieses Kribbeln zwischen ihr und mir? Ist das nur von meiner Seite aus oder geht es ihr genauso?
Ich muss erst mal etwas Zeit gewinnen, bevor ich entscheiden kann, wie es weitergeht. So lange werde ich dieses alberne Spiel spielen und so tun, als hätte ich sie nicht erkannt.
Aber es fällt mir verdammt schwer.

Kapitel 17

Alina

Da ich auf die Schnelle keinen Kita Platz bekomme, wird Cassy, eine Kollegin aus einer anderen Abteilung, eingespannt. Ihr Chef ist drei Wochen im Urlaub und in dieser Zeit hat sie sowieso nicht viel zu tun – außer Nägel lackieren, quatschen und auf irgendwelchen Datingseiten herumsurfen.
Wie zu erwarten war, ist sie sofort Feuer und Flamme, für einen so attraktiven Boss zu arbeiten.
„Wow, ist der HOT", ist das erste, was sie sagt, als sie sich ihm vorgestellt hat und mit knallrotem Gesicht aus seinem Zimmer kommt.
„Kann ich nicht zu euch ins Zimmer ziehen? Es ist doch eher ungünstig, dass ich so weit weg sitze."
„Cassy, du sollst nicht einspringen, um Leon anzuhimmeln, sondern du sollst uns helfen", teile ich ihr unwillig mit. „Das kannst du auch von deinem Zimmer aus."
Cassy zieht einen Schmollmund.
„Ich will ihn aber sehen", jammert sie. „Leon ist der absolute Hingucker! Er hat so geile Muskeln und so ein schönes Gesicht! Oh Mann, so einen heißen Typen haben wir hier weit und breit nicht. Ich muss immer nur Dieter angucken mit seiner Glatze und dem Hängebauch. Glaubst du, das ist ein schöner Anblick? Ich will auch mal was Schönes sehen!"

„Dann ruf im Internet die Seite der Chippendales auf", rät Silvana ihr und verdreht die Augen.
„Mensch, Cassy, du bist nicht hier, um attraktive Männer zu beobachten! Du sollst arbeiten!"
„Tue ich ja auch", gibt Cassy beleidigt zurück. „Aber es wäre einfach motivierender, wenn man zwischendurch auch mal was Nettes sehen würde – und nicht immer nur diese verstaubten Akten."
In diesem Moment öffnet sich die Tür und der Boss höchstpersönlich steht im Raum.
Wieder mal muss ich schlucken, so unfassbar anziehend sieht er aus. Eigentlich kann ich kaum glauben, dass er mit mir im Bett war. Warum eigentlich? An dem Abend waren so viele schöne Frauen auf der Party. Warum hat er sich ausgerechnet für mich entschieden? Was hat er in mir gesehen?
Aber was auch immer er in mir gesehen hat – es kann nicht lange angehalten habe, denn offenbar hat er es längst vergessen.

„Herr Sander", überfällt Cassy ihn sofort und fängt an zu sabbern. „Fänden Sie es nicht auch besser, wenn ich bei Alina und Silvana sitzen würde, damit ich immer in Ihrer Nähe sein kann?"
Leon runzelt die Stirn und blickt Cassy abwesend an. Offenbar hat er mit so einem Vorschlag nicht gerechnet.
„Wenn Alina nach fünf Stunden geht, haben Sie niemanden mehr – und ich bin weit weg", malt Cassy Leon ein schlimmes Horror-Szenario aus. „Wenn

dann mal was schnell gehen muss und Sie dringend etwas brauchen, wäre es doch super, wenn ich direkt vor Ihrer Nase sitzen würde, oder?"
Leon scheint zu überlegen und ich rolle genervt mit den Augen. Es ist überhaupt nicht nötig, dass Cassy uns auf der Pelle hockt. Unser Büro ist gar nicht groß genug für drei Personen.
„Also gut", sagt er zu meinem Entsetzen. „Es wäre tatsächlich hilfreich, wenn immer jemand da ist. Sagen Sie dem Hausmeister Bescheid, dass er einen dritten Schreibtisch unterbringt. Der Techniker soll den Computer anschließen. Wenn Sie Hilfe brauchen, holen Sie sich die. Alina, könnten Sie mir etwas zu essen besorgen? Ich komme heute voraussichtlich nicht vor die Tür."
„Das kann ich doch erledigen", drängelt sich Cassy vor. „Ich gehe sowieso gleich raus. Was soll ich Ihnen mitbringen? Das mache ich supergern."
Erfreut sieht Leon sie an. Natürlich hätte man auch einfach was beim Lieferdienst bestellen können.
Als Cassy nach einer halben Stunde wieder auftaucht, trägt sie auf einmal ein enges, viel zu weit ausgeschnittenes T-Shirt, aus dem ihre Brüste fast herausfallen. Nanu, war sie noch schnell shoppen oder hat sie sowas immer mit dabei?
Strahlend klopft sie an Leons Tür und lächelt uns an. Dann verschwindet sie nach einem „Herein" in Leons Büro und bleibt auffallend lange dort. Silvana und ich wechseln einen verwunderten Blick.
„Was macht sie denn dort so lange?", wundere ich

mich und habe ein ungutes Gefühl in der Magengegend.
„Wahrscheinlich ist sie gerade auf allen Vieren unter den Schreibtisch gekrochen und bläst ihm einen", gibt Silvana lakonisch von sich.
„Ich finde das jetzt nicht sehr witzig", entgegne ich verstimmt.
Silvana holt tief Luft.
„Also, ehrlich, Alina, ich finde diese ganze Situaiton völlig albern. Warum tut ihr so, als würdet ihr euch nicht kennen? Das ist doch total hinrissig! Ihr müsst endlich miteinander reden - ganz egal, was dabei herauskommt."
„Nicht so laut!", zische ich. „Du kennst meine Gründe. Erstens: Leon hat mich offenbar nicht erkannt. Wenn ich ihm reinen Wein einschenke, ist er wahrscheinlich so geschockt, dass er sofort dichtmacht. Mein Plan ist, dass wir uns näher kennenlernen - und wenn sich dann etwas zwischen uns entwickelt, ist es immer noch früh genug, ihm die Wahrheit zu sagen."
Silvana schüttelt den Kopf.
„Ich halte das für absoluten Schwachsinn", erklärt sie. „Im Übrigen: Was meinst du damit, wenn du sagst, du willst ihn näher kennenlernen? Ihr seid hier nicht auf einem Datingportal, sondern in einer Kanzlei. Du sollst für ihn arbeiten, mehr nicht. Ihr könnt euch hier überhaupt nicht kennenlernen."
„Die meisten Paare lernen sich am Arbeitsplatz kennen", widerspreche ich störrisch. „Natürlich kann

man sich in einer Kanzlei kennenlernen."
In diesem Moment kommt Cassy mit einem verträumten Lächeln aus der Tür. Argwöhnisch sehe ich sie an. Was zum Teufel hat sie so lange bei Leon gemacht? Doch wohl nicht das, was Silvana vermutet hat? Aber nein. Das würde Leon niemals tun. Oder?
Ich schlucke. Obwohl ich ein Kind von ihm habe, kenne ich ihn überhaupt nicht. Ich weiß nicht, wie er tickt. Ich habe keine Ahnung, was für ein Mensch er ist. Und ich würde es so gern wissen!

Kapitel 18

Alina

„Frau Ahrens, ich benötige einen Ordner, der höchstwahrscheinlich im Archiv ist.“
Leon steckt seinen Kopf durch die Tür und blickt mich auffordernd an.
„Waren Sie schon mal im Archiv?“, will er wissen.
Ich schüttele den Kopf.
„Nein, bis jetzt noch nicht.“
„Wie ich erfahren habe, wurde das Archiv ausgelagert“, erklärt Leon. „Es liegt ein paar Straßen weit entfernt. Sind Sie mit dem Auto hier?“
Ich schüttele abermals den Kopf.
„Nein, ich fahre immer mit der U-Bahn.“
„Das ist sehr vernünftig“, lobt Leon mich. „Wenn Sie nichts dagegen haben, fahre ich mit Ihnen. Ich würde mir das Lager gern einmal ansehen.“
Erstaunt sehe ich Leon an. Was will der oberste Boss in einer Rumpelkammer? Er wird doch niemals in die Verlegenheit kommen, dort höchstpersönlich nach irgendeinem Ordner zu suchen. Dafür hat er schließlich seine Angestellten, die ihm solche unliebsamen Aufgaben abnehmen.
Plötzlich kribbelt mein ganzer Körper. Sucht er nur eine Gelegenheit, um allein mit mir zu sein? Ist es jetzt so weit? Wird er mir sagen, dass er mich sehr wohl erkannt hat?

Mein Herz klopft mir bis zum Hals. Plötzlich bin ich mir ganz sicher, dass es genau das ist. Jetzt werden wir uns einander zu erkennen geben!

Eine halbe Stunde später sind wir in der Leibnitzstraße angekommen. Als Leon neben mir her läuft und ich seinen verführerischen Duft inhaliere, werde ich total nervös.
„Hier müsste es sein", sagt er und nickt mir zu. Meine Beine sind wie aus Gummi, als wir in einen Aufzug einsteigen und in den Keller fahren.
Leon vermeidet es, mich anzusehen. Auch ich betrachte verstört meine Schuhe. Wir wechseln kein Wort, als wir nebeneinander den dunklen Gang entlang gehen und Leon schließlich eine Tür aufsperrt. Ein wirklich sehr romantisches Ambiente!
Vor uns erstrecken sich unendlich viele Regale mit unzähligen Ordnern. Ich habe keine Ahnung, ob wir hier tatsächlich nach einem Ordner suchen wollen – oder ob das nur ein Vorwand war.
Wir bleiben stehen und blicken uns an. Im selben Moment ist alles klar. Ich weiß, dass er weiß, wer ich bin. Die Luft lädt sich elektrisch auf und ich spüre wieder diese magische Verbindung zwischen uns. Genau wie damals. Es ist noch alles da, es war nur verschüttet.
Fast schüchtern macht Leon einen Schritt auf mich zu und streckt seine Arme nach mir aus. Zaghaft gehe auch ich einen Schritt auf ihn zu und lege meine Hände auf seine Schultern.

„Alina“, murmelt er heiser und legt seine Stirn gegen meine.
„Leon“, sage ich mit dünner Stimme und spüre seinen Atem in meinem Gesicht.
Ich merke, wie ein Ruck durch seinen Körper geht und er tief aufstöhnt. Dann finden seine Lippen die meinen und alles um mich herum beginnt sich zu drehen.
Endlich! Es ist, als wenn ich nach einer langen Reise nach Hause kommen würde. Als ob ich endlich da ankommen würde, wo ich hingehöre.
Wir küssen uns vorsichtig, zaghaft, zärtlich; so, als hätten wir Angst, den anderen durch eine zu heftige Geste zu erschrecken.
Dann lassen wir uns los und ich blicke in sein aufgelöstes Gesicht.
„Warum hast du so getan, als würdest du mich nicht erkennen?“, flüstere ich.
Leon verzieht sein Gesicht und schüttelt dann den Kopf. Sofort habe ich ein mulmiges Gefühl im Bauch.
„Willst du es mir nicht sagen?“, flüstere ich.
Leon holt tief Luft.
„Das ist eine lange und komplizierte Geschichte“, sagt er leise. „Die will ich dir jetzt nicht erzählen. Vielleicht später. Vielleicht auch gar nicht.“
Mein Glücksgefühl fällt jäh in sich zusammen. Das hört sich gar nicht gut an und klingt nicht nach einer vielversprechenden gemeinsamen Zukunft. Die Schmetterlinge in meinem Bauch verwandeln sich in Steine.

„Warum bist du damals einfach so verschwunden?“, wage ich trotzdem zu fragen. „War diese Nacht nichts außergewöhnliches für dich? Erlebst du so etwas ständig? Für mich war diese Nacht die schönste meines Lebens.“

Leon seufzt wieder tief auf. Ich habe den Eindruck, er bereut es jetzt schon, dass er zugegeben hat, mich zu kennen. Jetzt muss er Dinge erklären, die er offensichtlich nicht erklären will.

„Du stellst zu viele Fragen“, sagt er und eine steile Falte bildet sich zwischen seinen perfekten Augenbrauen.

„Genau aus diesem Grund habe ich nichts gesagt. Mir ist es zuwider, dauernd irgendwelche Erklärungen abgeben zu müssen. Ja, diese Nacht mit dir war außergewöhnlich, auch für mich. Aber ich wollte darüber hinaus nichts von dir. Und am besten kapieren die Frauen das, wenn man einfach geht. Ich hatte keine Lust auf langwierige Diskussionen.“

Ich weiche ein Stück zurück.

„Hast du deshalb so getan, als würdest du mich nicht erkennen?“, frage ich, während mich jegliche Kraft verlässt.

Die Situation ist ganz und gar nicht so, wie ich sie mir erträumt habe. Aber was habe ich erwartet? Habe ich erwartet, dass Leon vor mir auf die Knie sinkt, um mir zu sagen, dass ich die Frau seines Lebens bin und er mich heiraten will? Mir war klar, was für ein Typ Mann er ist und dass er es ordentlich krachen lässt. Ich war nur eine von vielen.

„Ja“, erwidert Leon schlicht und verengt seine Augen zu Schlitzen. „Ich kenne diese kräftezehrenden Gespräche zur Genüge. ‚Warum willst du keine Beziehung?‘ ‚Können wir es nicht doch miteinander versuchen? ‚Ich bin mir sicher, ich bin die Richtige für dich.‘ ‚Mit mir wäre alles anders, das kann ich dir garantieren.‘ Bullshit.“
Er fährt sich durch die Haare und sieht jetzt noch genervter aus.
„Keine Frau will verstehen, dass ich einfach keine Beziehung haben will. Ich weiß nicht, was es da nicht zu verstehen gibt. Ich mache jedes Mal eine deutliche Ansage, und trotzdem versuchen die Frauen ständig, mich umzustimmen. Das geht mir wirklich auf den Sack.“
Ich werde bei seinen Worten immer kleiner. Ich habe mich gefreut, dass er sich mir zu erkennen gab, aber die Situation ist dadurch absolut nicht einfacher geworden. Im Gegenteil. Ich habe eher den Eindruck, sie ist noch viel komplizierter geworden.
„Ähm … und jetzt?“, frage ich mit wild klopfendem Herzen. „Wie soll das jetzt mit uns weitergehen?“
„Gar nicht“, schmettert Leon mir entgegen. „Mit uns geht gar nichts weiter. Okay, wir können gern ab und zu miteinander ins Bett gehen, aber darüber hinaus wird nichts zwischen uns stattfinden.“
In diesem Moment fällt alles in sich zusammen. Es ist noch demütigender als vorher und mir bleibt fast die Luft weg vor lauter Schmerz.

„Und warum hast du mich dann hier in den Keller gelotst und mich geküsst?“, frage ich verständnislos.
„Weil mir danach war“, erwidert Leon lapidar und verschränkt seine Arme vor der Brust.
„Und mir ist auch noch nach einigem mehr.“
Plötzlich und unerwartet zieht er mich wieder in seine Arme und ich spüre seinen warmen Körper. Mit Tränen in den Augen erwidere ich seine leidenschaftlichen Küsse und spüre seine Erektion an meinem Bauch. Trotzdem will ich es ganz bestimmt nicht in diesem muffigen Keller mit ihm treiben.
Schwer atmend löse ich mich von ihm und schiebe ihn ein Stück weg. Erstaunt sieht er mich an.
Diesmal bin ich es, die den Kopf schüttelt.
„Nein, Leon, nicht hier und nicht jetzt. Nicht so. Ich weiß nicht, ob ich das will. Ich weiß nicht, ob ich das kann. Lass uns ins Büro zurückfahren. Ich nehme an, du brauchst gar keinen Ordner?“
Leon bleibt stumm. In seinen Augen liegt so ein trauriger und resignierter Ausdruck, dass mein Herz vor Mitgefühl fast überquillt.
Ich spüre, dass da irgendetwas ist, das er mir nicht sagen will. Irgendetwas, das der Grund dafür ist, dass er dichtmacht.
Aber was zum Teufel ist das?

Kapitel 19

Alina

Schweigend fahren wir in Leons riesigem Auto zurück zur Kanzlei. Ich vermeide es, ihn anzusehen, denn ich befürchte, dass ich dann sofort anfange zu heulen.

Na, großartig! Jetzt habe ich das, was ich wollte. Leon hat zugegeben, dass er mich kennt. Und was bringt mir das? Gar nichts!

Er hat sogar zugegeben, dass die Nacht mit mir außerwöhnlich war und dass er nichts dagegen hätte, sie zu wiederholen. Müsste ich jetzt nicht im siebten Himmel schweben? War es nicht das, was ich wollte?

Ich wollte ihn näher kennenlernen. Wenn ich ehrlich bin, hatte ich eine winzig kleine Hoffnung, dass er sich vielleicht in mich verlieben würde, wenn wir uns richtig kennenlernen. Aber wahrscheinlich bin ich mit dieser Hoffnung meilenweit übers Ziel hinausgeschossen.

Warum sollte sich ein Mann wie Leon ausgerechnet in mich verlieben? Er kann jede Frau haben. Und da sind bestimmt einige Frauen dabei, die hinreißender, interessanter, aufregender und schöner sind als ich. Ich bin allenfalls Durchschnitt. Was also sollte Leon an mir finden?

Klar, als Sexpartnerin komme ich offenbar für ihn infrage. Er hat nichts dagegen, sich ein paar schöne

Stunden mit mir zu machen. Aber darüber hinaus wird es niemals etwas zwischen uns geben. Das hat er deutlich genug klargestellt. Damit muss ich zurecht kommen. Ich kann mich also entscheiden, ob ich ab und zu mit ihm ins Bett gehen will. Eine Affäre mit dem Boss - das ist alles, was es jemals sein wird.

Wir bleiben immer noch stumm, als wir in der Kanzlei ankommen und mit dem Aufzug in die fünfte Etage fahren. Leon nickt mir kurz zu und verschwindet dann in seinem Büro, während ich mich völlig ermattet auf meinen Stuhl niedersinken lasse. Zum Glück ist diese unsägliche Cassy noch nicht bei uns eingezogen.

„Wie siehst du denn aus?", fragt Silvana erschrocken und beantwortet sich diese Frage gleich selbst.

„Du siehst aus, als wärst du dem Teufel persönlich begegnet."

„So ungefähr war es auch. Leon hat zugegeben, dass er mich kennt", berichte ich tonlos. „Wir haben uns sogar geküsst. Das war der positive Teil."

Silvana wollte offensichtlich gerade in die Hände klatschen, aber ihre Arme bleiben in der Luft hängen.

„Und was war der negative Teil?", erkundigt sie sich und ihre Arme sinken nach unten.

„Dass wir gern ab und zu miteinander ins Bett gehen können, aber dass sich daraus niemals mehr entwickeln wird", teile ich Silvana mit. „Leon will generell keine Beziehung. Das hätte ich mir eigentlich denken können."

Silvana zuckt mit den Achseln.
„Das sagen alle Kerle. Aber wenn die Richtige kommt, ist plötzlich alles anders."
„Ach, Silvana ..."
Ich kann nicht verhindern, dass mir eine einzelne Träne die Wange herunter läuft.
„Warum sollte ausgerechnet ich die Richtige für Leon sein? Das bin ich nicht. Er wird eine andere finden, irgendwann. Oder vielleicht will er wirklich keine Beziehung haben, mit niemandem. Jedenfalls muss ich das ernst nehmen und darf mir nicht einbilden, er würde seine Meinung ändern. Daran sind schon ganz andere Frauen gescheitert. Sowas kann man nicht erzwingen. Wenn sich jemand nicht binden will, muss man das akzeptieren."
„Aber das kann sich ändern", versucht Silvana mich zu trösten. „Wenn ihr euch erst näher kennenlernt, wird er vielleicht doch noch auf den Trichter kommen, dass du die Richtige für ihn bist."
Ich schüttele mutlos den Kopf.
„Das glaube ich nicht. Leon will nur ein bisschen Sex. Und ich weiß nicht, ob ich mich darauf einlassen soll. Wenn ich mit ihm schlafe und der Sex immer noch so toll ist, verliebe ich mich erst recht in ihn. Wie soll das dann weitergehen? Er ist mein Boss. Das geht niemals gut. Am besten, ich kündige. Über kurz oder lang wird mir gar nichts anderes übrig bleiben."
Meine ganze Welt ist zerstört. Jetzt weiß ich definitiv, dass Leon für mich immer unerreichbar bleiben wird und verliere auch noch meinen Job. Ganz große

Klasse! Das ist wirklich der Jackpot.
„Du musst nicht jetzt entscheiden, ob du deinen Job kündigst", beschwichtigt Silvana mich, doch meine gute Laune ist dahin. Ich male mir meine Zukunft in den düstersten Farben aus. Egal, ob ich mit Leon ins Bett gehe oder nicht - es wird im totalen Gefühlschaos enden.
Gehe ich nicht mit ihm ins Bett, wird es unerträglich, weil er mich sexuell unglaublich reizt und ich mich so sehr nach einer Berührung von ihm sehne.
Gehe ich mit ihm ins Bett, wird es genauso unerträglich, weil ich mich garantiert richtig in ihn verliebe, mehr von ihm will und daran zerbreche, weil das nicht auf Gegenseitigkeit beruht.
Egal, was ich auch mache - es wird in einer Katastrophe enden.

In den nächsten Tagen bin ich verständlicherweise mies drauf. Es ist für mich jedes Mal eine Qual, Leon zu sehen. Fast bin ich erleichtert, als Cassy zu uns ins Büro zieht und sich förmlich überschlägt, für Leon zu arbeiten. Ich lasse ihr diese Freude. Ich bin froh, wenn ich ihm nicht begegnen muss.
Dabei fühle ich mich so sehr mit ihm verbunden. Jeden Nachmittag, wenn ich nach Hause komme und meine süße Kleine knuddele, sehe ich ihn. Sie hat seine blauen Augen und wenn er sie sehen würde, wüsste er sofort, dass er ihr Vater ist.
Aber jetzt erzähle ich ihm ganz bestimmt nichts von ihr. Er würde denken, ich würde sie nur dazu

benutzen, um an ihn heranzukommen und ihn zu einer Beziehung zu zwingen. Das mache ich auf gar keinen Fall. Wenn, dann muss er freiwillig zu mir kommen, aber das wird er niemals tun.
Es wird wohl darauf hinauslaufen, dass ich mir einen anderen Job suchen muss. Das tut mir in der Seele weh, denn ich bin noch nie so gern zur Arbeit gegangen wie in den letzten Jahren. Obwohl der Job an sich eher öde ist, reißen meine Kolleginnen und die Vorgesetzten das raus – jedenfalls bis jetzt.

***

„Und wenn du um ihn kämpfst?“, schlägt Daniela vor, als wir an einem Samstagabend bei unserem Lieblingsitaliener zusammen sitzen.
„Kündigen kannst du immer noch. Das wäre die letzte Möglichkeit. Aber solltest du vorher nicht alles versuchen, um ihn umzustimmen? Du weißt, dass er auf dich abfährt. Warum nutzt du das nicht?“
Trübsinnig stochere ich in meiner Spaghetti Bolognese herum.
„Was soll das bringen? Er hat gesagt, dass er sich allenfalls auf eine Affäre einlassen würde.“
„Das ist immerhin ein Anfang.“
Daniela fuchtelt so wild mit ihrer Gabel vor meinem Gesicht herum, dass ich Angst habe, sie sticht mir gleich ein Auge aus.
„Der Anfang von was?“, frage ich müde. „Der Anfang einer Affäre? Was soll mir das bringen? Ich

will keine Affäre. Ich will nicht eine von vielen sein. Das führt nirgendwohin."
Daniela verdreht ihre Augen und gönnt sich einen Schluck Rotwein.
„Beziehungen fangen selten mit der Feststellung an, dass es sich um die große Liebe handelt", teilt sie mir mit. „Normalerweise ist es so, dass man sich kennenlernt, miteinander ins Bett geht und sich erst im Laufe der Zeit eine Beziehung entwickelt - oder eben auch nicht. Du kannst nicht erwarten, dass Leon wegen einer Nacht, die schon eine Weile zurückliegt, der Meinung ist, dass du die Frau seines Lebens bist. Davon musst du ihn erst überzeugen. Was liegt da näher, als genau das zu tun? Geh mit ihm ins Bett, verbring Zeit mit ihm, finde heraus, ob er der Mann deiner Träume ist, denn das weißt du im Grunde ja auch nicht. Im schlimmsten Fall stellst du fest, dass ihr nicht zusammenpasst und dass es keinen Sinn macht. Dann kannst du immer noch kündigen. Aber ich würde es wenigstens versuchen. Wenn du jetzt kündigst und ihn nie wiedersiehst, hast du vielleicht die Chance deines Lebens vertan."
Ich lasse Danielas Worte auf mich wirken und denke darüber nach. Hat Daniela am Ende recht? Will ich die Flinte zu schnell ins Korn werfen? Sollte ich es nicht wenigstens versuchen, bevor ich sofort aufgebe? Es stimmt - auch ich kann nicht beurteilen, ob Leon tatsächlich der Mann meines Lebens ist. Dazu kenne ich ihn schlichtweg zu wenig. Eine heiße Nacht bedeutet nicht automatisch, dass ich mit ihm den Rest

meines Lebens verbringen will. Auch Leonie spielt da nur eine untergeordnete Rolle. Sie war nicht das Wunschkind eines sich liebenden Paares, sondern das zufällige Ergebnis einer gemeinsamen Nacht. Ich liebe meinen kleinen Sonnenschein über alles, aber auch sie ist kein Grund, mit einem Mann zusammen zu sein, der nicht zu mir passt. Genau das sollte ich vorher herausfinden.

„Eigentlich ist das gar keine so schlechte Idee", sage ich nachdenklich und habe plötzlich doch wieder großen Appetit.
„Wie heißt es so schön? Wer nicht wagt, der nicht gewinnt. Ich sollte etwas wagen. Schließlich geht es um mein Lebensglück."
Daniela lächelt und nickt.
„So furchtbar schlimm ist dein Einsatz ja auch nicht", grinst sie. „Ich könnte mir wahrlich unangenehmeres vorstellen, als mit einem total heißen Typen ins Bett zu gehen. Wenn sich nichts weiter zwischen euch entwickelt, dann ist er eben nicht der Richtige. Aber ich wäre da nicht so mutlos. Ich könnte mir schon vorstellen, dass etwas zwischen euch entsteht. Bei Carsten und mir war das schließlich auch so."
Daniela hat Carsten vor sieben Jahren an einer Badestelle kennengelernt, zu der sie regelmäßig gefahren ist. Am Anfang haben sie sich hin und wieder unterhalten und Daniela hätte sich niemals vorstellen können, dass Carsten für sie als Mann infrage kommen könnte. Er war für sie ein netter

Kumpel, aber nicht mehr. Hätte ihr damals jemand gesagt, dass sie mit ihm eine Liebesbeziehung eingehen würde, hätte sie denjenigen ausgelacht. Das stand für sie überhaupt nicht zur Debatte.

Doch im Laufe der Zeit spürte sie, wie wohl sie sich in Carstens Gegenwart fühlte. Es war ganz anders mit ihm als mit den Männern, die sie sonst immer auf den ersten Blick anziehend gefunden hatte.

Sie fand Carsten äußerlich gar nicht besonders attraktiv, aber er vermittelte ihr ein gutes, wohliges Gefühl. Jedes Mal, wenn sie auftauchte, freute er sich bis zum Umfallen und machte aus seiner Begeisterung keinen Hehl. Er spielte von Anfang an keine Spielchen mit ihr, war total offen und erzählte ihr alles von sich. Er versuchte nicht, sich interessant zu machen, sondern zeigte seine Zuneigung ungefiltert. Normalerweise hätte das auf Daniela nicht sehr anziehend gewirkt. Sie stand eher auf Männer, die sie am ausgestreckten Arm verhungern ließen und denen sie ständig nachlaufen musste.

Mit Carsten war das ganz anders. Eigentlich hätte sie es langweilig finden müssen, weil das ihr Muster war: Wenn Männer deutlich ihr Interesse zeigten, verlor Daniela wiederum ihres.

Doch nun durchbrach sie dieses jahrelange Muster, ohne dass ihr das überhaupt klar war.

Sie spürte einfach, wie gut ihr Carstens Nähe tat und wie sehr sie sich freute, ihn zu sehen. Zwischen den beiden entwickelte sich erst eine tiefe Freundschaft, bevor es irgendwann Liebe wurde.

Heute sagt Daniela ganz klar, dass Carsten das Beste ist, was ihr jemals in ihrem Leben passiert ist und dass er der tollste Mann ist, den sie sich an ihrer Seite vorstellen kann. Es hat fast ein Jahr gedauert, bis sie ein Paar geworden sind. Heute merkt man in jedem Blick und in jeder Geste, wie vertraut sie einander sind und wie sehr sie sich lieben.

„Aber bei euch war das eine völlig andere Situation", wende ich ein. „Du bist überhaupt nicht auf Carsten abgefahren. Im Gegenteil. Ich kann mich noch sehr gut daran erinnern, wie du zu mir gesagt hast, den könne man dir nackt auf den Bauch binden und es würde nichts passieren."
„Das stimmt", erwidert Daniela vergnügt und schiebt sich mit großem Genuss ein Stück Pizza in den Mund. „Das war halt so, weil ich damals total oberflächlich war. Ich dachte, ich müsse einen Mann sehen und mich Hals über Kopf in ihn verlieben. Ich habe sexuelle Anziehungskraft mit Liebe verwechselt. Im Alltag sind so viele andere Dinge wichtig und nicht die erotische Anziehung. Die kam bei uns erst mit der Zeit."
„Eben. Darum kannst du deine Beziehung nicht mit dem vergleichen, was zwischen mir und Leon ist. Da ist es nämlich vorwiegend erotische Anziehung. Und die Frage ist, ob das für eine Liebesbeziehung ausreicht."
„Auf der einen Seite ist es eine völlig andere

Situation“, gibt Daniela zu. „Auf der anderen Seite aber auch nicht, weil man sich ganz am Anfang eben nicht kennt. Nie. Erst, wenn man sich wirklich kennenlernt, kann man herausfinden, ob man zueinander passt und ob das Ganze tragfähig ist. Bei euch ist es die sexuelle Anziehungskraft, die neugierig aufeinander macht. Bei uns war es Freundschaft. Am Anfang ist immer alles neu und es muss ein gewisses Interesse da sein, ganz gleich, worauf dieses Interesse beruht. Was sich daraus entwickeln wird, ist völlig offen. Das kann nur die Zeit zeigen.“

Wir schweigen und ich hänge meinen Gedanken nach. Schließlich hebe ich den Kopf, sehe Daniela fest in die Augen und teile ihr meinen Entschluss mit.

Ja, ich werde um Leon kämpfen, weil ich glaube, dass er es wert ist und dass wir eine Chance haben. Ich werde nicht schon von Anfang an aufgeben. Schließlich ist er der Vater meiner Tochter und ganz tief im Innern glaube ich, dass uns irgendetwas miteinander verbindet. Zumindest werde ich alle Hebel in Bewegung setzen, um herauszufinden, ob das stimmt oder ob ich mir das nur einbilde.

Kapitel 20

Leon

Ich bin innerlich total zerrissen. Ich will etwas von Alina, das ich wiederum auch *nicht* will, weil ich weiß, dass ich nicht in der Lage dazu bin. Es ist, als würden zwei Personen an entgegen gesetzten Enden an mir ziehen, sodass ich jeden Moment in der Mitte durchbreche. Ich fühle mich grässlich und weiß nicht, wie es weitergehen soll.

Als ich Alina an diesem Morgen sehe, geht mir das Herz auf – und fast auch die Hose, wenn ich ehrlich bin. Sie sieht einfach entzückend aus und verdammt sexy in ihrem engen Oberteil und dem viel zu kurzen Rock. Erstaunt sehe ich sie mir genauer an. War sie sonst nicht ganz anders angezogen? Ich kann mich nicht daran erinnern, dass sie ihre Reize vorher so zur Schau gestellt hat. Aber ich muss zugeben, dass es mir gefällt und auch ziemlich anmacht.

Ist das ein Zeichen? Will sie mir damit signalisieren, dass wir einen Schritt weitergehen können und sie zu einer Affäre bereit ist?

Ich habe ihr deutlich genug gesagt, dass sie nicht mehr von mir erwarten kann. Wenn sie sich dermaßen sexy präsentiert, bedeutet das wohl, dass sie damit einverstanden ist.

Ich spüre, wie es in meinem Schritt heftig zu pochen beginnt. Die Aussicht, mir meinen Büro-Alltag dadurch zu versüßen, indem ich Dinge mit ihr anstelle, die man mit seiner Assistentin üblicherweise nicht tut, erregt mich bis aufs Äußerste. Ich werde mich langsam vortasten müssen, denn natürlich besteht auch die Möglichkeit, dass ich ihr Outfit falsch interpretiere. Ich kann nicht mit der Tür ins Haus fallen, sie zu mir zitieren und meine Hose öffnen, obwohl ich diese Vorstellung höchst prickelnd finde. Aber dazu kommen wir vielleicht später noch.

Es ist wenig hilfreich, dass sie nur fünf Stunden arbeitet, denn so ist sie abends nie im Büro - und das wäre die geeignetste Zeit, um ihr näherzukommen. Zudem stört uns Cassy extrem, denn sie lässt keine Gelegenheit aus, um mir auf die Pelle zu rücken.

Nachdem ich intensiv darüber nachgedacht habe, habe ich eine Lösung gefunden. Da ich abends bis mindestens 21 Uhr im Büro bin, reicht mir im Grunde nicht mal eine Vollzeit-Sekretärin, weil ich auch abends jemanden bräuchte.
Ich frage meine Münchner Assistentin, ob sie bereit ist, eine Zeitlang in Berlin auszuhelfen. Sie soll mir von 8 bis 17 Uhr zur Verfügung stehen, während Alina von 16 bis 21 Uhr arbeiten soll. Die eine Stunde, die sich die Arbeitszeiten der beiden überlappen, sind für die Übergabe gedacht. Ich schätze, ab 19 Uhr bin ich mit Alina allein im Büro - und dann kann sie ganz besondere Aufgaben für mich erledigen …
Ich hoffe, es scheitert nicht daran, dass sie ihr Kind

selbst ins Bett bringen will.
Das ist auch so ein Ding, das mir Kopfzerbrechen bereitet.
Was ist mit dem Vater dieses Kindes? Wohnt sie mit ihm zusammen? Ist er ihr Partner? Sie hat gesagt, dass er sich nicht um die Kindererziehung kümmern will. Was bedeutet das? Sind die beiden getrennt? Und warum interessiert mich das überhaupt? Ich will doch nur eine Affäre.
Ich seufze tief auf und vergrabe meinen Kopf in den Händen. Wem mache ich hier eigentlich etwas vor? Nein, ich will mitnichten nur eine Affäre mit Alina. Ich würde gern viel mehr von ihr haben, wenn ich es könnte. Aber ich weiß aus Erfahrung, dass ich nicht zu einer Beziehung tauge und dass ich die Frauen, die mit mir zusammen sind, nur unglücklich mache. Genau das möchte ich Alina ersparen.

Glücklicherweise ist meine Münchner Assistentin Lilly damit einverstanden, ein paar Wochen nach Berlin zu kommen. Ich lasse ihr eine temporäre Wohnung organisieren, nachdem auch Alina eingewilligt hat. Ich wette, sie weiß genau, warum sie demnächst abends für mich arbeiten soll.
Cassy ist damit von ihrer Aufgabe entbunden und kann an ihren Arbeitsplatz zurückkehren, was ihr gar nicht gefällt. Ich atme auf, denn ihre Anbaggerei war hart an der Grenze und am liebsten hätte ich sie mehr als einmal abgemahnt.

„Wer bringt denn jetzt deine Tochter ins Bett?“, erkundige ich mich möglichst beiläufig bei Alina, als sie mir einen Schwung Fotokopien auf den Schreibtisch gelegt hat.
„Springt der Vater ein?“
Alina wirft mir einen höchst merkwürdigen Blick zu, den ich nicht deuten kann.
„Wir sind nicht zusammen“, erklärt sie. „Ich habe keine Beziehung.“
Mir fällt ein Stein vom Herzen. Ich hätte den Gedanken nicht ertragen, dass sie zu Hause einen Mann sitzen hat, den sie dann mit mir betrügt. Zum einen fände ich das gegenüber ihrem Partner unfair – und für mich würde es sich auch nicht gut anfühlen. Selbst, wenn es nur eine Affäre sein wird, hätte ich doch gern eine gewisse Ausschließlichkeit.
„Ach so.“ Mehr fällt mir dazu nicht ein.
„Aber es geht schon. Sie schläft dann bei meinen Eltern und ich hole sie morgens dort ab“, fährt Alina fort.
Auch heute ist ihr Top so weit ausgeschnitten, dass ich ihre herrlichen Brüste bewundern kann. Es fällt mir verdammt schwer, nicht einfach zuzugreifen. In den letzten Tagen habe ich besonders oft unsere gemeinsame Nacht vor Augen. Es ist irre, wie präsent sie immer noch ist, obwohl es lange her ist und ich seitdem mit vielen Frauen geschlafen habe. Aber diese Nacht war etwas ganz besonderes. Und selbst jetzt spüre ich diese eigentümliche Verbindung zwischen Alina und mir, die ich mir nicht erklären

kann.
Irgendetwas ist da zwischen uns jenseits aller Worte und ich würde gern herausfinden, was es eigentlich ist.

Das Knistern zwischen Alina und mir wird immer stärker, jedenfalls empfinde ich das so. Unsere Blicke werden tiefer und intensiver und mir wird unnatürlich heiß, wenn ich sie sehe. Ich halte es vor lauter Verlangen kaum noch aus. Ich stelle mir vor, dass ich ihre Bluse öffne und an ihren Nippeln spiele. Ich stelle mir vor, wie ich sie auf meinem Schreibtisch nehme. Ich stelle mir alles mögliche vor und traue mich trotzdem nicht, den entscheidenden Schritt zu machen.
Seit wann bin ich eigentlich so ein Waschlappen geworden?

***

„Liegt sonst noch etwas an?“, erkundigt Alina sich, als ich ihr einige Anweisungen gegeben habe, die sie sich eifrig notiert hat.
Nach ein paar leichten Anlaufschwierigkeiten ist sie zu einer engagierten Assistentin geworden, die mir tatkräftig unter die Arme greift. Lilly, die seit zwei Wochen in Berlin ist, ist ebenfalls ein Gewinn für mich. Es läuft bestens zwischen meinen Assistentinnen und mir, jedenfalls beruflich. Auf erotischer Ebene bin ich mit Alina noch keinen Schritt weiter gekommen, obwohl ich es mir sehnlichst

wünsche.
Was zum Teufel hält mich zurück? Ich nehme mir doch sonst auch das, was ich will. Warum bin ich bei Alina so zurückhaltend?

„Nein, eigentlich nicht“, erwidere ich und betrachte sehnsüchtig ihr Dekollété. „Jedenfalls nichts, was deinen Job angeht.“
Damit wir nicht völlig durcheinander kommen, haben wir beschlossen, uns ganz offiziell auch vor den anderen zu duzen. Wir würden uns sowieso verhaspeln und das würde es nur noch peinlicher machen. Außerdem duze ich mich mit Lilly auch, und seit neuestem auch mit den meisten Kollegen. Das habe ich immer so gehandhabt.
Alina blickt mich abwartend an und schlägt ihre Beine übereinander.
„Du guckst mich immer ganz schön lüstern an“, stellt sie fest und lässt ihre Zungenspitze aufblitzen, was mich halb wahnsinnig macht. Ich erinnere mich nur zu gut daran, was ihre Zunge mit speziellen Teilen meines Körpers angestellt hat.
„Tue ich das?“, stelle ich eine selten blöde Frage und schlage nun meinerseits die Beine übereinander, als könne ich damit verhindern, dass es zwischen meinen Schenkeln wie verrückt prickelt.
Alina lächelt verführerisch.
„Ja, das tust du. Hast du mich deshalb zu deiner Abend-Sekretärin ernannt, damit du abends etwas mit mir tun kannst, was du dich tagsüber nicht

traust?“
Ich zucke leicht zusammen. Du liebe Güte, Alina geht aber ganz schön ran! Tja, wenn ich mich schon so anstelle und nicht die Führung übernehme, muss sie eben die Zügel in die Hand nehmen. Erstaunlicherweise gefällt mir das. Normalerweise ist es umgekehrt und *ich* sage, wo es lang geht.
„Vielleicht“, erwidere ich und lasse meinen Blick ungeniert über ihre Brüste schweifen.
„Du ziehst dich in der letzten Zeit ziemlich aufreizend an. Tust du das, um mich anzumachen?“, frage ich sie direkt und bin gespannt auf ihre Antwort.
Alina lächelt leicht und streckt ihre wunderbaren Brüste noch ein wenig weiter vor.
„Kann schon sein“, entgegnet sie und verengt ihre Augen. „Macht es dich denn an?“
„Ich glaube, das musst du nicht wirklich fragen.“ Meine Kehle ist plötzlich trocken.
Alina beißt sich auf die Lippe.
„Aber du reagierst gar nicht darauf“, sagt sie etwas vorwurfsvoll.
„Doch, das tue ich. Sogar ziemlich heftig“, widerspreche ich. „Du kriegst es nur nicht mit.“
„Und warum lässt du mich nicht daran teilhaben?“, erkundigt Alina sich und steht auf. Sie geht ein paar Schritte auf mich zu und bleibt dann stehen. Atemlos sehe ich ihr in die Augen, als sie anfängt, ihre Bluse aufzuknöpfen. Mir bleibt fast das Herz stehen. Sie streift die Bluse ab und öffnet ihren Rock, den sie zu

Boden gleiten lässt. Jetzt steht sie in einem feuerroten BH und einem passenden Slip mit Strapsen und Netzstrümpfen vor mir. Mir bleibt die Luft weg.
Ich habe mich in den letzten Tagen extrem zusammen gerissen. Aber jetzt, wo Alina fast nackt vor mir steht, kann ich mich nicht länger beherrschen. Mein Schwanz steht kerzengerade in meiner Hose und ich weiß, dass Alina es sehen kann. Mir entfährt ein Keuchen.
Alina streicht über die Außenseiten ihres Körpers und streckt ihre Brüste ganz nach vorn. Bilde ich mir das eigentlich ein oder sind sie seit damals größer geworden? Sie wird sich doch wohl nicht einer Operation unterzogen haben? Aber nein, sie sehen sehr natürlich und echt aus. Vielleicht habe ich das falsch in Erinnerung.
Alina kommt noch einen Schritt näher und steht jetzt so nah vor mir, dass ihre Brüste direkt vor meinem Gesicht sind. Das ist eindeutig zu viel. Soviel Selbstbeherrschung habe ich nicht.
Stöhnend ziehe ich Alina zu mir heran und vergrabe meinen Kopf zwischen ihren Brüsten. Endlich! Sie fühlt sich so gut an und sie riecht so verführerisch.
Ich ziehe sie auf meinen Schoß und wir stöhnen beide auf, als ihre Scham meinen harten Schwanz berührt. Ich kann nicht mehr an mich halten und schiebe ihr meine Zunge in den Mund. Es ist unglaublich erregend, als unsere Zungen miteinander spielen und Alina gleichzeitig auf meinem Schwanz hin und her rutscht. Das macht mich absolut wahnsinnig.

Mit zitternden Fingern öffne ich den Verschluss ihres BHs und werfe ihn achtlos auf den Boden. Dann umkreise ich mit meiner Zunge ihre Nippel, die sich bereits aufgerichtet haben.
Alina legt den Kopf in den Nacken und stöhnt leise. Sie liegt mit ihrem Oberkörper auf meinem Schreibtisch und bringt alle Unterlagen durcheinander, aber das ist mir in diesem Moment egal.
Wie von Sinnen küsse ich ihre Brüste, ihr Dekolleté, ihre Schultern, ihren Bauch, bis sie sich aufrichtet und mir direkt in die Augen sieht. Sie lässt meinen Blick nicht los, als sie sich an meiner Hose zu schaffen macht. Glücklich keuche ich auf, als sie meinen Schwanz befreit und er hart und aufrecht aus meiner Anzughose herausragt.
Alinas Augen glitzern. Offensichtlich gefällt ihr, was sie sieht. Und mir gefällt es, als sich ihr Mund meinem pochenden Glied nähert und sie ganz leicht mit ihrer Zunge über meine Eichel fährt. Ich zucke zusammen wie unter einem Stromschlag.
Ich spüre ihre weiche, feuchte Zunge und ihre Lippen, die meinen Schwanz umschließen. Es fühlt sich an wie feine Nadelstiche auf meinem Körper und ich bin wie elektrisiert. Dieses süße, köstliche Gefühl wird immer stärker und ich brauche immer mehr davon. Ich nehme ihren Kopf in meine Hände und gebe ihr den Rhythmus vor, während ich meinen Schwanz in ihren Mund stoße. Fuck, sie soll bloß nicht damit aufhören! Ich brauche es gerade so

verdammt dringend.
Eine Weile ist nur mein Stöhnen zu hören und ich werde so erregt, dass ich befürchte, gleich zu kommen. Darum ziehe ich mich aus ihr zurück. Ich bin völlig benommen, alles um mich herum dreht sich und ich habe das Gefühl, gleich zu Boden zu sinken.
Alina nimmt meine Hand und führt sie zwischen ihre Beine. Sie ist klatschnass und ich umkreise sanft ihre Perle, bevor ich sie direkt dort reize. Alina sitzt mit gespreizten Beinen auf meinem Schreibtisch und lässt sich von meiner Hand verwöhnen. Sie hat die Augen geschlossen und gibt wohlwollende Laute von sich. Dann beginnt sie, ihr Becken kreisen zu lassen und sich stärker gegen meine Hand zu drücken. Ich verstehe und stimuliere sie etwas schneller und fester. Es dauert nicht lange, bis sie ihre Beine zusammen presst und laut aufstöhnt. Ich spüre die Kontraktionen in ihrem Unterleib.
Jetzt gibt es für mich kein Halten mehr. Ich ziehe sie vom Schreibtisch und drehe sie um, sodass sie sich mit beiden Ellbogen auf den Schreibtisch stützt. Dann reibe ich ein paarmal über meinen Schaft, hole ein Kondom aus meiner Schublade, streife es mir über und dringe in sie ein.
Ich habe noch nie eine Frau an meinem Schreibtisch gefickt, aber es war immer eine Fantasie von mir. Heute wird diese Fantasie endlich wahr.
Zuerst bewege ich mich langsam und vorsichtig, dann immer schneller und heftiger. Irgendwann stoße ich wie ein Besessener zu und vergesse alles um mich

herum. Ich vergesse, dass ich der oberste Boss bin und rein theoretisch jederzeit jemand in mein Büro kommen könnte. Da würde er dann den Besitzer dieser Kanzlei sehen, wie er an seinem Schreibtisch steht und seine Sekretärin fickt. Es wäre an Peinlichkeit kaum zu überbieten.

Aber in diesem Moment kann ich einfach nicht mehr klar denken. Dieses Gefühl ist so köstlich, dass nichts anderes mehr zählt. Ich vögele uns beide in den Himmel.

Kapitel 21

Alina

Leon fickt mich fast um den Verstand, er hört überhaupt nicht mehr auf. Mir tut allmählich schon alles weh, weil es keine sehr bequeme Position ist, an den Schreibtisch getackert zu sein. Aber ich merke, dass er dermaßen erregt ist, dass ihn jetzt nichts stoppen kann.
So lange habe ich auf diesen Augenblick gewartet. Natürlich war es im Bett schöner, weil wir uns stundenlang Zeit gelassen haben. Wir haben immer wieder Pausen eingelegt, in denen wir gekuschelt haben. Es war so viel Zärtlichkeit und Gefühl dabei. Das kann ich von diesem Quickie im Büro nicht behaupten. Es ist purer Sex und ich weiß nicht, wie ich das finden soll. Aber der Sex an sich ist toll, denn Leon hat es verdammt drauf. Und das Gefühl … Nun ja, das kommt vielleicht noch. Ich hoffe es zumindest.

Als Leon fertig ist, ist alles vorbei. Er streift das Kondom ab, wickelt es in ein Taschentuch und wirft es in den Papierkorb. Dann zieht er seine Hose hoch, schließt den Reißverschluss und räuspert sich, so nach dem Motto „Okay, das hätten wir jetzt auch erledigt."
Ich kann nicht verhindern, dass ich enttäuscht bin. Ich weiß zwar nicht, was genau ich erwartet habe, aber

ich hatte es mir gefühlvoller und zärtlicher vorgestellt. Plötzlich kommen mir Zweifel an meinem Plan.
Wie wahrscheinlich ist es, dass sich aus einer rein sexuellen Begegnung eine Liebesbeziehung entwickelt? Laufe ich nicht eher Gefahr, dass ich mein Herz verliere, während es für Leon immer nur Sex bleiben wird? Aber wo sollte ich sonst anfangen?

„Ich bin sehr zufrieden mit Ihrer abendlichen Tätigkeit“, grinst Leon und schließt die Knöpfe seines weißen Hemdes.
„Das können wir gern jederzeit wiederholen.“
Ich verbeiße mir den Kommentar, dass ich nicht als sein persönliches Playmate angestellt worden bin. Ich bin nicht dazu da, um ihn sexuell zu befriedigen.
Andererseits war *ich* es, die ihn angestachelt hat. Von sich aus hätte er wahrscheinlich gar nichts gemacht. Warum eigentlich nicht? Er hat doch gesagt, dass er mich attraktiv findet.
Meine Gedanken rotieren und ich fühle mich plötzlich unsagbar schlecht. Auf einmal habe ich das Gefühl, dass ich einen Fehler gemacht habe. Warum sollte sich Leon auf eine Beziehung einlassen, wenn er den Sex auch ohne Beziehung kriegen kann? Wahrscheinlich hatte ich einen ganz falschen Ansatz. Ich wollte versuchen, über den Sex mehr von Leon zu bekommen, aber vielleicht geht das nach hinten los. Bequemer kann es für ihn doch gar nicht sein.
Leon scheint mein Unbehagen zu spüren. Immerhin

etwas. Das zeigt, dass er kein unsensibler, ungehobelter Klotz ist.
„Hey, alles okay, Alina?“
Seine Stimme ist samtweich, als er seine Hand auf meine Schulter legt. Ich kann nicht anders, ich drehe mich zu ihm um, lande an seiner Brust und schmiege mich ganz fest in seine Arme. Er zögert einen Moment, dann umschlingt er mich und drückt mich an sich.
„War ein bisschen sehr karg, oder?“, murmelt er dicht an meinem Ohr und haucht mir einen Kuss auf mein Ohrläppchen.
„Kein Kuscheln, kein Knutschen, nur Sex. Ich weiß, das war etwas mager.“
„Damals in der Nacht war das ganz anders“, flüstere ich. „Du warst so zärtlich und hast dich mir völlig hingegeben.“
Ich stocke. Klar war er zärtlich und hat sich mir völlig hingegeben. Er wusste ja, dass er in der Nacht verschwinden und mich niemals wiedersehen würde. Da kann man ruhig zärtlich sein. Aber jetzt sehen wir uns jeden Tag und da muss er von vornherein klarstellen, dass es beim Sex bleiben wird. Und wie kann man das besser klarstellen, indem man dem anderen zu verstehen gibt, dass man keine weiteren Gefühle für ihn hegt? Deutlicher hätte er es mir nicht zeigen können als mit diesem gefühllosen Sex.

Leons Körper versteift sich und er löst sich von mir. Dann blickt er mich mit seinen wunderschönen

Augen entschlossen an.
„Alina, ich habe es dir bereits gesagt und ich meine es verdammt ernst", sagt er eindringlich. „Ich kann und will keine Liebesbeziehung haben, weder zu dir noch zu irgendeiner anderen Frau. Es macht keinen Sinn, wenn du hoffst, dass ich es mir irgendwann doch noch anders überlege. Ich werde es mir nicht überlegen. Damals in dieser Nacht … Ich weiß nicht, was da in mich gefahren ist. Ich habe mich dir völlig hingegeben. Vielleicht war es etwas, nach dem ich mich im Grunde meines Herzens schmerzlich sehne, das ich aber einfach nicht haben kann. Für eine einzige Nacht hingegen war es mir vergönnt. Aber es ist nichts, was ich dir dauerhaft geben könnte." Er schüttelt resigniert den Kopf.
Meine Kehle fühlt sich an, als hätte ich ein Stück Stacheldraht verschluckt. Ich hasse diese Andeutungen. Warum sagt er mir nicht klipp und klar, was mit ihm los ist und warum er keine Beziehung haben will? Oder will er bloß keine Beziehung zu mir haben und will das nicht zugeben, weil er mich nicht verletzen will?
„Und warum kannst du das einer Frau nicht dauerhaft geben?", kann ich meine brennende Frage nicht zurückhalten.
Leon verdreht genervt die Augen.
„Es gibt Menschen, die sind eben lieber allein", behauptet er. „Auch, wenn das keiner verstehen will. Glaub mir doch einfach, dass ich mein Singledasein liebe. Ich liebe es, mit verschiedenen Frauen ins Bett

zu gehen und will mich nicht festlegen. Wenn ich mich für eine entscheide, entscheide ich mich gegen alle anderen. Und das will ich nicht. Das Leben ist bunt. Die Frauen sind vielfältig. Wenn ich mich für eine einzige entscheiden würde, hätte ich das Gefühl, dass ich in einem Gefängnis lebe. Und warum sollte ich mich freiwillig einsperren lassen?"

„Aber eine Beziehung ist doch kein Gefängnis", wende ich ein und merke im selben Moment, dass ich schon verloren habe.

„Alina, wenn du nach diesem Quickie schon von einer Beziehung sprichst und mir die Hölle heiß machst, weil ich keine haben will, sollten wir die neckischen Spiele im Büro unterlassen", sagt Leon kühl. „Ich habe dir deutlich genug gesagt, was ich dir geben kann und was nicht. Es ist deine Entscheidung, was du damit anfängst. Wenn dir eine Affäre zu wenig ist, dann würde ich dich bitten, dass du nicht weiterhin in diesen aufreizenden Klamotten herumläufst, die förmlich ‚Fick mich!' schreien."

Ich zucke zusammen. Ich glaube, mein Plan ist gründlich schiefgegangen.

Am nächsten Tag stoßen Silvana und ich in der einen Stunde, in der Lilly und ich beide im Büro sind, auf Silvanas Geburtstag an.

Zuerst hatte ich Lilly gegenüber meine Vorbehalte. Sie ist groß, schlank, hat lange blonde Haare, die ab der Schulter nicht mehr ihre eigenen sind und kommt mir insgesamt sehr künstlich vor. Sie hat irrsinnig lange, lila Fingernägel, trägt an jedem Finger mehrere Ringe, schminkt sich sehr stark, hat falsche Wimpern, pigmentierte Augenbrauen, aufgespritzte Lippen und sieht aus wie eine Barbiepuppe. Ich wundere mich, dass sich Leon für sie als Assistentin entschieden hat. Immerhin arbeitet sie schon sechs Jahre für ihn und scheint bestens mit ihm auszukommen. Die beiden wirken sehr vertraut und ich habe mich mehr als einmal gefragt, ob sie eigentlich jemals etwas miteinander hatten.

„Du kommst super mit Leon klar, oder?", vergewissere ich mich und betrachte interessiert Lillys irrsinnig lange Nägel. Ich wundere mich echt, dass sie damit überhaupt tippen oder sonst irgendetwas machen kann.
„Inzwischen schon", bestätigt Lilly und klimpert mit ihren langen, falschen Wimpern.
„Am Anfang fand ich es nicht so einfach mit ihm. Er hat manchmal einen echt barschen Ton am Leib. Aber ich war fleißig und belastbar und habe das Vorurteil widerlegt, dass man nicht gleichzeitig gut aussehen kann und trotzdem was in der Birne hat. Das ist bei Leon ja genauso. Wenn man ihn sieht, hält man ihn für ein Model und kommt nicht darauf, dass er eine große Kanzlei leitet."
Sie zupft an ihren angeklebten Haaren herum, die ihr bis über die Hüfte gehen. Nicht mal ihre Augenfarbe ist echt, denn sie trägt farbige Kontaktlinsen.
„Man darf es nicht so ernst nehmen, dass er

manchmal etwas ungehalten ist“, sagt Lilly achselzuckend. „Das hat nichts mit dir persönlich zu tun, sondern nur mit Leon selbst. Ich weiß auch nicht … Manchmal glaube ich, er ist trotz allem nicht so richtig glücklich mit seinem Leben.“

„Warum sollte er nicht glücklich sein?“, will Silvana wissen. „Er hat doch alles. Er ist reich, erfolgreich, sieht wahnsinnig gut aus …“

„Aber das sind nur äußerliche Sachen“, werfe ich ein. „Das ist noch lange kein Grund, um wirklich glücklich und zufrieden zu sein. Dann müssten alle Leute, die reich sind, glücklich sein. Aber das ist nicht der Fall. Im Gegenteil. Das sind oft die Leute, die am wenigsten glücklich sind.“

„Ja, weil sie undankbar sind“, meint Silvana.

„Nicht unbedingt“, widerspreche ich. „Wenn du dir materiell über nichts mehr Sorgen machen musst, fällt dir viel eher auf, dass in deiner Seele Defizite herrschen. Wenn du immer nur damit beschäftigt bist, ums Überleben zu kämpfen, kommst du erst gar nicht dazu, dir über deine psychische Gesundheit Gedanken zu machen.“

„Das sind aber echte Luxussorgen“, findet Silvana.

Lilly wiegt ihren Kopf hin und her und zögert. Offenbar überlegt sie, ob sie uns das erzählen soll, was ihr auf der Zunge liegt.

„Vielleicht habt ihr ein bisschen mehr Verständnis für Leon, wenn ich euch etwas über seinen Hintergrund erzähle“, sagt sie langsam. „Ihr müsst mir aber versprechen, dass ihr es für euch behaltet und Leon nichts davon sagt, okay?“

Gespannt sehen Silvana und ich Lilly an. Was mag jetzt wohl kommen?

„Natürlich halten wir dicht“, versichere ich. „Das ist doch klar.“

Silvana nickt ebenfalls.

„Okay“, sagt Lilly. „In München weiß es sowieso jeder, also ist es nicht so ein großes Geheimnis.“ Lilly holt tief Luft.

„Leon hat seine Eltern verloren, als er ein Kind war. Sie sind bei einem Unfall ums Leben gekommen. Und das Schlimmste ist, dass er dabei zusehen musste.“

Ich starre Lilly entsetzt an. Ihre Worte erreichen zwar meine Ohren, sie dringen aber nicht zu meinem Herzen durch.

„Sie wollten Leon von der Schule abholen“, fährt Lilly tonlos fort und kämpft mit den Tränen.

„Sie sind aus ihrem Auto ausgestiegen und haben Leon zugewinkt, der auf der anderen Straßenseite stand. Und als sie gerade die Straße überqueren wollten, ist ihnen ein Auto voll reingefahren. Sie waren sofort tot. Der Fahrer war völlig irre und in psychiatrischer Behandlung. Er hatte es geschafft, an diesem Tag aus der Psychiatrie auszubrechen und hatte ein Auto geklaut. Leon war zehn Jahre alt und musste mit ansehen, wie seine Eltern getötet wurden. Er war jahrelang in therapeutischer Behandlung, aber er hat dieses Trauma niemals verwunden. Wie könnte man das auch? Darum ist er manchmal so nervös und ungerecht. Am Anfang habe ich mich oft darüber aufgeregt und mich ständig mit ihm in die Haare gekriegt, aber nachdem ich seine Geschichte kannte, konnte ich das besser zuordnen. Dadurch wurde ich viel nachsichtiger mit ihm. Er ist in sich selbst zerrissen durch dieses furchtbare Erlebnis und hat keinen Halt in sich selbst."

Ich sitze wie erstarrt da und mir schießen Tränen in die Augen. Vor meinem geistigen Auge sehe ich einen kleinen Jungen vor der Schule stehen, der sich auf seine Eltern freut und ihnen zuwinkt und dann mit ansehen muss, wie ... Nein, so etwas entsetzliches kann und will ich mir überhaupt nicht vorstellen. Ich bin völlig geschockt und weiß gar nicht, was ich sagen soll.

Jetzt kann ich es verstehen. Alles.

Wie sollte jemand nach so einem traumatischen Ereignis auch nur ansatzweise ausgeglichen sein? Das ist überhaupt nicht möglich.

Jetzt verstehe ich sein Verhalten Frauen gegenüber. Er will sich auf keine Bindung einlassen, weil er weiß, wie unglaublich weh es tut, wenn man jemanden liebt und dieser Jemand plötzlich weg ist. Diesen Schmerz will er nie wieder erleben.

Gleichzeitig erträgt er es aber auch nicht, einer Frau weh zu tun und ihr zu sagen, dass er sie nie wieder sehen will. Denn er weiß, wie viel Schmerzen es bedeutet, jemanden niemals wieder zu sehen. Aber da er ein gesunder Mann ist und Sex braucht, macht er es eben auf die Art und Weise, die ich kennengelernt habe. Er kann einfach nicht anders. Er steckt immer

noch in seinem Trauma fest.
Jetzt machen seine Worte Sinn, dass er einer Frau nicht das geben kann, was sie will. Er kann es wirklich nicht. Er hat zu große Angst davor.

Lilly laufen Tränen die Wangen hinunter.
„Er soll weinend am Straßenrand gestanden und immer wieder gefragt haben: ‚Sehe ich meine Eltern niemals wieder? Sind sie wirklich für immer weg? Aber sie haben sich doch nicht mal von mir verabschiedet.'"
Darum kann Leon sich nicht verabschieden. Er trägt dieses Trauma immer noch mit sich herum und es beeinflusst sein Verhalten bis heute.
Ich bin so geschockt und entsetzt, dass ich völlig starr da sitze. Mein Herz quillt über vor lauter Mitleid und am liebsten würde ich Leon ganz fest in meine Arme nehmen und ihn hin und her wiegen wie ein Kind.
Ich glaube, das wäre genau das, was er braucht – auch, wenn er das nicht wahrhaben will.
Er ist in sich selbst gefangen.
Aber könnte ihn Liebe nicht aus diesem Gefängnis befreien?

Kapitel 22

Alina

Ich weiß nicht, was ich mit meinem Wissen anfangen und wie ich es verarbeiten soll. Als Lilly weg ist und Silvana ihren Feierabend antritt, hoffe ich, dass ich Leon heute nicht mehr sehe. Wahrscheinlich würde ich sofort an den kleinen Jungen denken müssen, der weinend am Straßenrand steht und prompt anfangen zu heulen.
Zum Glück hat Leon einen Termin und kehrt heute aller Voraussicht nach nicht mehr zurück. Die ganze Zeit kreisen meine Gedanken um ihn und sein schweres Schicksal. Ich wünschte so sehr, ich könnte ihm helfen. Ich verstehe jetzt, warum er sich auf keine Beziehung einlassen will, aber ich glaube, das wäre das Einzige, das ihm wirklich helfen würde.

Als ich Leonie am nächsten Morgen von meiner Mutter abhole, knuddele ich sie besonders ausgiebig und frage mich plötzlich, ob ich wirklich das Recht habe, Leon seine Tochter vorzuenthalten. Und ob ich das Recht habe, Leonie ihren Vater vorzuenthalten. Hat sie nicht das Recht darauf, ihn zu kennen? Und würde das beiden nicht sogar gut tun? Sollte ein Kind nicht mit beiden Elternteilen aufwachsen?
Oder würde Leon das komplett überfordern und sein Trauma reaktivieren?

Ich vergrabe meinen Kopf in meiner wundervoll duftenden Kleinen und streiche über ihr weiches Haar. Mir laufen die Tränen die Wangen hinunter, als ich ihre blauen Augen sehe, die mich so sehr an Leons Augen erinnern. Sie ist seine Tochter, sein Fleisch und Blut. Ich kann ihn nicht komplett aus meinem Leben streichen.
Eigentlich hätte ich ihn damals kontaktieren und ihm mitteilen müssen, dass ich schwanger war. Es wäre sein Part gewesen, zu entscheiden, ob er Kontakt zu mir und Leonie haben will oder nicht. Ich kann das nicht für ihn entscheiden. So egoistisch und selbstsüchtig kann ich einfach nicht sein. Es ist schlimm genug, dass ich das so lange war. Ich habe ein richtig schlechtes Gewissen Leon gegenüber; jetzt, wo ich sein Schicksal kenne.

Mein Herz ist tonnenschwer, als ich Leon am nächsten Tag wiedersehe. Ganz automatisch steigen Bilder vor meinem geistigen Auge auf, die einfach nur grauenvoll sind. Ich sehe einen kleinen, weinenden Jungen, der das Schrecklichste erleben musste, was ein Kind erleben kann.
Ich muss sehr an mich halten, um nicht auf Leon zuzustürzen und den kleinen Jungen, der sicher noch irgendwo in ihm drin ist, in die Arme zu nehmen und zu trösten. Aber ich darf ihm nicht einmal sagen, dass ich von seinem Schicksal weiß. Das macht es nicht gerade einfacher. Die Situation ist wirklich verzwickt

und ich weiß überhaupt nicht mehr, was ich machen soll.

Leon interpretiert mein sorgenvolles und trauriges Gesicht vollkommen falsch. Als wir allein sind, zitiert er mich zu sich und bittet mich, die Tür zu schließen.
„Es tut mir leid, wenn ich vorgestern so schroff war", beginnt er und holt tief Luft. „Ich habe nachgedacht und … Nun, es muss ja nicht unbedingt dabei bleiben, dass wir nur eine Nummer im Büro schieben. Das ist vielleicht ein bisschen krass. Ich habe nichts dagegen, wenn wir miteinander essen gehen. Wir können auch etwas anderes machen. Trotzdem bin ich nicht für eine Beziehung geeignet. Das will ich jetzt nicht dauernd wiederholen, aber das muss dir klar sein."
Mein Herz macht einen Freudensprung. Damit hätte ich überhaupt nicht gerechnet.
„Das … das wäre natürlich sehr schön", stammele ich perplex. „Ich meine, wenn wir mal etwas miteinander unternehmen würden. An was hattest du denn gedacht?"
„Wir könnten Sonntag mit dem Boot rausfahren", schlägt Leon zu meiner grenzenlosen Überraschung vor.
Nanu, was ist denn in ihn gefahren? Vorgestern hat er mir noch unmissverständlich zu verstehen gegeben, dass er nichts von mir will – und jetzt machen wir auf einmal einen Ausflug zusammen? Das verstehe, wer will. Aber mich freut es natürlich wahnsinnig.

„Ja, gern", erwidere ich völlig überrumpelt. „Mit was für einem Boot denn? Schlauchboot oder Tretboot?"
„Schlauchboot", antwortet Leon, ohne mit der Wimper zu zucken. „Wir müssen es aber noch eine Weile zum See tragen und dann aufpumpen. Das ist ziemlich kraftanstrengend. Macht dir das was aus?"
„Aber nein", beteuere ich. „Wenn ich es nicht gerade mit dem Mund aufblasen muss ..."
Im selben Moment werde ich knallrot. Das war jetzt wohl ein Freud'scher Versprecher.
„Über das Blasen reden wir noch mal", grinst Leon frech. „Das lässt sich sicher einbauen."
Ich laufe im Gesicht noch ein bisschen mehr an. Leon lacht.
„Du bist süß", sagt er und in seiner Stimme schwingt eine Wärme mit, die ich lange nicht gehört habe. Genauer gesagt, seit dieser wahnsinnigen Nacht.
Ich lächele ihn verklärt an und kann gar nicht glauben, was er mir gerade für einen Vorschlag unterbreitet hat. Ein Ausflug mit ihm! Das ist mehr, als ich mir erträumt habe.

Leon hat mich natürlich verarscht. Als ich am Sonntag am vereinbarten Treffpunkt ankomme, wartet er mitnichten mit einem Schlauchboot auf mich, sondern steht vor einem luxuriösen Hausboot.
„Wow", entfährt es mir. „Ist das deins?"
Leon schüttelt den Kopf.
„Leider nein. Es ist nur gemietet, aber vielleicht kaufe ich mir irgendwann tatsächlich eins. Allerdings

würde es wahrscheinlich die ganze Zeit nur rumliegen, weil ich gar nicht die Zeit habe, um ständig damit rauszufahren."
Es ist das erste Mal, dass ich Leon nicht im Anzug sehe. Er trägt eine dunkelblaue Jeans und ein weißes, kurzärmeliges Hemd, das seine muskulösen Oberarme bestens zur Geltung bringt. Mein Herz klopft wie ein Trommelwirbel, als er mir seine Hand entgegen streckt, um mir auf das Boot zu helfen.
Das Boot ist der blanke Wahnsinn. Im Grunde ist es ein kleines Haus. Im Inneren ist es komplett ausgestattet mit einer Miniküche, einer Toilette, einer kleinen Dusche sowie einem Sofa und zwei Sesseln. Draußen auf der Terrasse steht ein Tisch mit zwei Stühlen, und man kann sich ganz oben auf das Boot legen und sich sonnen. Es ist der absolute Traum.

„Ich hoffe, du bist nicht enttäuscht, dass du es jetzt nicht aufblasen musst", grinst Leon.
„Das Thema Blasen ist noch nicht zu den Akten gelegt", erwidere ich anzüglich und klimpere mit den Wimpern. Leon lacht und zwinkert mir zu.
„Ich liebe es, auf und im Wasser zu sein", verrät Leon. „Ich habe vor zehn Jahren angefangen zu segeln und den Bootsführerschein gemacht. Sobald es meine Zeit zulässt, bin ich auf dem Wasser."
Überrascht sehe ich ihn an, denn das geht mir genauso. Ich liebe es, mich im Wasser zu tummeln und verstehe die Leute nicht, die zwar stundenlang am Strand herumhängen, aber grundsätzlich nie ins

Wasser gehen. Wasser ist mein Element. Ich kann mir im Sommer nichts Schöneres vorstellen. Das muss ich Leon natürlich sofort mitteilen.
„Da haben wir ja was gemeinsam“, lächelt er und sieht so entspannt aus, wie ich ihn im Büro noch nie gesehen habe.
„Du machst bestimmt viel Sport, oder?“, vermute ich mit einem Blick auf seine imposanten Muskeln.
Leon grinst. „Ja, aber nicht so sehr in der Mucki-Bude. Ich mache lieber abgefahrene Sachen wie beispielsweise Fallschirmspringen. Das ist ein Wahnsinnsgefühl. Im Grunde so ein geiles Gefühl wie Sex. Also, guter Sex, meine ich.“
Mein Herz flimmert, als er mich mit einem intesiven Blick aus seinen eisblauen Augen ansieht.
„Paragliding, Wasserski und Tauchen gehören auch dazu“, fährt Leon fort. „Ansonsten ein bisschen Krafttraining und jeden Morgen joggen.“
„Wow, du bist echt diszipliniert“, bewundere ich ihn und denke an meine vielen vergeblichen Versuche, mich morgens aus dem Bett zu hieven und zum Joggen zu motivieren. Es gelingt mir in den seltensten Fällen. Ich drehe mich lieber noch mal um und kuschele mich in mein Kissen. Aber immerhin bin ich oft mit meinen Inline Skates auf dem Tempelhofer Feld unterwegs.

Leon startet den Motor und manövriert das Boot geschickt aus dem Anlegeplatz. Es dauert nicht lange und wir sind auf der offenen See.

„Wow, ist das schön", freue ich mich. „Was für ein wunderschöner Tag. Danke, Leon. Das war echt eine super Idee von dir."
„Ich freue mich auch", sagt Leon und setzt seine Sonnenbrille auf, was ich ein bisschen bedauere, denn jetzt kann ich seine hammermäßigen Augen nicht mehr sehen.
Ich lege mich lang auf eine Liege, genieße die Sonne auf meiner Haut und den Wind in meinen Haaren. Es ist traumhaft schön hier. Selig schaue ich auf das Wasser und bin für jede Minute dankbar, die ich hier verbringen kann - mit Leon.
Ab und zu treffen sich unsere Blicke und ich spüre dieses aufregende Prickeln zwischen uns. Leon ist ein komplett anderer Mensch als im Büro. Wir reden ganz ungezwungen über alles mögliche und lachen viel. Es ist eine lockere, entspannte Atmosphäre zwischen uns - so, wie es damals war und wie es im Büro absolut nicht ist. Hier in der Natur auf dem Wasser löst sich ein Knoten nach dem anderen.

„Guck mal, da drüben ist eine kleine Insel", ruft Leon, als ich auf dem Heck liege und mich an dem glitzernden Wasser erfreue.
„Wollen wir dort anlegen?"
Ich richte mich auf und schütze meine Augen mit der Hand vor der Sonne.
„Ja, gern", rufe ich zurück und wenige Minuten später wirft Leon den Anker und wir legen an. Diesmal lande ich in seinen Armen, als ich vom Boot

ins Wasser springe und er hält mich einen Augenblick lang fest. Unsere Blicke treffen sich und es kribbelt wie verrückt in meinem Bauch. Leon lächelt, greift nach meiner Hand und zieht mich hinter sich her. Mein Herz droht mir fast aus der Brust zu springen.

Leon ist gut vorbereitet und hat an alles gedacht. Er breitet eine riesige Decke auf der Wiese aus und zaubert wahre Köstlichkeiten aus einer Kühlbox. Es gibt kleine Häppchen mit Käse, Lachs, Schinken, geschnittenes Obst, Gemüsesticks und Sekt.

„Gib es zu, du willst mich betrunken machen“, kichere ich, als wir zum wiederholten Mal anstoßen. Ich glaube, ich habe wirklich schon einen Schwips, was bei der Sonne kein Wunder ist. Außerdem vertrage ich keinen Alkohol und sollte das besser lassen. Andererseits finde ich es schön, dass mir ein bisschen schwummerig ist. Es passt zu der beschwingten Atmosphäre.

„Es wäre einen Versuch wert“, grinst Leon. Dann rückt er etwas näher zu mir und sofort fliegen Hunderte von Schmetterlingen in meinem Bauch herum.

„Es ist ein herrlicher Tag mit dir“, sagt er warm. „So einen schönen Tag habe ich irrsinnig lange nicht mehr erlebt.“

„Ich finde den Tag auch traumhaft“, erwidere ich. „Ich hätte nicht gedacht, dass du einen ganzen Tag mit mir verbringen willst. Ich dachte, du willst nur ab und zu im Büro eine Nummer schieben.“

„Das wollte ich eigentlich auch“, gibt Leon zu. „Aber

es hat eben nicht so ganz geklappt."

Mir liegt es auf der Zunge, ihn zu fragen, was er denn jetzt will, aber ich traue mich nicht. Dazu ist das Ganze viel zu fragil. Ich weiß immer noch nicht, warum wir hier sind und warum Leon auf die Idee gekommen ist, mich zu einer Bootsfahrt einzuladen. Oder denkt er sich nichts weiter? Vielleicht will er an so einem schönen, sonnigen Tag einfach einen Ausflug machen und hat sich gedacht, er peppt diesen Ausflug mit ein bisschen Sex auf.

Dagegen werde ich mich natürlich nicht sträuben!

Kapitel 23

Leon

Es war eine spontane Idee, Alina diesen Ausflug vorzuschlagen. Ich habe gar nicht weiter darüber nachgedacht. Die Worte haben meinen Mund verlassen, ehe ich überhaupt darüber nachdenken konnte. Ich hatte meinen Kopf ausnahmsweise komplett ausgeschaltet und habe mein Herz entscheiden lassen. Und es war genau das, was mein Herz wollte: Zeit mit Alina verbringen, einen schönen Tag mit ihr haben. Für ein paar Sekunden war mein Verstand endlich mal ruhig.

Mein Verstand, der mir ständig sagt, dass ich keine Beziehung leben kann und dass ich mich deshalb auf einer tieferen Ebene von allen Frauen fernhalten muss. Das einzige, was ich ihnen geben kann, ist eine heiße Nacht. Auf mehr kann ich mich nicht einlassen.

Aber mein Herz hat dieses kurze Zeitfenster, in der mein Kopf nicht das Regiment übernommen hatte, sofort genutzt.

Und hier bin ich nun, an einem wunderschönen Tag, mit der wunderschönen Alina. Mein Bauch kribbelt, wenn ich sie ansehe und irgendetwas zieht mich magisch zu ihr hin.

Ich habe an alles gedacht und breite eine Decke auf der Wiese aus. Soweit ich das überblicken kann, sind wir auf dieser kleinen Insel ganz allein. Das ist schon

mal sehr hilfreich.
„Wow, da ist ja alles dabei“, staunt Alina und macht große Augen, als ich den Inhalt der Kühlbox auspacke. Ich gieße zwei Sektflöten voll und reiche Alina eine. Wir sehen uns tief in die Augen, als wir damit anstoßen. Ich hoffe, wir stoßen gleich auch noch mit etwas anderem an …
„Auf einen ganz besonderen Tag“, sage ich und merke, wie ein Kribbeln meine Wirbelsäule hinunterperlt; so, wie der Sekt meinen Rachen.
„Das ist wirklich ein ganz besonderer Tag“, stimmt Alina zu. „Ich hätte nie im Leben damit gerechnet, dass du mich auf einen Ausflug einlädst. Vor allem nicht nach deiner Ansage.“
Sie nimmt noch einen Schluck und senkt den Blick. Ich hebe ihren Kopf an und zwinge sie, mir in die Augen zu sehen.
„Lass uns einfach diesen schönen Tag genießen“, bitte ich sie. „Alles andere können wir ein anderes Mal besprechen.“
Ein feines Lächeln stiehlt sich in Alinas Gesicht und sie nickt.
„Ja, du hast recht. Ich freue mich so sehr, dass wir zusammen sind.“
Fasziniert blicke ich sie an. Sie strahlt so eine unglaubliche Lebendigkeit und Lebensfreude aus, dass mir ganz anders wird. Ich fühle mich in ihrer Gegenwart unglaublich wohl. Das war schon damals so. Aber jetzt ist es noch mal anders, denn wir sind nicht im Bett, sondern auf einer Wiese. Ich fühle mich

mit ihr so leicht und frei, ganz anders als sonst. So, als ob ein schwerer Brocken von meinem Brustkorb weggerollt wäre. Die ganze Anspannung, die ich sonst immer mit mir herumtrage, ist wie weggeblasen. Und das hat nicht unbedingt etwas mit der schönen Sonne oder der wunderbaren Natur zu tun, sondern vor allem mit ihr. Das ist auch im Büro so. Sobald ich sie sehe, geht für mich die Sonne auf. Alina ist mein Sonnenschein. Wahrscheinlich ist sie schon viel mehr für mich, als sie sein sollte, ohne dass mir das so richtig bewusst war.
Jetzt, an diesem sonnigen, wunderbaren Tag, wird es mir bewusst. Es macht mir Angst und ist gleichzeitig ein wunderbares Gefühl.

Wir lassen es uns schmecken und plaudern über unverfängliche Dinge wie Urlaube oder unsere Hobbys. Alina malt gerne und ist gerade dabei, ein Kinderbuch für ihre Tochter zu schreiben.

„Warum bist du nicht mit dem Vater der Kleinen zusammen?“, erkundige ich mich und beiße in ein Lachs Sandwich.
Alina verschluckt sich prompt und ich klopfe ihr hilfreich auf den Rücken.
„Ähm … Er war nie mein Freund“, sagt sie schließlich, als sie sich von ihrem Hustenanfall erholt hat.
„Wir waren nie zusammen. Es ist in der Nacht einfach passiert. Das war nicht geplant.“

„Und er kümmert sich überhaupt nicht um die Kleine?“, frage ich fassungslos. „Es ist doch immerhin sein eigen Fleisch und Blut. Wie kann man sich da nicht kümmern? Das ist unverantwortlich.“
Alina wendet den Blick ab und ich merke, dass es ihr unangenehm ist, über dieses Thema zu reden.
„Ach, das ist nicht so wichtig“, sagt sie leise. „Mein Kind ist das Beste, was mir jemals in meinem Leben passiert ist. Sie war zwar nicht geplant, aber jetzt weiß ich zum ersten Mal, was es bedeutet, jemanden wirklich bedingungslos zu lieben. Ich liebe dieses kleine Wesen wie nichts sonst auf der Welt.“
„Das ist schön“, sage ich gerührt. „Ich habe so eine Liebe noch niemals empfunden.“
Plötzlich merke ich mit nie gekannter Heftigkeit, wie sehr ich mich genau danach sehne: bedingungslose, tiefe, innige Liebe, die nichts erwartet. Sehnt sich nicht jeder Mensch danach? Und doch ist es so unendlich schwer für mich.
Heute will ich vergessen, dass es zu schwer für mich ist. Ich beuge mich zu Alina herüber und lege meine Lippen sanft auf die ihren. Ein Stromschlag fährt durch meinen Körper. Als unsere Zungen anfangen, miteinander zu spielen, kann ich ein Stöhnen nicht unterdrücken. Ich merke, wie sich mein Schwanz in meiner Hose aufrichtet und schmerzhaft gegen den Stoff reibt.
Alina sinkt auf den Rücken, ich lege mich auf sie und stütze mich dabei mit den Ellbogen ab, damit sie nicht mein Gewicht tragen muss.

Sie schlingt beide Arme um mich und zieht mich ganz dicht an sich heran. Ich kann einfach nicht aufhören, sie zu küssen. Sie riecht so gut. Sie fühlt sich so gut an. Ich könnte in ihr versinken. Und ich glaube, das werde ich in kurzer Zeit auch tun.
Ich kann mich nicht mehr beherrschen und schiebe Alinas Rock nach oben. Dann gleite ich mit meinen Fingern zwischen ihre Beine, die sie nur allzu bereitwillig öffnet.
„Wow, bist du nass", stelle ich erregt fest, als ich anfange, meine Finger um ihre Lustperle kreisen zu lassen.
Wieder finden unsere Lippen sich und unsere Zungen tanzen miteinander. Es dauert nicht lange, bis sich Alina aufbäumt und ihr Innerstes um meine Finger krampft.
Es ist erhebend, sie in diesem Moment zu beobachten, als sie den Gipfel der körperlichen Empfindung erreicht. Sie erlebt das Äußerste aller köstlichen Gefühle und lässt mich daran teilhaben.
Ich vergrabe meinen Kopf in ihren Haaren und bedecke ihr Gesicht mit Küssen. Sie sieht so wunderschön aus in ihrer Erregung und Leidenschaft. Ein warmes Gefühl breitet sich in meinem Brustkorb aus und wandert von da aus durch meinen ganzen Körper, füllt jede Zelle mit einem Gefühl, das ich längst verloren glaubte.
Noch wehrt sich mein Kopf dagegen, aber mein Herz blüht förmlich auf und saugt dieses Gefühl ganz tief in sich hinein. Es ist genau das, was mir mein Leben

lang gefehlt hat. Genauer gesagt, seit meinem zehnten Lebensjahr. Damals wurde es mir mit aller Gewalt aus meinem Herzen gerissen. Jetzt habe ich es endlich wiedergefunden. Aber ich bin immer noch ängstlich, so verdammt ängstlich. Ich habe furchtbare Angst, dass es mir noch mal passiert. Ich muss mich schützen.

Aber Alina reißt mir diesen Schutz einfach fort. Der Blick aus ihrem wunderschönen grünen Augen ist voller Wärme und Zärtlichkeit und … Liebe.
Es durchfährt mich wie ein Blitz. Es ist keine Geilheit, keine sexuelle Gier, es ist Liebe. Ihr sanfter Blick liebkost mich, streichelt meine Seele und erfüllt mich mit einem unbeschreiblichen Glücksgefühl. Sie reißt alle Mauern nieder und ich kann gar nichts anderes mehr tun, als mich fallen zu lassen. Meine Gedanken sind ausgeschaltet, ich fühle nur noch. Ich fühle sie, ich fühle, dass das, was sie mit mir macht, meiner Seele unendlich gut tut.
Wie lange habe ich danach gelechzt, es mir aber verboten. Bei keiner anderen Frau hatte ich dieses Gefühl. Nur bei ihr, schon damals, in dieser Nacht. Und jetzt habe ich es wieder. Ich will es mit all meinen Sinnen genießen und es auskosten, so lange es geht. Vielleicht ist es morgen schon wieder vorbei.

„Alina …“, murmele ich, während die Gefühle mich übermannen. „Es ist so schön mit dir, so wahnsinnig schön.“

„Mit dir ist es auch wahnsinnig schön“, flüstert Alina und streicht über meine Brust. Dann umkreist ihre Zunge meine Brustwarzen und sie beißt leicht hinein. Ich stöhne unbeherrscht auf. Meine Nervenenden liegen blank und sind zum Zerreißen gespannt. Alles in mir vibriert und ist in höchster Alarmbereitschaft. Alles, was Alina mit mir macht, entfacht in mir ein brennendes Feuer und einen wahren Sturm an Gefühlen, die über mich niederprasseln.
Ihre Hand gleitet langsam tiefer und streicht über die unübersehbare Beule in meiner Jeans. Feine Nadelstiche malträtieren meinen Körper, doch es ist gleichzeitig ein süßes und köstliches Gefühl. Ein Gefühl, das vehement nach mehr verlangt. Ungeduldig öffne ich den Knopf meiner Jeans, dann den Reißverschluss. Alina hilft mir und zieht meine Hose ein Stück nach unten, den Slip gleich mit.
Mein harter Schwanz schnellt ihr entgegen und verpasst ihr fast eine Ohrfeige. Ich muss lachen, denn die Situation entbehrt nicht einer gewissen Komik. Alina hebt ihren Kopf und lacht auch. Sie ist so unbeschwert und ungehemmt, das gefällt mir wahnsinnig gut.

„Da wollte wohl mal jemand an die frische Luft“, witzelt sie und streicht sanft über meinen Schaft. Wieder stöhne ich lustvoll auf.
„Ja, er nennt sich ‚Der, der im Dunkeln lebt und nie die Sonne sieht‘“, bringe ich mühsam heraus und schließe die Augen.

Fast kommt mir das vor wie eine Metapher. Lebe ich nicht auch fast immer im Dunkeln und sehe nie die Sonne? Aber jetzt sehe ich sie. Mehr noch: Ich spüre sie in jeder Zelle meines Körpers. Und das habe ich Alina zu verdanken.

Ich fange an zu zittern, als ich Alinas weiche Zunge fühle, die meine Eichel liebkost, während ihre Hand meinen Schaft auf und ab fährt. Alles um mich herum verschwimmt und ich gerate in einen regelrechten Rausch. Dieses köstliche Gefühl lässt mich meterhoch über dem Boden schweben und ich will mehr davon, immer mehr …

Mir fliegt der Kopf weg und ich werde in eine andere Dimension geschleudert, als ich explodiere. Ich fliege zu den Sternen und zurück und realisiere erst später, dass ich gekommen bin - ohne es zu wollen. Fast ist mir das peinlich.

Etwas beschämt sehe ich Alina an, die mich glückselig anlächelt.

„Sorry, das wollte ich nicht", murmele ich und wische ihr unbeholfen die Spuren meiner Entladung von den Brüsten.

„Ich wollte dich doch noch … Naja, das können wir später auch noch machen."

Alina lächelt mich zärtlich an.

„Es gibt nichts, wofür du dich entschuldigen musst", sagt sie leise. „Im Gegenteil. Es war wunderschön, bei deinem Höhenflug dabei zu sein. Du hast dich völlig verloren und warst komplett weg."

Ich drücke sie an mich und genieße ihre Wärme und

ihren Duft. Sie macht mich völlig high. Sie kuschelt sich eng an mich und ich höre das Wasser rauschen und die Vögel singen. Es ist wie in einem kitschigen Rosamunde Pilcher Film.
Aber dieser Film ist wahnsinnig schön. Und er ist noch dazu wahr. Ich will unbedingt mehr davon!

Wir müssen eingedöst sein, denn als ich die Augen öffne, liegt Alina immer noch an meiner Brust und atmet gleichmäßig. Versonnen streiche ich ihr übers Haar.
Was macht diese Frau nur mit mir? Ich lasse plötzlich so viel Nähe zu, wie ich noch nie in meinem Erwachsenen-Leben zugelassen habe. Wahrscheinlich war das der Grund, warum ich in dieser Nacht weggelaufen bin: Ich habe intuitiv gespürt, dass es so kommen würde. Dass Alina mich knacken würde. Und genau davor hatte ich panische Angst.
Ich horche in mich hinein. Wo ist diese Angst geblieben? Habe ich immer noch Angst, mich zu verlieren?
Das Gegenteil ist der Fall. Ich fühle mich leicht, heiter und beschwingt. Meine Angst ist völlig weg. Fast ist mir das suspekt. Es ist zu schön, um wahr zu sein. Ich kann einfach nicht glauben, dass es so leicht sein sollte.
Ein einziger Tag mit Alina an einem See - und die jahrzehntelange Angst vor Nähe und Verlust ist wie ausgelöscht? Das kann nicht sein. Wahrscheinlich umnebelt dieser Tag mein Gehirn und versetzt mich

in eine Art Ausnahmezustand. Ich bin sicher, morgen im Büro wird alles wieder beim Alten sein.
Umso mehr will ich diesen kostbaren Tag genießen und ganz fest in meinem Herzen behalten. Vielleicht werde ich so etwas nie wieder erleben. Umso wichtiger ist es, dass ich diese kostbaren Stunden mit all meinen Sinnen genieße, damit ich sie später, wenn es mir wieder schlechter geht, jederzeit abrufen kann. Denn die Erinnerungen vergehen nicht, sie sind für alle Zeiten in uns abgespeichert und ich werde sie jederzeit hervor holen können. Vielleicht wird mir das in meinen dunklen Momenten helfen.

Kapitel 24

Alina

Leon ist wie ausgewechselt; so, als sei er von einer schweren Last befreit. So ausgelassen, lebendig und fröhlich habe ich ihn im Büro nie erlebt. Er wirkt wie ein komplett anderer Mensch. Wir lachen und scherzen die ganze Zeit und es ist einfach unbeschreiblich schön mit ihm. Ich verliebe mich mit jeder Minute mehr in ihn.
Wir stellen uns aufs Heck und ich breite meine Arme aus, so wie Kate Winslet in Titanic. Leon steht hinter mir und umfasst meine Taille, während er sich an mich drückt. Ich fühle seinen warmen Körper, seine Nähe, seine Ausstrahlung und bin einfach nur glücklich. Dazu das glitzernde Wasser, die Natur, die ganze Atmosphäre … Ich könnte weinen vor Glück. Ich nehme mir ganz fest vor, diese Erinnerung für immer in meinem Herzen abzuspeichern, um sie jederzeit abrufen zu können, wenn mir danach ist. Es ist wie eine Schatzkiste, aus der ich Kraft schöpfen kann, wenn ich sie brauche.

Leon reibt seine unrasierte Wange gegen meine.
„Na, Rose, willst du immer noch ins Wasser springen und dir das Leben nehmen?“
„Nein, Jack“, erwidere ich. „Jetzt, nachdem ich dich getroffen habe, nicht mehr.“

Leon umfasst mich etwas fester.
„Das ist schön, dass ich dir das Leben retten konnte", murmelt er dicht an meinem Ohr. „Und du hast meins auch gerettet."
Das klingt für mich irgendwie doppeldeutig; so, als hätte Leon mir das gesagt und nicht Jack aus Titanic. Aber ich wage mir nicht auszumalen, dass Leon es tatsächlich auch so meint. Ich meine, was kann ein einziger Tag schon verändern? Ein einziger Tag wird ganz sicher nicht Leons Dämonen verscheuchen, so schön das auch wäre. Er ist heute einfach gut drauf und vergisst seine Dämonen für eine kurze Zeit. Aber ich bin mir sicher, morgen werden sie wieder da sein. Umso mehr sollten wir den heutigen Tag genießen.

Eine frische Brise weht uns ins Gesicht, als Leon den Anker lichtet und wir wieder in See stechen. Ständig lachen wir uns ausgelassen an und suchen die Nähe des anderen. Ich finde gar nichts mehr dabei, Leon von hinten zu umfassen, mich an ihn zu schmiegen und ihn zu streicheln. Er scheint das genauso zu genießen wie ich. Es ist einfach ein herrlicher Tag. Ich wünschte, dieser Tag würde niemals zu Ende gehen.

Später wirft Leon den Anker mitten im See und wir legen uns zusammen auf die breite Liege, die ganz oben auf dem Boot steht. Von dort haben wir einen herrlichen Ausblick.
Als wir in Löffelchen-Stellung da liegen, streichelt Leon meine Brüste und drückt sich mit seinem harten

Schwanz gegen meinen Hintern.
„Ich würde jetzt gern das nachholen, was ich mir eben selbst verdorben habe“, flüstert er an meinem Ohr und lacht leise.
„Du lieber Himmel, wo hast du das eigentlich gelernt?“
„In dem VHS Kurs ‚Blasen für Anfänger‘“, gebe ich schlagfertig zurück und fange an zu kichern.
„Den Kurs hast du bestimmt mit Auszeichnung bestanden“, vermutet Leon lachend. „Und danach hast du garantiert noch ein Diplom draufgelegt, oder?“
„Mehrere“, versichere ich. „Merkt man das?“
„Und wie“, bestätigt Leon. „Du hast mich ganz verrückt gemacht mit deiner Technik. Ich wusste gar nicht mehr, wo oben und wo unten war.“
„Hoffentlich weißt du das jetzt, damit du weißt, wo du ihn reinstecken musst“, erwidere ich albern.
Ich bin so high von diesem Tag mit Leon, dass ich nur noch Unsinn rede, weil meine Hormone komplett verrückt spielen.
„Ich glaube schon, dass ich weiß, wo er jetzt hingehört“, entgegnet Leon und sein Atem geht etwas schneller.
„Ich werde ihn dir in deine süße kleine Öffnung schieben, die sicher schon danach lechzt, habe ich recht?“
„Derjenige, der danach lechzt, ist dein Knüppel“, ärgere ich ihn und drücke mich noch ein bisschen fester gegen seine Erektion.

„Der kann es doch schon gar nicht mehr erwarten."
„Wo du recht hast, hast du recht", gibt Leon unumwunden zu. „Weißt du eigentlich, dass ich dich die ganze Zeit wollte? Ich meine, in den anderthalb Jahren, in denen wir uns nicht gesehen haben? Eigentlich wollte ich immer nur mit *dir* schlafen. Der Sex mit anderen Frauen hat mir rein gar nichts gegeben."
Ich werde ganz starr. Oh mein Gott, das hört sich an wie eine Liebeserklärung! Was ist denn in Leon gefahren? Erst ist er so abweisend und faselt was davon, dass er allenfalls eine Affäre mit mir haben kann – und jetzt tut er fast so, als sei ich die Frau seines Lebens.
Eigentlich möchte ich mich freuen, aber in mir sind Zweifel, ob ich seinen überbordenden Emotionen trauen kann. Vielleicht ist morgen schon wieder alles ganz anders.
Ich höre schlagartig auf zu denken, als sich sein steifer Schwanz zwischen meine Schenkel schiebt und Einlass begehrt. Nur zu willig öffne ich meine Beine und zittere vor Verlangen. Als er in mich eindringt, stöhne ich laut auf. Leon beginnt, sich langsam in mir zu bewegen und ich genieße jeden seiner Stöße, seinen Körper, seine Arme, die mich umschlingen. Es ist ein herrliches Gefühl und ich bin im Paradies, mit jedem Stoß mehr. Ich fühle mich Leon so sehr verbunden und so unendlich nah.

Danach liegen wir noch eine ganze Weile eng

umschlungen da, hören den Herzschlag des anderen und genießen es, so nah beieinander zu sein. Leon hört gar nicht mehr auf, mich zu küssen und ich kann das, was er für mich empfindet, in jeder Zelle meines Körpers spüren. Aber mir ist klar, dass es noch sehr lange dauern wird, bis einer von uns diese Gefühle auch aussprechen kann. Dazu ist es noch viel zu früh. Aber ich glaube, wir haben mit diesem Ausflug einen Grundstein für etwas gelegt, das noch sehr, sehr schön werden könnte.

Zum Glück bewahrheitet sich meine Befürchtung nicht. Als ich am Montag ins Büro komme, ist Leon überhaupt nicht kühl und abweisend zu mir – so, wie ich es mir schon wieder vorgestellt habe. Ich habe gedacht, er bereut es möglicherweise, dass er sich bei diesem Ausflug geöffnet hat und meint, jetzt wieder besonders distanziert sein zu müssen, um mir klarzumachen, dass er nicht an einer Beziehung interessiert ist.

Aber das Gegenteil ist der Fall. Er leuchtet geradezu, als er das Büro betritt und zwinkert mir verschwörerisch zu. Auch ein Blinder würde sehen, was zwischen uns abgeht. Silvana grinst über beide Ohren und ich werde knallrot vor lauter Freude.

Ohne dass er mich dazu auffordert, springe ich auf und laufe in sein Büro. Ich schließe die Tür, gehe auf ihn zu und setze mich ganz selbstverständlich auf seinen Schoß. Ich denke überhaupt nicht darüber nach, was ich tue, sondern folge einfach meinem

Herzen.
„Hey, meine Schöne."
Seine Stimme klingt so warm und zärtlich, dass ich darin baden möchte. Ungestüm küssen wir uns und können unsere Hände gar nicht voneinander lassen.
„So macht der Büroalltag Spaß", raunt Leon und lacht. „Würden Sie sich jetzt bitte vor mich knien und mir einen blasen, Frau Ahrens? Das können Sie doch so gut, wie Sie gestern eindrucksvoll bewiesen haben."
„Kein Problem", erwidere ich und schicke mich an, unter den Schreibtisch zu kriechen, aber Leon hält mich fest.
„Untersteh dich", grinst er. „Stell dir mal vor, es kommt jemand von den Kollegen rein. Was soll der denn von mir denken?"
„Dass du ein lüsterner Boss bist, der seiner Sekretärin eine besonders delikate Aufgabe übertragen hat?", schlage ich vor.
„Diese delikate Aufgabe kannst du ab 20 Uhr erledigen", schlägt Leon vor und zieht mich wieder auf seinen Schoß.
„Hm", murmelt er mit seinem Kopf in meinen Haaren. „Gib mir ein bisschen was von dir, bevor mich der stressige Alltag wieder hat."
Du kannst alles von mir haben und noch viel mehr, möchte ich am liebsten sagen, aber ich verbeiße es mir im letzten Moment. Es ist noch viel zu früh. Ich hätte sowieso niemals damit gerechnet, dass Leon so schnell so zugänglich sein würde. Noch immer habe

ich Angst, dass er einen Rückzieher macht und von einer zur anderen Sekunde wieder der unnahbare, kühle, distanzierte Chef ist.

„Ich habe gestern enorm aufgetankt“, gesteht Leon und gibt mir wieder einen Kuss.

„Du kannst dir gar nicht vorstellen, wie sehr ich das gebraucht habe. Immer nur Stress, Arbeit, Druck, Termine, Anforderungen … Das kann einen schon ziemlich fertig machen. Die Zeit mit dir war ein wunderbarer Ausgleich. Das sollten wir öfter machen.“

Ich glaube, mich verhört zu haben.

„Aber …“ Ich streiche über seine harte Brust und weiß nicht, ob ich das, was mir auf der Zunge liegt, wirklich sagen soll. Ich habe Angst, das zarte Pflänzchen, das sich gerade zwischen uns entwickelt, kaputt zu machen.

Andererseits halte ich nie mit meiner Meinung hinterm Berg und sage immer ungefiltert das, was gerade in mir vorgeht. Ich kann gar nicht anders.

„Ja?“ Leon lächelt mich warmherzig an. Das gibt mir den Mut, tatsächlich das zu sagen, was mir auf dem Herzen liegt.

„Du hast vor ein paar Tagen ziemlich kühl gesagt, aus uns könne nie etwas werden, höchstens eine Affäre“, erinnere ich ihn mit belegter Stimme.

„Aber jetzt bist du so … ganz anders, so zugänglich und offen. Ist das kein Widerspruch?“

Leon holt tief Luft und tastet nach meiner Hand.

„Ja, das ist in der Tat ein Widerspruch“, gibt er zu.

„Ich weiß auch nicht, was mit mir los ist. Irgendwas bricht in mir gerade auf und verändert sich. Es stimmt, dass ich gesagt habe, ich könne dir höchstens eine Affäre geben, und es war auch genau das, was ich geglaubt habe. Im Grunde glaube ich das immer noch, aber irgendwie hat sich die Tür einen Spalt weit geöffnet und ich sehe einen Sonnenstrahl am Ende des Tunnels. Ich kann dir noch nicht sagen, ob ich wirklich zu einer Beziehung fähig bin und was das mit uns wird, Alina. Aber zum ersten Mal, seit ich denken kann, habe ich diesbezüglich ein bisschen Hoffnung."

Seine Augen haben einen wunderbaren Glanz und er sieht mich so an, wie mich noch kein Mann jemals angesehen hat. Voller Vertrauen, Liebe und Hoffnung, dass da etwas in ihm heilen kann, was schon so lange zerbrochen ist. Und ich weiß, was es ist.

Müsste ich ihm das nicht sagen? Ist jetzt die Zeit gekommen, wo ich ihm gestehen muss, dass wir eine gemeinsame Tochter haben?

Aber ich habe solche Angst, Leon zu erschrecken und damit zu verscheuchen.

Es ist eine echte Crux: Wenn ich ihm sage, dass ich von seiner traumatischen Kindheit weiß, laufe ich Gefahr, dass er sich komplett zurückzieht. Und wenn ich ihm weiterhin sage, dass Leonie nicht nur meine Tochter ist, sondern auch seine, laufe ich ebenfalls Gefahr, dass ihm die Verantwortung für ein Kind zu

viel ist und er sofort alles zwischen uns beendet.
Das Dumme aber ist: Wenn ich ihm beides *nicht* sage, laufe ich ebenfalls Gefahr, dass er mich in den Wind schießt, weil er mir dann irgendwann zu Recht sagen wird, ich hätte ihm die Wahrheit viel zu lange verschwiegen.
Egal, was ich auch tue - es kann das Letzte sein, was ich in meiner sich gerade entwickelnden Beziehung zu Leon tue.

Doch dann erinnere ich mich daran, dass ich auf mein Herz und nicht auf meinen Verstand hören sollte. Und diese Erinnerung gibt mir den Mut, Dinge zu sagen, die ich normalerweise in diesem Stadium nicht von mir geben würde.
„Es ist wundervoll, dass du wieder ein bisschen Hoffnung hast, was Beziehungen angeht“, sage ich warm und streiche ihm über seine Wange. Seine Augen glitzern und alles an ihm strahlt Liebe und Hingabe aus. Wie kann er nur behaupten, dass er keine Beziehung eingehen kann? So, wie ich ihn jetzt erlebe und wie er mich ansieht, ist er absolut liebesfähig. Er muss es nur noch selbst glauben.
„Leon, ich weiß, wir stehen noch ganz am Anfang und wissen nicht, was das überhaupt mit uns wird“, beginne ich. „Aber mir ist Ehrlichkeit sehr wichtig und ich muss dir unbedingt etwas sagen. Aber nicht im Büro. Können wir uns heute Abend treffen?“
Leon zieht alarmiert seine Augenbrauen hoch.
„Das hört sich aber gar nicht gut an“, sagt er

beunruhigt. „Ist es etwas schlimmes?“
Ich schüttele den Kopf.
„Nein, im Grunde ist es etwas sehr schönes. Ich weiß nur nicht, wie du damit umgehen wirst. Aber ich möchte dich nicht zu lange im Dunkeln tappen lassen, sondern dir die Wahrheit sagen.“
Leon zieht meinen Kopf zu sich heran und gibt mir einen innigen Kuss auf den Mund.
„Okay“, sagt er. „Ich bin gespannt. Sollen wir heute Abend essen gehen?“
Ich schüttele ein zweites Mal den Kopf.
„Ich fände es schöner, wenn du mich nach Hause begleiten würdest“, sage ich und nehme mir vor, meine Mutter zu bitten, dass sie heute Abend zusammen mit Leonie auf mich wartet.
Überrascht sieht Leon mich an, nickt dann aber.
„Klar, kann ich machen.“ Er seufzt tief auf. „Es wird mich umbringen, heute nur deinen Chef zu spielen“, flachst er. „Zum Glück sind es nur fünf Stunden. Und danach hoffe ich, dass du eine schöne Überraschung für mich hast.“
Ich schlucke. Ich habe ehrlich gesagt keine Ahnung, wie er auf diese sehr spezielle Überraschung reagieren wird.

Kapitel 25

Alina

Die fünf Stunden ziehen sich wie Kaugummi und ich bin total nervös. Ist es richtig, Leon schon jetzt mit der Wahrheit zu konfrontieren? Wir hatten einen einzigen schönen Tag miteinander. Presche ich zu schnell vor und will zu schnell zu viel? Was ist, wenn er sich erschrocken abwendet und wieder aus meinem Leben verschwindet? Vielleicht sollte ich erst mal warten, wie sich alles zwischen uns entwickelt.
Aber ich kann es einfach nicht. Ich spüre so sehr diese tiefe Verbindung zwischen uns und ich kann Leon nicht belügen – und nichts anderes tue ich, wenn ich ihm sein Kind weiterhin verschweige. Ich kann eine mögliche Beziehung mit ihm doch nicht auf einer Lüge aufbauen! Nein, ich muss es ihm sagen.

Obwohl ich sicher bin, das Richtige zu tun, bin ich total aufgeregt und kann keinen klaren Gedanken mehr fassen. Als seine Assistentin tauge ich an diesem Tag überhaupt nicht. Ich mache Fehler über Fehler und Leon beschließt schließlich lachend, dass er heute lieber alles selbst macht, als mir weiterhin Aufgaben zu übertragen, die ich sowieso nur versemmele.

„Warum bist du denn so konfus?", neckt er mich und

umarmt mich ungestüm von hinten. Mittlerweile sind alle anderen verschwunden und wir sind ganz allein auf der Etage. Da muss er sich natürlich nicht mehr zurückhalten.
„Habe ich dich gestern um den Verstand gefickt und jetzt ist nichts mehr davon übrig?"
Er berührt unsittlich meine Brüste und drängt sich noch ein bisschen enger an mich.
Ich lächele schwach und hoffe, ihm wird das Lachen nicht vergehen. Je näher der Feierabend rückt, umso nervöser werde ich.
„Du bist Messie und willst mir deine Bude zeigen", tippt Leon, als ich um 21 Uhr den Computer herunter fahre.
„In deiner Badewanne türmen sich an die 500 leere Joghurtbecher, du schläfst auf der Couch, weil dein Bett mit Klamotten übersät ist und morgens seilst du dich mit einem Bettlaken an der Hausmauer ab, weil du nicht mehr durch die Wohnungstür kommst, die total zugestellt ist."
Gegen meinen Willen muss ich lachen.
„Sag mal, was denkst du eigentlich über mich?", tadele ich ihn und tippe ihn auf seine Brust.
„Außerdem - wenn ich ein Messie wäre, wäre ich wohl kaum in der Lage, meinen Job zu machen."
„Das ist nicht gesagt", widerspricht Leon. „Ich hatte tatsächlich mal eine Mitarbeiterin, die Messie war. Im Büro war sie total unauffällig und hat perfekt gearbeitet, aber zu Hause herrschte das absolute Chaos. Ich war mal bei ihr in der Wohnung. So was

hatte ich noch nie gesehen. Ich konnte mich nirgendwo hinsetzen, weil alles zugestellt war."

„Du kannst versichert sein, dass ich *kein* Messie bin", beruhige ich ihn. „Und es gibt genug Sitzgelegenheiten."

Inzwischen befinden wir uns in der Tiefgarage, in der Leons monströser SUV parkt. Ich werde immer stiller, als der riesige Wagen fast lautlos durch die Straßen gleitet. Nervös knete ich meine Hände, während es in meinem Magen rumort. Ich kann absolut nicht einschätzen, wie Leon reagieren wird. Von grenzenloser Glückseligkeit bis zum größten Schock ist in meiner Vorstellung alles dabei.

Mir ist unerträglich schlecht, als Leon nach langem Suchen endlich einen Parkplatz gefunden hat und wir aussteigen.

„Hier wohnst du also", sagt er und sieht sich schaudernd um. „Im hippen Bergmannkiez. Fühlst du dich wohl hier?"

„Ja, sehr", erwidere ich. „Ich mag die Leute. Sie sind locker und flippig und ich fühle mich hier total zu Hause."

„Aber wird hier nicht auch öfter mal ein Feuer im Hinterhof gemacht und irgendwelche Verrückten knallen mit einer Pistole um sich herum?", sagt Leon argwöhnisch. „Und wieso steht überhaupt ein Sofa mitten auf dem Bürgersteig? Kann man sich da ausruhen, wenn man müde ist? Und gleich noch Wäsche waschen, weil auf der anderen Seite eine

Waschmaschine steht?“

„Das ist in Kreuzberg eben so“, gebe ich zu. „Irgendjemand stellt etwas auf die Straße und ein anderer stellt dann seinen Müll dazu.“

„Sowas gibt es bei uns in Zehlendorf nicht“, erklärt Leon. „Und darüber bin ich auch ganz froh.“

„Mach meinen Kiez nicht schlecht“, lache ich und schließe die Tür auf.

Im Hausflur brennt von fünf Glühbirnen nur noch eine und die Farbe der Wände hat auch schon mal bessere Zeiten gesehen. Wortlos schreitet Leon an einer mit Graffiti beschmierten Tür vorbei und geht die knarzenden Treppenstufen hoch. Ich gebe ja zu, dass in Kreuzberg nicht immer alles so etepetete aussieht wie in seinem feudalen Zehlendorf. Aber ich lebe gern hier, und das schon seit mehr als zehn Jahren. Das ist mein Zuhause.

Im zweiten Stock bleibe ich stehen und will gerade den Schlüssel in die Tür stecken, als sie von innen geöffnet wird und mich meine Mutter anstrahlt. Natürlich war sie total erpicht darauf, Leonies Vater zu sehen.

„Hallo, ihr beiden“, begrüßt sie uns fröhlich. „Mila schläft schon ruhig in ihrem Bettchen.“

Ich habe ihr eingeschärft, nicht von Leonie zu reden, sondern von Mila, was Leonies zweiter Vorname ist. Sonst weiß Leon sofort Bescheid und ich kann mir meine Ansprache sparen.

„Alles klar. Mama, das ist Leon, mein Chef. Leon, das

ist meine Mutter Anna."
„Guten Abend, Frau Ahrens", sagt Leon, zieht brav seine Schuhe aus und betritt erst dann die Wohnung.
„Sie können ruhig Anna sagen", bietet meine Mutter an und nickt mir zu. „Ich gehe dann mal, mein Kind. Ich wünsche euch beiden einen schönen Abend."
Sie zwinkert mir aufmunternd zu, denn sie weiß, was für ein bahnbrechendes Gespräch ich vor mir habe.
„Danke", erwidere ich herzklopfend und hoffe, dass wir diesen schönen Abend tatsächlich haben werden.
„Möchtest du etwas trinken?", frage ich, gehe in die Küche und schalte das Licht ein. Leon folgt mir unauffällig.
„Wow, das ist aber hübsch hier", bemerkt er anerkennend und blickt sich um. „Ganz schön knallig zwar, aber es gefällt mir. Bunt und lebendig, so wie du. Die Küche spiegelt deinen Charakter ziemlich gut wider."
„Findest du, dass ich bunt und lebendig bin?", frage ich. „Ich komme mir gar nicht so vor."
„Natürlich bist du bunt und lebendig", grinst Leon. „Und du bist ein echter Sonnenschein. Und ja, ich würde gern etwas trinken. Hast du einen Rotwein da?"
Ich nicke, hole eine Flasche Rotwein aus dem Kühlschrank und gieße uns zwei Gläser ein. Dabei merke ich, dass meine Hände zittern. Leon merkt es auch und hält sie fest.
„Warum bist du denn so nervös?", will er wissen und sieht mich alarmiert an. „Ist es doch etwas schlimmes,

das du mir mitteilen musst? Hast du eine unheilbare Krankheit oder sowas in der Art?“

Plötzlich sieht er ganz ernst aus und richtig traurig.

„Nein, nein“, beruhige ich ihn schnell. „Ich habe keine unheilbare Krankheit. Ich habe überhaupt keine Krankheit. Geh schon mal ins Wohnzimmer. Ich gucke schnell nach Mila.“

Völlig durcheinander gehe ich ins Schlafzimmer und sehe meinen kleinen Engel selig lächelnd in ihrem Bettchen liegen. Zärtlich streiche ich über ihre zarte Wange und hauche ihr einen Kuss auf die Stirn. Vielleicht lernt sie schon heute ihren Papa kennen.

Nervös gehe ich ins Wohnzimmer, wo Leon sich auf dem Sofa niedergelassen hat.

„Schön gemütlich“, lobt er mich abermals. „Du hast echt einen Sinn für Farben und Formen. Man fühlt sich sofort wohl in deiner Wohnung.“

„Das freut mich“, erwidere ich und hoffe, dass er sich auch nach meinem Geständnis noch wohlfühlt.

Wir stoßen an und blicken uns tief in die Augen, bevor wir einen Schluck nehmen.

„Dann schieß mal los“, fordert Leon mich auf und blickt mich abwartend an. „Was gibt es so dringendes, das du mir nur in deiner Wohnung erklären kannst?“

Ich seufze auf und weiß nicht, wie ich anfangen soll. Es fühlt sich an, als hätte ich Stacheldraht im Hals.

„Leon“, beginne ich. „Ich weiß, was mit deinen Eltern passiert ist. Lilly hat es mir erzählt. Es ist so unfassbar tragisch und ich verstehe, warum du Angst vor einer

Beziehung hast. Du hast Angst, dass dir noch mal dasselbe passiert; nämlich, dass du jemanden liebst und er dir weggenommen wird."

Leon starrt mich an. Dann setzt er das Glas auf meinem Couchtisch ab. Er verschränkt die Hände hinter dem Kopf und lehnt sich zurück. Dann schließt er die Augen. Und sagt nichts. Eine ganze Weile sitzt er einfach nur da und sagt nichts.

Mein Herz hämmert hart gegen meine Rippen. War das zu viel? Reaktiviere ich sein Trauma, indem ich mit ihm darüber spreche? Verschließt er sich jetzt wieder komplett?

Endlich öffnet er seine Augen. Sie sind dunkler als vorher und ein tiefer Schmerz liegt in ihnen. Oh nein, das wollte ich nicht! Ich wollte ihm keine Schmerzen zufügen. Ich wollte nicht, dass er dieses schreckliche Erlebnis in seinen Gedanken noch mal durchlebt.

„Es tut mir leid", flüstere ich heiser. „Ich will nicht, dass es dir schlecht geht, indem du jetzt wieder daran denkst. Ich wollte einfach nur, dass du weißt, dass ich es weiß. Wir müssen auch gar nicht weiter darüber reden."

Leon schluckt und schaut mich unverwandt an.

„Wir können schon darüber reden", sagt er und seine Stimme ist rau. „Ja, lass uns darüber reden. War es das, was du mir sagen wolltest? Aber warum mussten wir dazu in deine Wohnung gehen?"

Mein Herz klopft so heftig, dass ich fürchte, es springt mir jeden Moment aus der Brust.

„Nein, das war nicht der Grund, warum wir hier

sind“, bringe ich mühsam hervor. „Ich wollte dir etwas zeigen.“
Wie auf Stichwort fängt Leonie im Nebenzimmer an zu krähen.
„Dein Baby schreit“, teilt Leon mir mit. „Willst du nicht zu ihm gehen?“
Ich nicke wie paralysiert, erhebe mich wie ferngesteuert und gehe ins Schlafzimmer. Dort nehme ich mein zappelndes Baby auf den Arm. Als sie die Augen aufschlägt und mich mit Leons Augen ansieht, wird mir schwindlig. Ich glaube, ich muss gar nichts sagen. Wenn er diese Augen sieht, weiß er sofort Bescheid. Im Übrigen finde ich, dass sie ihm auch sonst wie aus dem Gesicht geschnitten ist.

Mir ist ganz flau in der Magengegend, als ich mit Leonie auf dem Arm ins Wohnzimmer zurückkehre. Leon ist inzwischen aufgestanden und lächelt uns zu.
„Da ist ja deine Tochter“, sagt er. „Endlich lerne ich sie mal kennen. Hallo, kleines Mädchen.“
Er umrundet den Couchtisch und geht auf uns zu. Ich drehe mich ein wenig zur Seite, sodass Leon Leonie anschauen kann und sie ihn. Dann starren sich zwei identische Augenpaare an. Und starren. Und starren. Selbst Leonie ist plötzlich still und schaut ihren Papa ehrfürchtig an. Spürt sie, was für ein besonderer Moment das ist?
Leon lässt das Glas zu Boden fallen, das zum Glück leer ist. Sein Mund öffnet sich, doch er bringt keinen Ton heraus.

„Das ist … Ist das … Sie ist ….“, stammelt er.
Ich nicke und mir schießen Tränen in die Augen.
„Ja, Leon. Das ist Leonie Mila, unsere Tochter.“
Leons Lippen beginnt zu zittern, seine Augen werden feucht und er streckt die Arme nach dem Baby aus.
„Darf ich sie mal halten?“, flüstert er völlig überwältigt.
„Natürlich.“ Ich drücke ihm sein Kind in die Arme. Vorsichtig und behutsam nimmt er sie mir ab, schaut sie an wie ein Wunder und streicht dann ganz zart über ihren Kopf.
„Warum hast du mir nichts gesagt?“, krächzt er. „Ich meine, damals? Ich hätte Unterhalt zahlen können.“
„Ehrlich gesagt wollte ich nicht, dass mein Kind Kontakt zu einem Mann hat, der einfach spurlos verschwindet“, sage ich mit heiserer Stimme. „Und als ich dich dann als meinen Boss wiedergesehen habe, wollte ich es erst recht nicht. Ich wollte nicht, dass du dich zu irgendetwas verpflichtet fühlst. Und auch jetzt weiß ich nicht, ob es der richtige Zeitpunkt ist. Wir wissen nicht, ob und wie es mit uns weitergeht. Aber ich kann Leonie nicht länger vor dir verheimlichen. Sie ist deine Tochter und ich finde, dass ihr beide ein Recht darauf habt, einander kennenzulernen.“
Leon starrt Leonie völlig benommen an.
„Sie ist so wunderschön“, flüstert er. „Sie ist das schönste Baby, das ich jemals gesehen habe.“
„Kein Wunder, sie ist ja auch deine Tochter“, erwidere ich. „Und der Papa ist ein echter

Hingucker.“
„Leonie“, flüstert Leon ergriffen. „Meine Leonie. Mein Baby. Mein Kind. Oh mein Gott, wir sind jetzt eine richtige Familie!“
Seine Lippen zittern stärker und ich sehe, wie eine einsame Träne seine Wange hinunterläuft. Sanft streiche ich sie weg.
„Ja, Leon, wenn du das wirklich willst, sind wir jetzt eine Familie“, sage ich. „Aber lass uns einfach noch ein bisschen Zeit.“
Leon nickt. „Ja, wir brauchen sicher noch ein bisschen Zeit“, stimmt er mir zu. „Aber eins steht schon mal fest: Meine Tochter gebe ich nie wieder her.“
Da möchte ich ihm gar nicht widersprechen.

Kapitel 26

Leon

Ich habe ein Kind! Ich habe eine Tochter! Dieses großartige Wesen ist mein Baby! Ich kann es überhaupt nicht fassen. Ich starre das wunderschöne kleine Wesen an und fühle, wie mich grenzenlose Liebe überschwemmt. So viel Liebe, dass ich darin fast ertrinke. Ich könnte lachen und weinen zugleich. Das alles kommt mir vor wie ein Traum.
Und dann lächelt dieser wunderschöne kleine Engel zurück. Das kleine Gesichtchen strahlt und die blauen Augen, die meinen so ähnlich sind, leuchten mich an. Ein winziges Händchen streckt sich mir entgegen und ich halte ihm meinen riesigen Finger hin, den es kräftig umschließt. Mein Herz zuckt. Dieses süße kleine Baby ist durch Alina und mich entstanden. Es kommt mir vor wie ein Wunder. Es *ist* ein Wunder.
Ich merke erst, dass meine Wangen nass sind, als Alina mit einem weichen Taschentuch darüber fährt.
„Der Papa ist ganz gerührt", flüstert sie und lacht leise. „Bedeutet das, dass du glücklich bist, dass du eine Tochter hast?"
„Natürlich bedeutet es das", erwidere ich und kann mich einfach nicht an Leonie satt sehen. Sie ist perfekt. Ihre blauen Augen, ihre niedliche Nase, der kleine Mund, der Flaum auf ihrem Köpfchen, die winzigen Hände – alles ist perfekt. Das perfekte Baby.

Klar, sie ist ja auch meine Tochter. Stolz lächele ich.
„Das haben wir aber gut hingekriegt, du und ich“, lobe ich uns und gehe mit meinem Kind auf dem Arm zum Sofa. Leonie ist ganz still, starrt mich mit großen Augen an und lächelt zahnlos.
„Sie mag dich“, stellt Alina fest und lächelt warm.
„Das beruht auf Gegenseitigkeit“, erkläre ich. „Ich mag sie auch. Ach was, ich liebe sie. Sie ist das tollste Baby, das ich jemals gesehen habe.“
Vorsichtig setze ich mich mit dem Bündel Leben auf einen Sessel und wiege die Kleine in meinen Armen. Wie hübsch sie ist. Und wie wundervoll sie riecht. Ich vergesse alles um mich herum und sehe nur noch sie. Mein Baby.
„Wie ich sehe, habt ihr euch spontan ineinander verliebt“, stellt Alina fest und grinst. „Besser hätte ich es mir wirklich nicht vorstellen können.“
Ich hebe kurz den Kopf, um sie anzusehen, wende mich dann aber sofort wieder Leonie zu.
„Wieso? Was hast du dir denn vorgestellt?“, will ich wissen. „Du hast doch nicht im Ernst geglaubt, dass ich mein eigenes Baby ablehnen würde, oder?“
„Ich konnte das überhaupt nicht einschätzen“, gesteht Alina und lässt sich auf einem Sessel nieder.
„Ich war mir nicht sicher, ob du dich nicht vielleicht eingeengt fühlen würdest oder denken würdest, ich würde dich mit dem Baby zu einer Beziehung zwingen wollen. Darum wollte ich dir zuerst nichts sagen. Aber dann habe ich es nicht mehr ausgehalten. Ich musste dir einfach die Wahrheit sagen.“

„Das war auch richtig so“, finde ich und kann meinen Blick nicht von Leonie abwenden. „Und es war genau der richtige Zeitpunkt. Es stimmt – vor unserem Ausflug hätte ich vielleicht gedacht, du willst mich mit dem Baby manipulieren.“
„Was ist denn eigentlich bei dem Ausflug mit dir passiert?“, fragt Alina.
Ich kann die Verwunderung in ihrer Stimme hören.
„Du warst wie ausgewechselt. Ich will nicht sagen, dass du im Büro immer muffig und schlecht drauf bist, aber so ausgelassen und fröhlich habe ich dich dort nie gesehen.“
Ich zucke mit den Schultern.
„Ich kann dir gar nicht sagen, warum mich dieser Ausflug so verändert hat. Vielleicht hat er mich an Zeiten erinnert, als ich mit meinen Eltern auch solche Ausflüge unternommen habe. Wir sind am Wochenende oft raus gefahren an einen See, so wie wir gestern. Auch wir haben oft ein Boot mitgenommen, allerdings war es nur ein profanes Schlauchboot. Aber es hat trotzdem wahnsinnig viel Spaß gemacht. Wenn ich an meine Eltern denke, dann denke ich oft an diese Ausflüge zurück.“ Ich halte inne.
„Vielleicht hat mich der gestrige Tag daran erinnert und auch an die Glücksgefühle, die ich damals hatte. Ich habe keine Ahnung. Gestern war es so, als wäre ein Schalter in mir umgelegt worden. Es war, als hätte ich jahrelang darauf gewartet, dass jemand in mir wieder das Licht anknipst. Und das hast du getan.

Und jetzt ist da auch noch Leonie. Das ist kein Licht mehr, das ist hellster Sonnenschein."
Ich lache glücklich auf. Ich bin so durchdrungen von Freude, Liebe und Dankbarkeit, dass ich gar nicht weiß, wohin mit meinen Gefühlen. So habe ich mich ewig nicht mehr gefühlt. Eigentlich seit dem Tod meiner Eltern nicht mehr. Es ist, als würde ich nach langer Zeit endlich ins Leben zurückkehren.

Wir sitzen ganz eng zusammen - Alina, Leonie und ich. Ich gebe Leonie die Flasche und schaue fasziniert zu, wie sie daran herumnuckelt. Alina strahlt und sieht uns beide so zärtlich an, dass ich förmlich dahin schmelze.
„Ich habe nicht zu hoffen gewagt, dass du die große Neuigkeit so gut aufnimmst", sagt Alina überwältigt. „Ehrlich, ich bin gerade mega geflasht über deine Reaktion. Vielleicht wirst du morgen wach und siehst das alles ganz anders."
„Keinesfalls", bin ich mir sicher und beobachte verzückt, wie Leonie mit ihren winzigen Fingern nach meiner Pranke greift.
„Glaubst du, sie weiß, dass ich ihr Papa bin?"
„Du kannst dich ihr bei passender Gelegenheit ja noch offiziell vorstellen", witzelt Alina. „Immerhin scheint sie sich bei dir sehr wohl zu fühlen. Sie lässt sich nicht von jedem auf den Arm nehmen, ohne zu schreien. Vielleicht bist du ihr tatsächlich vertraut, weil sie deine Gene hat. Wer weiß das schon. Ihr seht beide sehr friedlich aus."

Nachdenklich schaue ich Alina an. Ja, das ist es. Frieden. Ich fühle mich, als sei endlich Frieden in mein Inneres eingezogen. Da, wo sonst Chaos und Verwirrung herrschten, ist jetzt ein tiefer Frieden und eine große Ruhe in mir.

Natürlich liegt das nicht an dem Ausflug. Es liegt an dem, was ich bei Alina spüre und was sie mir gibt. Es ist diese Verbindung zwischen uns, die mir eine nie gekannte Ruhe und Gelassenheit gibt. Das ging so schnell und Schlag auf Schlag, dass ich mit meinen Gefühlen erst mal hinterher kommen muss.

„Ist dir mal der Gedanke gekommen, dass meine Tochter auch deine Tochter sein könnte?", will Alina wissen. „Ich meine – du kannst doch rechnen, oder?"

Ich schüttele den Kopf.

„Auf diese Idee wäre ich niemals gekommen. Ich dachte, du hättest kurz nach mir einen anderen Mann kennengelernt. Ich bin deshalb nicht auf die Idee gekommen, weil ich mir nicht vorstellen konnte, dass du ein Kind von mir hast und keinen Unterhalt von mir forderst. Du wusstest ja, dass ich nicht gerade am Hungertuch nage."

„Wie kommt das eigentlich?", fragt Alina. „Woher hast du so viel Geld, wenn ich das mal ganz unverblümt fragen darf? Verdient man als Rechtsanwalt so viel?"

„Auch", erwidere ich. „Wenn man einige Deals abwickelt, die eine Menge an Provision einbringen, dann schon. Aber die meiste Kohle habe ich mit Aktien verdient. Mein Großvater hat mir gezeigt, wie man damit ein Vermögen machen kann – und das ist mir gelungen. Es ist Geschick, Mut, aber auch ganz viel Glück. Meinem Opa hat auch die Kanzlei gehört. Ich bin praktisch in seine Fußstapfen getreten, aber nicht von Anfang an. Ich bin erst vor ein paar Jahren in seine Firma gekommen. Vorher musste ich mich erst mal beweisen. Ich sollte mich nicht ins gemachte Nest setzen. Da war er ganz streng. Aber als er 80 wurde, durfte ich endlich auch mal ran."

„Dann hast du zu deinem Opa ein gutes Verhältnis? Bist du bei deinen Großeltern aufgewachsen?"

Ich nicke. „Ja, das bin ich. Sie waren viel strenger als meine Eltern, aber das hat mir nicht geschadet. Ich war immer sehr ehrgeizig und wollte etwas erreichen. Aber … beruflicher Erfolg ist nicht alles im Leben. Meist versucht man damit lediglich, eine Leere in sich zu stopfen."

Zärtlich blicke ich Alina an. Wenn sie bei mir ist, empfinde ich keine Leere mehr. Eine Weile sagen wir nichts.

„Es war damals die Hölle", beginne ich unvermittelt und wiege Leonie sanft in meinen Armen.

„Ich hatte eine schöne Kindheit. Meine Eltern waren streng, aber gerecht. Sie standen immer hinter mir und haben alles für mich getan. Ich liebte sie von ganzem Herzen. Es war so, wie es sein sollte. Natürlich gab es Reibereien, aber wir waren eine glückliche Familie – meine Eltern, meine Schwester und ich."

Ich spüre einen tiefen Stich in meinem Herzen. Nach

all den Jahren ist er immer noch da.
„Es war wie ein Albtraum“, fahre ich fort. „Ich kam mir vor wie im falschen Film. Der laute Knall, die gellenden Schreie meiner Eltern, der Schmerz in meiner Brust, dieses Entsetzen, dieser Wahnsinn … Und dann war da plötzlich nur noch Stille und das Wummern meines Herzens. Ich stand apathisch auf der Straße, konnte es nicht fassen, habe immer wieder gefragt, ob meine Eltern nie wiederkommen. Wie konnten sie mich einfach verlassen? Ich war doch noch ein Kind.“
Mit Tränen in den Augen greift Alina nach meiner Hand, die unter Leonies Kopf ruht.
„In den nächsten Wochen und Monaten war ich in einer Parallelwelt. Ich fühlte mich wie in einem Albtraum. Wie soll ein Kind so etwas entsetzliches begreifen können? Etwas in mir ist damals erstarrt, als ich auf der Straße stand und das Unglück passierte. Diese Erstarrung ist nie wieder weggegangen.“
Ich mache eine kurze Pause und versuche, das in Worte zu fassen, was seit der Nacht mit Alina in mir passiert ist.
„Du hast diese Erstarrung in unserer gemeinsamen Nacht aufgelöst. Plötzlich war all das wieder da, was vor dem Unfall in mir gewesen ist: Freude, Liebe, Wärme, Vertrauen, sich fallen lassen. All das habe ich in all den Jahren kaum gespürt. Und wenn ich es gespürt habe, bin ich davor weggelaufen. Ich hatte panische Angst, dass ich diesen grauenvollen

Schmerz noch einmal würde durchleben müssen, wenn ich mich auf eine Liebesbeziehung einlasse. Denn natürlich kann dir niemand die Garantie geben, dass eine Liebesbeziehung ewig hält. Dein Partner kann dich jederzeit verlassen, davor ist niemand gefeit. Das ist schlimm, aber man überlebt es. Der Erwachsene in mir wusste das auch. Aber der kleine Junge in mir hatte panische Angst, noch einmal so ein Trauma zu erleben und es diesmal nicht zu schaffen. Darum bin ich jeder Beziehung aus dem Weg gegangen. Dadurch habe ich allerdings auch alles lebendige und schöne in mir abgeschnitten. Ich wollte diesen Schmerz nicht noch einmal fühlen, aber gleichzeitig habe ich dadurch verhindert, dass ich auch die schönen Gefühle nicht mehr gefühlt habe. Es geht nur beides - Licht und Schatten. Wenn du alles dafür tust, um das Dunkle in dir nicht mehr zu fühlen, fühlst du auch das Helle nicht. Darum bin ich in all den Jahren ziemlich abgestumpft durch die Welt gelaufen. Die Nacht mit dir hat alles durcheinander gebracht, aber ich hatte Angst davor zu fallen. Deshalb bin ich in der Nacht weggelaufen und habe mich nicht mehr bei dir gemeldet."

Ich schlucke und drücke Alinas Hand.

„Es tut mir von Herzen leid und ich möchte mich dafür entschuldigen. Als ich dich als meine Sekretärin wiedergesehen habe, war das ein Schock für mich. All die widersprüchlichen Gefühle kamen wieder in mir hoch. Einerseits wäre ich dir am liebsten um den Hals gefallen, andererseits hat dein Anblick sofort einen

Fluchtreflex in mir ausgelöst. Ich wusste nicht, was ich machen sollte, und habe deshalb erst mal gar nichts gemacht; sprich, ich habe so getan, als würde ich dich nicht erkennen. Das war natürlich total albern. Ich wollte einfach etwas Zeit gewinnen. Aber es war sinnlos. Ich bin dir schon in dieser Nacht verfallen, und daran hat sich nichts geändert. Und jetzt bin ich sowieso total überwältigt, dass aus dieser Nacht, in der ich endlich mal wieder gespürt habe, dass ich lebendig bin, ein Kind entstanden ist. Und dass du plötzlich meine Assistentin warst, kann man nur als Wink des Schicksals betrachten. Ich bin so froh, dass ihr beide hier seid und dass es euch gibt. Und ich hoffe, trotz meines schrägen Verhaltens gebt ihr mir beide noch eine Chance."

Die Worte strömen nur so aus mir heraus und ich weiß, dass ich Alina eigentlich nur eins sagen möchte.

„Alina, ich habe mich in dich verliebt und ich möchte dich richtig lieben. Aber du musst Geduld mit mir haben. Ich kann mich nicht von heute auf morgen umstellen, aber ich will es ernsthaft versuchen. Gibst du mir eine Chance?"

Alinas Augen sind blank und sie ringt nach Worten.

„Ja, Leon, tausendmal ja", flüstert sie und lehnt ihren Kopf an meine Schulter. „Ich will dich nicht überfallen, aber dass ich bis über beide Ohren in dich verliebt bin, brauche ich dir wohl nicht zu sagen. Das merkst du auch so. Lass es uns langsam angehen und schauen, was daraus wird. Ich will dich nicht unter Druck setzen. Aber wenn du uns beide willst, Leonie

und mich, dann würde mich das zum glücklichsten Menschen auf der ganzen Welt machen."
Mein Herz weitet sich und ich atme tief durch.
„Mich auch", flüstere ich und drücke ihr einen Kuss auf die Wange.
Ich bin voller Zuversicht, dass wir es schaffen können.

In dieser Nacht schlafen Alina und ich eng aneinander gekuschelt ein. Ich werde mehrmals wach und vergewissere mich, dass Alina tatsächlich noch neben mir liegt und auch Leonie in ihrem Bettchen ruhig und selig schläft. Ein wahnsinniges Glücksgefühl durchflutet mich und lässt mich meterhoch über dem Boden schweben.
Dieses Gefühl hat bisher nur Sex in mir ausgelöst, aber nur für eine sehr kurze Zeit. Das hier ist viel tiefer, beständiger, wertvoller. Es ist nicht nur für eine kurze Zeit da. Ich hoffe, es wird mich eine sehr, sehr lange Zeit begleiten. Im besten Fall mein ganzes Leben lang.

Kapitel 27

Alina

Als ich am nächsten Morgen die Augen aufschlage, brauche ich einen Moment, um zu realisieren, was gestern Abend passiert ist.
Dann sehe ich Leon, wie er an Leonies Bettchen steht und sie zärtlich streichelt. Sie gluckst vor Vergnügen und strampelt mit den Beinchen. Die beiden scheinen sich wirklich gut zu verstehen.
„Na, stolzer Papa?", begrüße ich Leon und krabbele aus dem Bett. „Du scheinst in deiner neuen Vater-Rolle ja richtig aufzugehen. Hast du gut geschlafen?"
„Eigentlich schon, aber ich bin mehrmals wach geworden, weil ich das alles noch gar nicht glauben konnte. Leonie war auch manchmal wach und ich habe sie ein bisschen herumgetragen. Ich habe ihr auch Milch gegeben und hoffe, das war in Ordnung."
Erstaunt sehe ich ihn an.
„Du hast ihr Milch gegeben? Aber hoffentlich nicht die kalte Milch aus dem Kühlschrank?"
Leon schüttelt lachend den Kopf.
„Du musst mich für sehr verblödet halten. Das weiß doch nun wirklich jeder, dass man Milch für Babys erwärmen muss, und natürlich nicht zu heiß. Ich habe die Milch sorgfältig mit meinem Finger geprüft. Außerdem habe ich Leonie gewickelt, denn die Windel war schon ziemlich voll geschissen. Das roch

echt nicht mehr gut."
„Du hast sie gewickelt?", kreische ich. „Wo hast du das denn gelernt?"
„Bei meiner Schwester", antwortet Leon achselzuckend. „Ihre Zwillinge sind jetzt drei Jahre alt und sie war immer im Stress, weil es zwei sind. Wenn ich bei ihr zu Besuch war, musste ich immer mit anpacken. Da habe ich es gelernt, aber richtig. Lea war da sehr streng. Wenn ich es nicht zu ihrer Zufriedenheit gemacht habe, musste ich das Baby wieder auspacken und neu wickeln. Ich habe sozusagen mein Wickel-Diplom gemacht. Und ich kann voller Stolz sagen, dass ich es mit Auszeichnung bestanden habe."
Ich bin völlig baff und starre Leon total perplex an. Ich hätte ihm alles zugetraut, aber ganz bestimmt nicht, dass er ein Baby füttern und wickeln kann. Er ist der perfekte Vater! Da habe ich mir genau den richtigen ausgesucht.

„Nun guck doch nicht so, als hättest du einen Geist gesehen", lacht Leon vergnügt. „Warum soll dein Boss kein Baby wickeln können? Apropos Boss: Hältst du es für richtig, wenn du unter diesen Umständen weiterhin für mich arbeitest? Ich finde das keine so gute Idee. Man sollte Privatleben und berufliches nicht miteinander vermischen. Das gibt nur Komplikationen."
„Aber … Was soll ich denn dann machen?", erwidere ich leicht überfordert.

„Kannst du nicht in die Elternzeit zurückkehren?", schlägt Leon vor. „Ich kann dich freistellen. Fändest du es nicht schön, wenn du noch eine Zeitlang ganz für Leonie da sein könntest?"
„Hm." Ich muss kurz überlegen. „Ich fand es eigentlich auch ganz schön, ein paar Stunden am Tag für dich da sein zu können."
„Das kannst du auch weiterhin tun, nur eben abends und auf andere Art und Weise." Leons Augen funkeln.
„Anstatt dich vor meinem Schreibtisch zu nehmen, würde ich lieber hier bei dir und Leonie auf der Couch sitzen. Ähm ... Was ist eigentlich mit Sex? Ich kann doch nicht mit dir in deinem Bett herumturnen, während unsere Tochter daneben liegt und alles mitkriegt."
„Da finden wir schon eine Lösung", bin ich zuversichtlich. „Es gibt ja noch die Couch oder wir schieben Leonies Bettchen ins Wohnzimmer."
„Aber wir können doch nicht einfach unsere Tochter abschieben und uns vergnügen, während sie womöglich im Wohnzimmer weint und wir das gar nicht hören!", ruft Leon empört aus. „Nein, das geht auf gar keinen Fall. Lieber verzichte ich so lange auf Sex." Er ist wirklich süß.
„Wie lange denn?", spotte ich. „Bis Leonie in der Kita ist? Bis sie eingeschult wird? Bis sie Abitur gemacht hat? Das ist doch Quatsch, Leon. Wir finden schon eine Möglichkeit. Aber auf Sex mit dir will ich auf gar keinen Fall verzichten. Das habe ich lange genug

getan."
Ich springe aus dem Bett und laufe auf ihn zu. Stürmisch falle ich ihm in die Arme. Er hält mich ganz fest und gibt mir einen Kuss auf den Mund.
„Ich muss erst mal meine Zähne putzen", nuschele ich. „Vorher mag ich das gar nicht."
Schnell verschwinde ich im Bad, putze mir die Zähne und springe unter die Dusche. Als ich nackt vor dem Spiegel stehe, steckt Leon seinen Kopf durch die Tür.
„Sex? Vielleicht jetzt?", fragt er hoffnungsvoll. „Unsere süße Tochter schläft gerade. Vielleicht könnten wir schnell und heimlich eine Nummer schieben?"
„Wie kannst du nur ein so grausamer Vater sein", ärgere ich ihn. „Stell dir mal vor, deine Tochter fängt an zu weinen und du hörst sie nicht, weil du nur dein eigenes brünstiges Stöhnen hörst."
„Du hast recht", ist Leon sofort einsichtig. „Okay, dann lassen wir es lieber. Ist ja auch nicht so schlimm."
Kopfschüttelnd sehe ich ihn an.
„Das war ein Scherz", teile ich ihm mit und öffne flink die Knöpfe seines Hemdes.
„Aber muss der große Boss nicht ganz früh im Büro sein?"
„Der große Boss hat soeben in seinem Büro angerufen und mitgeteilt, dass er heute weder ganz früh noch später erscheint. Er erscheint überhaupt nicht. Er nimmt sich heute frei", erklärt Leon zufrieden. Ich höre mit meiner Knöpferei auf und sehe ihn

verwundert an.
„Du nimmst dir frei?", frage ich ungläubig. „Geht das so einfach? Du hast doch sicher Termine, oder?"
Leon zuckt mit den Schultern.
„Ja, die habe ich, aber Termine kann man absagen und verschieben. Ich habe mir in den letzten Jahren kaum einen freien Tag gegönnt, von Urlaub ganz zu schweigen. Ich habe mir immer eingebildet, ich sei unersetzbar. Aber das ist Quatsch. Beruflich ist jeder ersetzbar. Aber privat nicht. Da bin nur ich Leonies Vater, niemand sonst. Vielleicht werde ich jemanden einstellen, der mich entlastet und nicht mehr so viel arbeiten. Ich will meine Tochter aufwachsen sehen. Und ich will Zeit mit euch beiden verbringen. Ich will meinen Fokus nicht länger auf die Arbeit ausrichten."
Entschlossen blickt er mich an. Seine Wandlung passiert so schnell, dass ich gar nicht mitkomme. Ich muss zugeben, dass ich skeptisch bin. Vielleicht ist diese Situation für ihn etwas so gänzlich neues, dass er Gefallen daran findet. Aber ich könnte mir vorstellen, dass er das Interesse schnell wieder verliert. Vielleicht findet er es auf Dauer doch nicht so prickelnd, wenn er Windeln wechselt oder sich stundenlang das Babygeschrei anhört. Vielleicht ist ihm das nach wenigen Wochen oder Monaten langweilig. Ich mag es zwar nicht, so zu denken, aber so ganz kann ich dieses Szenario nicht von mir wegschieben.

Leon nimmt meine Hand und legt sie auf seinen

Schritt.
„Und da wir heute Zeit haben, können wir etwas schönes machen“, sagt er. „Und damit könnten wir schon mal anfangen. Das wäre ein toller Start in den Tag.“
„Damit? Was meinst du mit ‚damit‘?“
Sanft streiche ich über seine Hose und spüre sofort die Reaktion seines besten Stückes.
„Genau das“, keucht er und verzieht genießerisch sein Gesicht.
Er zieht mich zu sich heran und schiebt mir seine Zunge in den Mund, während ich weiterhin über die Beule in seiner Hose streiche. Dann öffnet er ungeduldig seinen Reißverschluss und ich spüre die samtige Haut seines Glieds.
In dem Moment beginnt Leonie zu schreien. Leon holt tief Luft, lässt mich aber sofort los. Bedauernd zucke ich mit den Schultern.
„Wir können sie ja mal einen Abend zu meiner Mutter abschieben“, schlage ich vor, bevor ich ins Wohnzimmer eile.
Tja, mit einem Baby sind eben auch Einschränkungen jedweder Art verbunden. Das wird der stolze Papa auch noch merken.

Jetzt aber verbringen wir erst mal einen schönen Tag miteinander. Wir fahren in den Grunewald, gehen dort spazieren und später in einem Gasthof mitten im Wald essen. Leon staunt, wie vielfältig und auch anstrengend das Leben mit einem Baby ist.

Leonie muss gefüttert und gewickelt werden, sie will auf den Arm, sie will mit ihrem Spielzeug spielen, sie will nicht mehr liegen, sie weint ... Sie will immer irgendetwas und es ist die Kunst herauszufinden, was genau das ist.

Leon wirkt ein bisschen erschöpft, als er alles mögliche versucht, sie aber trotzdem nicht beruhigen kann.

„Gib sie mir mal."

Ich nehme sie auf meinen Arm und wiege sie ein bisschen hin und her, während ich beruhigend auf sie einspreche. Schließlich ebbt das Weinen ab.

„Es wäre einfacher, wenn sie klar und deutlich sagen würde, was sie will", grinst Leon. „Aber soweit ist sie wohl noch nicht. Ich werde ihr möglichst schnell das Sprechen beibringen."

Ich muss lachen.

„Das hat noch ein bisschen Zeit."

„Wahnsinn, dass du das alles ganz allein gestemmt hast", wundert sich Leon. „Du bist eine starke Frau, Alina."

Ich zucke mit den Achseln.

„Erstens blieb mir nichts anderes übrig, und zweitens hatte ich jede Menge Hilfe. Meine Mutter hat mir Leonie oft abgenommen und meine Schwägerin auch. Außerdem habe ich tolle Freunde und Leonie hat sogar so etwas wie einen Ersatz-Papa."

„Wie bitte?"

Leons Augen lodern.

„Einen Ersatz-Papa braucht sie nicht mehr, sie hat

jetzt ihren richtigen. Was denn für einen Ersatz-Papa? Ich denke, du hattest keinen Freund?"
„Hatte ich auch nicht", beruhige ich ihn. „Um es klar und deutlich zu sagen: Vor unserer gemeinsamen Nacht hatte ich zwei Jahre lang keinen Sex – und nach unserer gemeinsamen Nacht hatte ich überhaupt keinen Sex mehr. Du warst in den letzten Jahren der Einzige."
Zufrieden sieht Leon mich an.
„Das will ich auch schwer hoffen."
„Na, hör mal", protestiere ich. „Du hattest in der Zeit sicher eine Menge Frauen. Also halt mal den Ball flach, okay?"
Hey, alles muss ich mir nun auch nicht bieten lassen.
Schuldbewusst blickt Leon mich an.
„Du hast ja recht", sagt er kleinlaut. „Aber nun sag schon: Wer ist der Ersatz-Papa?"
„Er heißt Tobias und ist schwul", eröffne ich Leon. „Du brauchst also keine Angst zu haben. Er ist keine Konkurrenz für dich. Aber er darf Leonie schon noch sehen, oder?"
„Ich weiß nicht", erwidert Leon ungnädig. „Ich will nicht, dass Leonie durcheinander kommt. Am Ende weiß sie gar nicht mehr, wer ihr Vater ist. Ist es nicht unglaublich, dass sie meine Augen hat? Und findest du nicht auch, dass sie mir wie aus dem Gesicht geschnitten ist? Stell dir mal vor, wenn sie erst im Teenager Alter ist und ich mit ihr ausgehe! Das muss doch mega aussehen, oder?"
Ich pruste laut heraus.

„Leon, es ist noch ein bisschen Zeit, bis sie anfängt zu sprechen – und es ist noch ein bisschen mehr Zeit, bis du mit ihr tanzen gehst“, eröffne ich ihm. „Mir scheint, du schießt ziemlich über das Ziel hinaus.“
„Nein, gar nicht. Aber ich kann ja wohl noch Pläne schmieden“, ereifert sich Leon. „Es ist wirklich ein schöner Gedanke, wenn ich mir vorstelle, wie ich gemeinsam mit meiner Tochter in die Disco gehe und ihr sämtliche Kerle vom Hals halte. Vielleicht halten mich einige sogar für ihren Liebhaber. Aber nein, das geht ja nicht. Aufgrund der Ähnlichkeit wird jeder sofort wissen, dass ich ihr Vater bin. Vielleicht denken sie auch, ich sei ihr Bruder.“
„Bestimmt. Darüber unterhalten wir uns, wenn es so weit ist“, schlage ich vor. „Immerhin ist Leonie jetzt eingeschlafen. Sie scheint deine Idee also nicht besonders anregend zu finden.“
„Das sagst du so. Vielleicht ist sie eingeschlafen und träumt davon, wie sie gemeinsam mit ihrem Vater in der Disco abhottet.“
„Träum weiter“, grinse ich.
Leon wird plötzlich ernst.
„Ich muss nicht weiter träumen“, sagt er und lehnt seine Stirn gegen meine. „Ich muss nicht weiter träumen, weil mein Traum Wirklichkeit geworden ist. Ich habe dich und Leonie. Und ich werde niemals im Leben etwas mehr wollen als euch beide.“
Er sieht mich voller Liebe an und ich schmelze dahin. Auch mein Traum ist wahr geworden!

Zwei Jahre später

Alina

Leon legte ein Tempo vor, dass mir schwindlig wurde. Ich ging relativ schnell auf seinen Vorschlag ein, vorläufig nicht mehr zu arbeiten und nur noch für Leonie da zu sein. Ich fand es selbst besser, alle Zeit der Welt für mein Kind zu haben und mich nicht ins Büro hetzen zu müssen.
Lilly wurde zu ihrer Freude zurück nach München geschickt. Leon stellte eine Ganztags-Sekretärin ein – eine füllige Frau Mitte 50, die keine Konkurrenz für mich darstellte. Sie war gewissenhaft und fleißig und entlastete Leon enorm. Mit ihr hat er einen wahren Glücksgriff getan.

Dann drängte er darauf, dass wir zusammenziehen sollten, was durchaus Sinn ergab. Es dauerte jedoch, bis wir ein wunderbares Haus im Grünen fanden, in das wir am 2. Januar einzogen, sozusagen der Start für ein neues Jahr und für ein neues Leben.

Und es wurde tatsächlich ein neues Leben. Ich freute mich jeden Tag unbändig, wenn Leon von der Arbeit nach Hause kam. Er kam immer ein bisschen früher, weil er tatsächlich jemanden eingestellt hatte, der einen Teil seiner Aufgaben übernahm. Er hatte nicht länger das Bedürfnis, alles selbst machen zu müssen und konnte einen großen Teil seiner Aufgaben delegieren.

Im Sommer gönnte er sich den ersten längeren Urlaub seines Erwachsenen-Lebens und wir verbrachten drei Wochen an der Ostsee.
Dieser Urlaub gehört zu meinen schönsten Erinnerungen. Wir lagen am Strand, tobten im Wasser herum, unternahmen lange Ausflüge oder fläzten uns bei schlechtem Wetter auf der Couch herum. Es gab viel Zeit für Zärtlichkeit und wir nutzten das weidlich aus.
Leonie tat uns den Gefallen und schlief nachts im Zimmer nebenan friedlich durch, sodass wir uns fast jede Nacht unseren niederen Trieben hingeben konnten. Und die wurden zu meinem Erstaunen eher stärker als weniger. Leon konnte überhaupt nicht genug kriegen und ich ließ mich nur zu gern auf seine Spiele ein. Schließlich hatte ich viele Jahre komplett darauf verzichtet. Und es wurde sogar immer besser, je näher wir uns kamen.

In diesem Urlaub sagte Leon mir zum ersten Mal, dass er mich liebt. Ich kann mich noch genau daran erinnern. Wir hatten uns stundenlang verrückt gemacht und er hatte einen fulminanten Höhepunkt erreicht, als er schweißgebadet auf mir lag und mir diese drei magischen Worte ins Ohr flüsterte. Mein Herz quoll über vor lauter Glückseligkeit. Natürlich hatte ich schon die ganze Zeit gespürt, dass er mich liebte, aber es von ihm zu hören, war noch mal eine ganz andere Nummer.

In Leonie war und ist Leon total verliebt. Ich musste ihn manchmal sogar stoppen, denn ich wollte nicht, dass er seine Tochter total verwöhnte und verzog.
Er bekam dann aber noch eine weitere Aufgabe, denn nach einem Jahr wurde ich erneut schwanger. Auch diesmal hatten wir es nicht geplant, es war einfach passiert. Wir freuten uns wahnsinnig und bekamen noch eine Tochter, Lena.

Und nun steht noch ein großes Ereignis an: Leon hat mich gefragt, ob ich ihn heiraten will. Natürlich will ich das. Er ist der Mann meines Lebens. Im Grunde habe ich das schon in dieser magischen Nacht geahnt, aber dass sich tatsächlich alles so wie im Märchen entwickeln würde, damit habe ich dann doch nicht gerechnet.

Aber genauso ist es gekommen und ich bin unglaublich glücklich und dankbar dafür. Ich weiß, dass viele Menschen so ein Glück nicht haben. Umso mehr weiß ich es zu schätzen.

Auch Silvana hat nach vielen misslungenen Dates ihren Traummann gefunden, aber zu ihrem Erstaunen ist es kein reicher Geschäftsmann, sondern ein verrückter Grafiker, mit dem sie die wunderbarste Zeit ihres Lebens hat. Auch sie will demnächst heiraten und zwei Kinder sind ebenfalls geplant.

So hat diese Party mein ganzes Leben verändert, und zwar zum positiven. Ich bin Silvana heute noch dankbar, dass sie mich mit zu dieser Party geschleppt hat, denn sonst wäre ich Leon nie begegnet. Das war einfach Schicksal.

Manchmal sollen Dinge einfach passieren und man darf sich nicht dagegen sträuben.

Was mich am meisten überrascht hat, war, dass Leon nie so etwas wie einen Rückfall hatte. Ich hatte damit gerechnet, dass er das Familienleben nach einiger Zeit vielleicht satt hat oder doch wieder Beziehungsängste in ihm aufflackern, aber das war überhaupt nicht der Fall. Er war vom ersten Augenblick an einfach nur glücklich und dankbar, dass er das alles erleben durfte, was für ihn schon verloren zu sein schien.

Er ist ein rundum glücklicher Mensch geworden und ich bin es auch. Ich bin voller Zuversicht, dass das auch so bleiben wird und bedanke mich jeden Tag bei einer höheren Macht dafür, dass sie Leon und mich zusammengeführt hat.

Printed in Germany
by Amazon Distribution
GmbH, Leipzig

23393899R00154